Liebe Leserinnen, liebe Leser!

Darauf ist Verlass – und in diesen Corona-Zeiten erst recht: Einmal im Jahr stellt sich bei mir der dringende Wunsch nach der Küste ein. Nach Seewind, gesunder Luft, ich brauche den weiten Blick bis zum Horizont, Meeresrauschen, Möwengeschrei. Mindestens einmal im Jahr!

Urlaub am Meer

Wann im Jahr das ist, ist ziemlich unerheblich. Sommertage an der Küste sind natürlich wunderbar. Usedom und Rügen gehören in Deutschland zu den Orten mit den meisten Sonnenstunden. An der Ostsee und auch auf Sylt, Amrum, Föhr und auf allen Ostfriesischen Inseln gibt es kilometerlange Traumstrände, an denen es nie voll ist. Im Spätsommer und Frühling erlebt man an der See wundervolle Stimmungen. Und wenn im Herbst oder Winter das berüchtigte norddeutsche „Schietwetter" droht? Dann gilt bekanntlich: Es gibt kein schlechtes Wetter, es gibt nur falsche Kleidung. Wir haben in diesem Sonderheft Wert auf schöne Natureindrücke und auch auf weniger bekannte Küstenregionen gelegt und die größeren Städte – Kiel, Lübeck, Rostock oder Stralsund – unberücksichtigt gelassen. Viel Abwechslung für Familienferien bieten aber natürlich Seebäder wie St. Peter-Ording, Heiligenhafen, Timmendorfer Strand.

Wo es am schönsten ist

Wenn Sie mich fragen – die Ostfriesischen Inseln finde ich wirklich einzigartig. Ich habe nicht, wie viele andere, meine Stamminsel, aber ich mag die autofreien Inseln besonders gern. Die Ruhe ist unvergleichlich! Und dann ist mir ein Abschnitt an der Mecklenburgischen Ostseeküste sehr lieb: der bei Heiligendamm. Der endlos lange weiße Strand, an dem sich die ruhigen Ostseewellen brechen, und die fast märchenhafte Steilküste mit ihren Buchenwäldern – hier entlangzuwandern ist zu jeder Jahreszeit eine unglaubliche Wohltat.
Herzlich Ihre

Eva Missler
Verantwortliche Redakteurin

25 In den Nordseedünen: Das Café Marienhöhe auf Norderney bietet rundum Meerblick.

152 Ostseeidyll in der Marina Boltenhagen.

72 Entspannt am endlosen Strand – warten auf den Sonnenuntergang.

183 Eine Küste, die Berühmtheit erlangte: Rügens Kreidefelsen.

Reif für die Insel

In der Hochsaison kann es schon mal eng werden. Doch keine Sorge: Abseits vom Trubel der Hauptstrände bieten auf allen Ostfriesischen Inseln dünengesäumte Sandstrände genügend Platz für ausgedehnte Spaziergänge durch einzigartige Naturlandschaften (Foto: Spiekeroogs Nordstrand bei aufkommender Flut).

Strandleben

Das entschleunigt, entspannt und beschert Urlaubsglück: Segeln, schwimmen oder surfen, am Strand wandern oder einfach nur im Strandkorb faulenzen. Die Strände an Nord- und Ostsee bieten alle erdenklichen Möglichkeiten. (Foto: Strand von Wyk auf Föhr).

Wahrzeichen am Meer

Wo stehen die schönsten Leuchttürme? An der Nordseeküste in Schleswig-Holstein! Das akzeptieren selbst die Ostfriesen. Sie machten des Leitfeuer von Westerhever zum Markenbotschafter für ihr Bier: „Wie das Land, so das Jever.“ Es folgte ein Shitstorm. Doch der machte den rot-weiß geringelten Turm noch berühmter. Und so kultig, dass Sie sich heute in 41 m Höhe sogar Ihr Ja-Wort geben können. Mit weitem Blick auf Nordfriesland.

Paradies für Windsurfer

Nicht Hawaii, nicht Australien – aber immerhin: Die Breaks vor Amrum, Sylt, St. Peter-Ording und Föhr gehören zu den besten der Welt. Internationale Profis treffen sich an Schleswig-Holsteins Nordseeküste zum Windsurf World Cup und gehen ans Limit, während am Strand die Party steigt. Wer kein Crack der Brandung ist, macht in den ruhigen Buchten vor den Sandbänken eine gute Figur. Oder bucht ein paar Surfstunden.

BWT
M. Mau

GUSCH

Sonne, Wind und Meer

Seeluft macht bekanntlich hungrig, und deshalb steht Gastlichkeit an der Küste hoch im Kurs. Mit Leichtigkeit sind auch die ausgefallensten kulinarischen Wünsche zu erfüllen – speziell auf Sylt (Foto: Wenningstedt-Braderup). Doch vor Sonnenuntergang haben die meisten Besucher eher Lust auf eine kleine Deftigkeit, begleitet von einem kühlen Bier oder Weißwein.

Moderne trifft auf Tradition

1897 erbaute man den Leuchtturm von Warnemünde. 1968 kam der Teepott, ein eigenwilliges Gebäude mit einem muschelförmigen Dach, hinzu. Heute ist er Anlaufpunkt für Restaurantbesucher und Kneipenbummler.

Nostalgie am Strand

So manches Fischernest an Mecklenburg-Vorpommerns Küste entwickelte sich in den vergangenen 200 Jahren zum vielbesuchten Seebad. Ein Markenzeichen der Badeorte zwischen Lübecker Bucht und Stettiner Haff sind die Seebrücken. In Sellin auf Rügen führt die "Himmelsleiter" hinab zur Seebrücke und zum Strand mit den sorgfältig aufgereihten Strandkörben.

Wohlfühloasen im Wattenmeer

Hochseeklima und archaische Rituale auf Borkum. Ein Hauch von High-Society auf Norderney, dem ältesten Seebad an der Nordseeküste. Natur pur auf dem „Töwerland" Juist – das nicht viel mehr ist als eine Sandbank im Meer. Unterschiedlich präsentieren sich die drei Inseln im Westen vor Ostfrieslands Küsten. Was sie eint, ist die herrliche Dünenlandschaft, endlose Sandstrände, frische Seeluft und die exponierte Lage mitten im Wattenmeer, einem einzigartigen Refugium für seltene Tier- und Pflanzenarten.

Einen fantastischen Blick über die Weiten des Meeres bietet die Kuppelbar, die das Juister Kurhaus krönt.

Borkums Leuchtturm überragt auch die Kirchen der Insel. Er bleibt auf der Promenade und überall am Strand im Blick.

Borkums Strandpavillon krönt die Promenade. Von hier blickt man weit über den Strand mit den inseltypischen Zelten und Körben.

„Von einer Düne sieht man weit – das Meer ist voller Flüssigkeit."

Wilhelm Busch auf Borkum

An 364 Tagen im Jahr ist Borkum eine ganz normale Nordseeinsel, sind die Borkumer ganz normale Insulaner. Normal, das sollte man nicht missverstehen, schließlich bietet das Eiland ein fantastisches Klima, eine herrliche Dünenlandschaft, tolle Strände und herzliche Gastgeber. An einem Tag im Jahr allerdings drehen sie durch, die Borkumer. In der Nacht zum 6. Dezember wird hier der sagenumwobene Klaasohm zelebriert.

Dabei ziehen sechs junge Männer zusammen mit dem „Wiefke", einem als Frau verkleideten jungen Burschen, über die Insel. Wer die Ehre hat, die „Klaase" zu geben, wird bei geheimnisvollen Kämpfen am frühen Abend entschieden, hinter Schweinskopfmasken bleiben sie für den Rest des Abends unerkannt. „Bewaffnet" sind sie mit einem großen geschwungenen Kuhhorn, das dazu benötigt wird, jungen Damen den Hintern zu versohlen. Und zwar dermaßen heftig, dass nicht selten Tränen fließen. Mütter und deren Kinder hingegen werden mit Moppe versorgt, einem klebrigen Lebkuchengebäck, und sogar gestreichelt.

So ganz ist nicht geklärt, worauf dieser Brauch zurückgeht. Mit dem christlichen Nikolausfest hat es etwas zu tun, gleichzeitig mischt sich wohl auch archaisches Geisteraustreiben in das Spektakel, das anderen Quellen zufolge in der Walfängerzeit entstanden ist. Kehrten die Männer von der langen Fangreise zurück, mussten sie zunächst ihre Position und Macht in den Familien wiederherstellen.

Begleitet werden die Klaase auf ihrem Zug durch die Gemeinde von vielen Schaulustigen, vor allem aber von einem infernalischen Lärm von Hörnern, Trommeln und mit Dosendeckeln bestückten „Düwelsgeigen". Einige Stunden geht das so, von Kneipe zu Kneipe, über Tische und Bänke, bis der Spuk in der Westerstraße mit derwischartigen Tänzen und großem Gejohle zum Ende kommt. Dann plätschern die Wellen wieder an den Strand, als sei nichts gewesen, pfeift der Wind sein gewohntes Lied. 364 Tage lang ist Borkum nun wieder eine ganz normale Nordseeinsel – bis zum nächsten Klaasohm.

Janusgesichtiges Norderney

Norderney ist das älteste Seebad an der Nordseeküste, von der geologischen Entstehungsgeschichte her jedoch der Youngster unter den Ostfriesischen Inseln. Das Eiland bewältigt heute höchst erfolgreich den Spagat zwischen Tradition und gnadenlosem Tourismustrubel. Am altehrwürdigen Conversationshaus lauschen vor allem Gäste älteren Semesters

Windsurfen ist ein fester Bestandteil von Norderneys „White Sands Festival".

Norderneys Strandpromenade wird von Wellness- und Genussangeboten gesäumt.

Wer hätte gedacht, dass Norderney einen eigenen Maibaum aufstellt?

Norderneys „Café Marienhöhe" hat Tradition. Hier speiste und dichtete schon Heinrich Heine.

dem Kurkonzert. Dort wo einst Clara Schumann für gekrönte Häupter Klavierkonzerte gab, erklingen auch heute noch moderate, klassische Klänge. Einen Steinwurf entfernt wummern des Nachts House- und Techno-Bässe. Und wenn das „White Sands Festival" gefeiert wird, scheint die ganze Insel Kopf zu stehen: ein angesagtes Event, das Beachvolleyball, Windsurfen und Party kombiniert. Norderney ist fraglos auch die Sportlichste unter den Ostfriesischen Inseln.

Die Insel ist die mondäne Vornehme – einst urlaubten hier Staatsmänner und Dichterfürsten –, aber auch so etwas wie der „Ballermann" im Wattenmeer. Während auf anderen Inseln morgens um fünf die Vogelkundler aus den Federn kriechen, wanken auf Norderney um diese Uhrzeit die Nachteulen aus dem „Backstage", der legendären Diskothek. Auf Norderney sitzt man in edlem Ambiente mit Kerzenlicht beim Diner, steht aber ebenso an der Bude beim Döner. Kegelklubs promenieren am Strand einträchtig mit Promis, die seit einigen Jahren wieder verstärkt die Insel besuchen. Urlauben und urlauben lassen, so könnte Norderneys Motto auch heißen.

Mit Brad Pitt auf die Inseln

Jan-Lüppen Brunzema von den Inselfliegern aus Harle musste sich irgendwann verabschieden von seinen Stammgästen, die da Brad Pitt, Julia Roberts oder auch Jürgen Vogel und Katja Riemann hießen. Der Pilot aus Ostfriesland hatte die Stars nicht leibhaftig an Bord seiner Cesna. Er transportierte mehr als 30 Jahre lang Filmrollen mit Blockbustern auf die Ostfriesischen Inseln. Im Zeitalter der Digitalisierung werden die Filme nun nicht mehr von Rollen, sondern von digitalen Speichermedien abgespielt. Gleichwohl – die Idee war genial und sie bescherte Brunzema über Jahre einen fantastischen Job.

Die Kinobetreiber auf den Inseln waren es nämlich leid gewesen, stets dieselben, antiquierten Streifen anbieten zu müssen, wacklige Bilder und knarziger Ton inklusive. Aktuelle Top-Filme waren für die kleinen Inselkinos allein jedoch nicht zu bezahlen. Also schlossen sich die Kinos zusammen, tauschten die Filmrollen untereinander aus, und Brunzema knatterte mit seiner Propellermaschine von Insel zu Insel –Wind und Wetter brachten den Flugplan bisweilen etwas durcheinander. Noch auf dem Rollfeld drückte der Pilot dem Empfänger auf den Inseln die Filmrollen in die Hand und der raste damit ins Kino. Manchmal kam es vor, dass die Kinobesucher ein paar Minuten warten mussten. Aber immer noch besser als zum zwanzigsten Mal Heinz Rühmann als „Quax der Bruchpilot"...

Leibhaftige Passagiere befördern die „Inselflieger" natürlich noch immer. Im Sommer sind das überwiegend gut betuchte Urlauber oder solche, die die Fähre verpasst haben, im Winterhalbjahr eher Handwerker und Geschäftsleute. Oder Insulaner, die rechtzeitig zu Weihnachten bei ihren Lieben unterm Tannenbaum sitzen möchten. Außerdem alles, was eilig ist: Medikamente, die aktuelle Tagespresse und Frischfisch, manchmal gar in Not geratene Seehundbabys, die in der Seehundaufzuchtstation in Norddeich wieder aufgepäppelt werden müssen. Nur Filmrollen gehören nicht mehr zur Fracht der Inselflieger.

Juist – traditionsreich und nachhaltig

Sturmfluten zerstören immer öfter Teile der herrlichen Naturlandschaft auf Juist und werfen nicht nur bange Fragen, sondern auch enorme Kosten auf. Die Verantwortlichen machen sich also Gedanken über das Morgen hinaus. Sie wollen nicht einfach nur die Dünenabbrüche reparieren und die Deiche erhöhen. Sie beriefen einen Nachhaltigkeitsbeauftragten ins Amt, erklärten sich bereits 2010 offiziell zur „Klimainsel"; 2015 wurde Juist mit dem deutschen Nachhaltigkeitspreis ausgezeichnet. Als erstes Urlaubsziel will die Insel bis 2030 klimaneutral werden.

Norderneys Kurplatz vor dem „Inselhotel König" ist seit bald 140 Jahren Treffpunkt und Flaniermeile.

Glamour ist auf Juist nur in Spurenelementen zu entdecken.

Harald Braun auf stern.de

Die Tradition hilft dabei: Auf der Insel fährt man Fahrrad statt Auto, Transporte übernehmen Pferdekutschen. In Zukunft sollen verstärkt Wind- und Solaranlagen sowie Erdwärme genutzt werden. Allerdings: Nicht alle Ureinwohner spielen mit, manche halten den Nachhaltigkeitsbeauftragten für einen Ökospinner. Eines aber könnte Thomas Vodde und seinem Mitstreiter in die Karten spielen. Nachhaltigkeit heißt für sie nämlich auch soziale Verantwortung, Traditionen zu wahren und vor allem Wohnraum für die Insulaner zu erhalten. Denn Juist hat ein ähnliches Problem wie Sylt: Mieten und Immobilienpreise sind mittlerweile horrend. Die Zahl der Zweitwohnsitze nimmt zu, zulasten des sozialen Lebens: Sportvereine haben nicht mehr genügend Leute für ihre Mannschaften, der Freiwilligen Feuerwehr fehlt der Nachwuchs. Deshalb plant Juist eine Wohnungsbaugenossenschaft, deren Grundstücke den Insulanern vorbehalten sein sollen. Denn wenn sich nichts ändert, so glauben nicht wenige, könne in nicht allzu ferner Zukunft aus dem „Töwerland" (Zauberland) eine Geisterinsel werden.

Der „Goldene Ring"

Ein Perspektivwechsel: Für die Ostfriesen an der Küste gehört das „Übern-Deich-

Shopping in Norderneys kleiner Strandstraße.

Zum „White Sands Festival" gehört die Party im Haus der Insel.

Über dem Strand von Juist: Aus den Dünen erhebt sich das kuppelgekrönte Kurhaus.

Wie wäre es mit einer leckeren Waffel im „Lütje Teehus“?

Juist, die „schönste Sandbank der Welt“, gewinnt seine Besucher durch Natürlichkeit.

gucken“ zum Alltag wie das Teetrinken. Es ist vielleicht auch eine Art der Ehrerbietung – denn sie wissen, dass sie ohne Deiche nicht überleben könnten.

Für Touristen sind die Deiche eher ein Ärgernis, allzu oft verstellen sie den Blick aufs Meer und die Inseln. Über die unendlichen Mühen, die Menschen über Jahrhunderte auf sich genommen haben, macht sich kaum jemand Gedanken. Eher darüber, wie man beim Deichspaziergang die unzähligen Schafsköttel umgehen kann ...

Begonnen wurde mit dem Deichbau an Ostfrieslands Küsten vor rund 1000 Jahren. Zunächst waren es kleinere, ringförmige Deichanlagen um die Gehöfte, erst im 13. Jahrhundert wurden sie zu einem durchgehenden Seedeich verbunden, dem „Goldenen Ring“. Doch wenn der „Blanke Hans“ zu wüten begann, erwiesen sich diese Deiche oft genug als nicht ausreichend. Abertausende fanden in hereinbrechenden Fluten den Tod.

In Zeiten des Klimawandels

Bis in das 18. Jahrhundert hinein waren allein die Landbesitzer an der Küste für die Deiche verantwortlich. Doch oft waren die Bauern überfordert. Sahen sie sich außerstande, für die Sicherung ihres Deichstücks zu sorgen, steckten sie gemäß dem damals geltenden Recht ihren Spaten hinein, was die Kapitulation bedeutete. Wer den Spaten herauszog, war automatisch der neue Besitzer von Haus und Hof – inklusive des Deichpfands, also aller anliegenden Pflichten.

Lag die Höhe der Deiche im 16. Jahrhundert noch bei viereinhalb Metern, so beträgt sie heute mehr als acht Meter. Haus- und Grundbesitzer sind weiterhin, in Deichverbänden oder Deichachten organisiert, für den Unterhalt der Deiche zuständig. Bei Neubauten, Erhöhungen oder Erweiterungen zeichnen heute aber Bund und Länder verantwortlich. In Zeiten des Klimawandels und des steigenden Meeresspiegels investiert allein Niedersachsen mindestens 60 Millionen Euro für den Küstenschutz.

AUF DER WELTERBELISTE DER UNESCO

Wunderwelt Wattenmeer

Es wurden keine tanzenden Wattwürmer gesichtet, keine feucht-fröhlichen Partys auf den Seehundbänken gefeiert. Auch drehten Austernfischer keine Salti in der Luft an jenem 26. Juni 2009. Dabei hätten die Wattbewohner an diesem Tag allen Grund zur Freude gehabt. Das gesamte Wattenmeer – und mittendrin der Nationalpark Niedersächsisches Wattenmeer – wurde zum UNESCO-Weltnaturerbe ernannt.

Wattführungen und Schiffsausflüge führen zu den Seehundbänken, auf denen die beliebten Tiere oft stundenlang das Dasein zwischen Sand und Wasser genießen.

Damit steht das Wattenmeer, das bereits 1986 zum Nationalpark ernannt wurde, noch einmal unter ganz besonderem Schutz und befindet sich in illustrer Gesellschaft mit weltberühmten Naturwundern wie dem Great Barrier Reef in Australien, dem Grand Canyon in den USA und den Galapagos-Inseln im Pazifik. Die Jury der UNESCO nannte das Wattenmeer „eine überragende Naturerscheinung von außergewöhnlicher Naturschönheit und ästhetischer Bedeutung". Vor allem aber ist es eine weltweit einzigartige Landschaft. Was für den Laien auf den ersten Blick wie eine scheinbar end- und leblose Fläche gräulich-brauner „Matschepampe" aussieht, ist in Wirklichkeit ein äußerst sensibles Ökosystem, Kinderstube und Lebensraum für rund 10 000 hoch spezialisierte Pflanzen- und Tierarten. Überall kribbelt und krabbelt es, Tausende von Lebewesen kreuchen und fleuchen auf nur einem Kubikmeter Watt. 50 000 Schlickkrebse und mehr teilen sich ihre Wohnung mit genau so vielen Wattschnecken.

Nur die Pfiffigsten überleben

Die ständige Veränderung durch Ebbe und Flut verlangt den Wattbewohnern einiges ab. Man muss sich das ungefähr so vorstellen, als würde man täglich zweimal durch die Waschmaschine geschleudert und anschließend in den Trockner gesteckt. Die Lebewesen in den Prielen, auf den Sandbänken und im Schlick – die Muscheln, Schnecken und Krebse – haben die ungewöhnlichsten Taktiken entwickelt, um zu überleben. Auch die Pflanzen in den Salzwiesen haben den Dreh raus. Der Queller beispielsweise verdünnt den hohen Salzgehalt des Nordseewassers, indem er sich einen eigenen Süßwasserspeicher anlegt. Weitaus präsenter für den Menschen sind die vielen

Birkenstämme, sogenannte Pricken, kennzeichnen ein schmales und flaches Wattfahrwasser. Schiffe können durch die Seezeichen sicher vom Festlandshafen durchs Wattenmeer zu den Inseln navigieren.

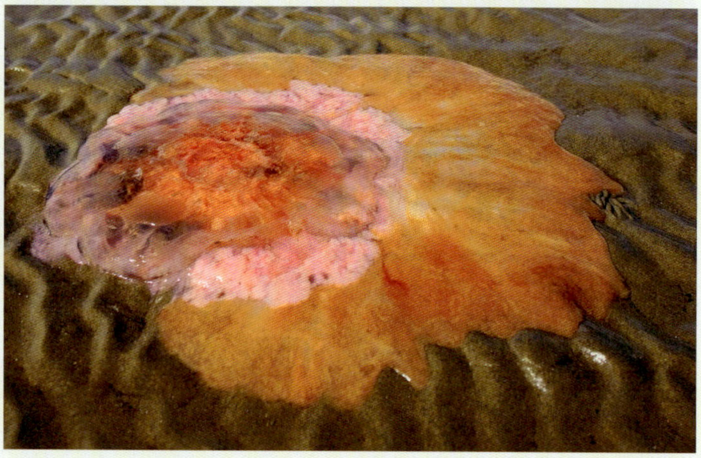

Links von oben: Herzmuscheln besitzen Grabfüße, so können sie sich bei Ebbe in den Untergrund zurückziehen. Ein Wattwurm wird bis zu 40 cm lang und fünf Jahre alt. Die Feuerqualle genannte Gelbe Nesselqualle verursacht bei Berührung schmerzhafte „Verbrennungen".

Millionen Vögel, die das Wattenmeer – das vogelreichste Gebiet in Mitteleuropa – als Rast- oder Brutstätte nutzen. Am häufigsten lassen sich verschiedene Gänse- und Entenarten, Alpenstrandläufer und Heringsmöwen sowie Säbelschnäbler und Pfuhlschnepfen blicken. Unüberhörbar sind die Trillerzeremonien der Austernfischer. Die „Stars" im Watt sind aber die Seehunde und die Kegelrobben, deren Population sich aufgrund intensiver Bemühungen stabilisiert und zum Teil sogar vergrößert hat.

Nicht nur Sonnenschein

Im Vorfeld der Nominierung zum Welterbe war im Prozedere der (Watt-) Wurm drin. Hamburg stieg aus dem Vertrag aus, weil es auf einer Elbvertiefung bestand. Die Hansestadt erklärte jedoch noch am Tag der Ernennung, dass sie ihren Teil des Wattenmeeres bei der UNESCO nachnominieren lassen wolle. Und seit dem 27. Juni 2011 darf sich auch das Hamburgische Wattenmeer Weltnaturerbe nennen. Nicht alle sind nach der Ernennung in grenzenlosen Jubel ausgebrochen. So moserte der Wattenrat, ein Zusammenschluss ostfriesischer Naturschützer, zum Titel passe es so gar nicht, dass vor Borkum riesige Off-Shore-Anlagen zur Nutzung der Windkraft gebaut würden. Auch die exzessive Freizeitnutzung an der Küste sei nicht eben preiswürdig. Zudem befürchtet der Wattenrat, dass der Tourismus durch den Welterbe-Status noch zunimmt. Doch auch hier gilt die uralte Weisheit, dass der Mensch vor allem für das Interesse hat, was er kennt und schätzt. Deshalb wird es in Zukunft darauf ankommen, ein Gleichgewicht zwischen den Interessen des Wattwurms und der Wirtschaft herzustellen – eine nicht eben dankbare Aufgabe mit reichlich Zündstoff.

Fakten

Das gesamte Wattenmeer vom niederländischen Den Helder bis hinauf nach Dänemark erstreckt sich über eine Länge von etwa 450 km und maximal 40 km Breite auf einer Fläche von ungefähr 9000 km². Rund 30 % des Gebiets gehört zu den Niederlanden, 60 % zu Deutschland und 10 % zu Dänemark. Niedersachsen, Hamburg und Schleswig-Holstein haben Anteile am deutschen Wattenmeer, die jeweils als Nationalparks und Biosphärenreservate ausgewiesen sind.

Informationen bei **Nationalpark Wattenmeer**
www.nationalpark-wattenmeer.de

Kein Küstenbesuch ohne Wattwanderung! Diese auf eigene Faust zu unternehmen, bleibt angesichts eventueller Wetteränderungen mit Nebel oder Gewitter ein gewisses Wagnis. In Begleitung eines Wattführers hat man nicht nur Sicherheit, sondern meist auch launige Unterhaltung.

Maßstab 1:200.000
0
2
4km
N O R D S E E
O s t f r i e s i s c h e I n s e l n
Schutzzone I
Borkum
BORKUM
Westland
Ostland
Nordstrand
Hoge Hörn
Hohes Riff
Reede Borkum
Fischerbalje
Rottumeroog
Westerems
Randzel
Randzelgat
Wattenmeer
Lütje Hörn
Osterems
Kachelot-plate
Schill-plate
Memmert
Domäne Bill
Hammersee
Juist
Im Loog
Nordland
Mammertbalje
Niedersächsisches
Nationalpark
Itzendorf-plate
Koper-sand
Bantsbalje
Hamburger Sand
Ley
Leybucht
Brander-plate
Busetief
Spaniergat
Norderney
NORDERNEY
Nordstrand
Möwendüne
Riffgat
Wagengat
Hohes Riff
Baltrum
Wichter Ee
Westdorf
Ostdorf
Ostermarscher Watt
NORDEN
Hage
Großheide
Berumbur
Lütetsburg
Norddeich
Osteel
Marienhafe
Upgant-Schott
Leezdorf
Rechtsupweg
Brookmerland
Krummhörn
Greetsiel
Pilsum
Manslagt
Wirdum
Victorbur
Leysand
Schweinsrücken
Greetsieler Nacken
Pilsumer
Manslagter Nacken
Sperrwerk Leysiel
Dukegat
Oude Westereems
Uithuizerwad
Eemshaven
Goliath
Valom
1
2
3
22
72
210

Hier ist für jeden etwas dabei

Paradies für Wasserratten, Extremsportler, Vogelkundler, Frischluftfanatiker, Kneipengänger und Wanderfreunde: Borkum, Juist und Norderney blicken auf eine lange Seebädertradition zurück. Und haben für Ruhebedürftige, aber auch für Familien mit Kindern und für „Partylöwen" ein Riesenangebot.

1 Borkum

Borkum (5200 Einw.) ist mit knapp 31 km² die größte der Ostfriesischen Inseln und die am westlichsten gelegene. Bis 1863 bestand Borkum aus den Teilinseln Westland und Ostland; das „Tüskendör" („Zwischendurch") markiert noch die einstige Nahtstelle. Erstmals erwähnt wurde die Insel 1398. Die Inselbewohner lebten mehr schlecht von Strandgut, bis der Walfang im 17. Jh. zeitweise Wohlstand brachte. Nach dessen Ende setzte im ausgehenden 18. Jh. eine große Inselflucht ein. Erst mit dem Tourismus (ab 1834) änderte sich die Situation langsam. Auf Borkum, das seit 1850 als Nordseeheilbad anerkannt ist, herrscht ein pollenarmes und besonders jodhaltiges Hochseeklima, obwohl Autoverkehr – wenn auch eingeschränkt – zugelassen ist. Die Insel kann mit einer Dünenlandschaft, rund 25 km Sandstrand und der herrlich frischen Luft wuchern. An Borkums Strandpromenade wechseln sich eher hässliche Betonburgen mit gediegenen Bauten aus der Gründerzeit ab.

SEHENSWERT

Die Insel besitzt drei Leuchttürme. 1576 wurde der 45 m hohe **Alte Leuchtturm** erbaut, der bis 1879 Seefahrern den Weg wies; urspr. ein Kirchturm und abgebrannt, wurde er Ende des 19. Jh. wieder aufgebaut (Wilhelm-Bakker-Straße 4). Als Ersatz errichteten die Borkumer 1879 den **Großen Leuchtturm,** der auch Neuer Leuchtturm genannt wird und bis heute seinen Dienst tut (Goethestraße 1, Tel. 04922 77 99; Besichtigung April–Okt. tgl. 10.00–11.30 und 15.00–17.00, Mo., Mi., Fr. und Sa. auch 19.00–21.00, sonst Di., Fr. und So. 15.00 bis 16.30 Uhr). 1891 entstand am Südstrand der **Kleine Leuchtturm** (27 m), der bis zum Jahr 2003 in Betrieb war.

MUSEEN

Im **Heimatmuseum „Dat Dykhus"** werden 300 Jahre Borkumer Geschichte präsentiert. Schwerpunkt ist die Historie des Walfangs, eine der Attraktionen das Skelett eines 15 m langen Pottwals (Roelof-Gerritz-Meyer-Straße/ Am Alten Leuchtturm, Tel. 04922 48 60, www.heimatverein-borkum.de; Mitte März–Okt. Di.–So. 10.00–17.00 Uhr, sonst kürzer). Das **Feuerschiff Borkumriff** dient heute als Museumsschiff und Informationszentrum für den Nationalpark Wattenmeer und den Nordseeschutz (Am Neuen Hafen, Tel. 04922 20 30, www.feuerschiff-borkumriff.de; April–Okt. Di.–So. 9.45–17.15, Führungen jede Std. 9.45 bis 16.15; Nov.–März Di., Do. und Sa. 10.45 bis 16.15, Führungen um 13.45 Uhr). An der Südpromenade ist das kleine **Nordseeaquarium** zu finden (Von-Frese-Straße, Tel. 04922 15 88, http://nordseeaquarium-borkum.de; März–Okt. Di.–So. 10.00–17.00, sonst Mo., Mi., Sa. und So. 11.00–16.00 Uhr).

AKTIVITÄTEN

In der **Malschule** des Ateliers am Meer (Jann-Berghaus-Straße 1, Tel. 04922 99 05 55, www.atelier-am-meer.de) können Kurse in Acryl- und Aquarelltechniken belegt werden. Das **Gezeitenland** ist die Wohlfühloase auf der Insel mit Erlebnisbad und einer Saunalandschaft, angeboten werden Massagen, Packungen und Thalasso-Anwendungen. Dem Gezeitenland ist das Biomaris-Institut für angewandte Meereskosmetik angeschlossen (Goethestraße 27, Bad & Sauna Tel. 04922 93 36 00, Wellness & Kur Tel. 04922 93 36 50).

VERANSTALTUNGEN

In der Nacht vom 5. auf den 6. Dezember wird **Klaasohm** gefeiert, das so etwas wie der „Nationalfeiertag" der Insulaner ist. Deutlich gesitteter geht es bei der alljährlichen **Promenadenfete** im Sommer zu, bei der den ganzen Tag über Live-Musik, Mitmach-Aktionen für Kinder und buntes Markttreiben geboten werden und die mit einem großen Feuerwerk ihren Abschluss findet. Bei den **Borkumer Jazztagen** an Pfingsten sind schon Größen wie Paul Kuhn aufgetreten.

INFORMATION

Tourist-Information, Georg-Schütte-Platz 5, 26757 Borkum, Tel. 04922 93 30, www.borkum.de

Links: In einer früheren Borkumer Scheune residiert das „Upholm". Rechts oben: Inseltypisch sind die Strandzelte. Rechts unten: Borkums Strandkarren dienen der Sicherheit.

Tipp

Mit rotem Insel-Teppich

Einmal im Jahr wird Norderney zu einer Art „Cannes der Nordsee" – seit über 30 Jahren während des Filmfestes Emden/Norderney. Statt Kaviar und Austern gibt es Matjes und statt Champagner Ostfriesentee. Dann bringen deutsche Berühmtheiten wie Sönke Wortmann, Wolfgang Petersen, Joachim Król und Hannelore Elsner Glamour auf die Insel. Das plüschige Ambiente im Norderneyer Kino und die familiäre Atmosphäre machen das Filmfest zu einem besonderen Ereignis. Während der Festival-Drehbuchpreis in Zusammenarbeit mit dem Adolf-Grimme-Institut vergeben wird, entscheiden ansonsten die Kinobesucher über die Gewinnerfilme.

FILMFEST EMDEN/NORDERNEY
Kino im Kurtheater Norderney, Weststrandstraße 2, Tel. 04932 87 41 60, www.filmfest-emden.de; Karten im Kurtheater

2 Juist

Töwerland nennen die Juister auf Plattdeutsch ihre Insel, was so viel wie Zauberland bedeuten soll. „Töwer" war im Altplattdeutschen eine Hexe; alten Quellen zufolge wurde die Insel so bezeichnet, weil drei Inselbewohnerinnen Ende des 16. Jh. der Hexerei beschuldigt und verbrannt wurden. Das Eiland zwischen Borkum und Norderney ist das schmalste der Ostfriesischen Inseln und ein wahres Naturparadies. Je nach Gezeiten misst Juist teilweise nur 500 m in der Nord-Süd-Ausdehnung, ist dafür mit knapp 17 km die längste der Inseln. Gern wird Juist (1800 Einw.) auch die schönste **Sandbank** der Welt genannt. Seit 1840 ist es staatlich anerkanntes Seebad.

SEHENSWERT
Das 1898 errichtete **Historische Kurhaus,** auch „Weißes Schloss am Meer" genannt und beeindruckendes Beispiel der Seebäder-Architektur an der Nordseeküste, beherbergt heute ein Vier-Sterne-Hotel (www.strandhotel-kurhaus-juist.com). 2008 wurde mit dem 17 m hohen **Seezeichen** auf der neuen Seebrücke ein neues Inselwahrzeichen geschaffen. Der **Wasserturm,** von den Insulanern wegen seiner besonderen Form auch „Doornkaatbuddel" genannt, wurde 1927 errichtet, als wegen des zunehmenden Fremdenverkehrs die herkömmliche Wasserversorgung nicht mehr ausreichte. Das **Alte Warmbad** (1899) beherbergt heute das Standesamt und einen Lesesaal. Der **Leuchtturm Memmertfeuer** hat keine Bedeutung mehr für die Schifffahrt. Der **Hammersee,** der größte Süßwassersee der Ostfriesischen Inseln, entstand, als die verheerende Petriflut von 1651 die Insel zeitweise zweigeteilt hatte. Am Westende Juists liegt das **Billriff,** auf dessen Sandbänken bei Ebbe gelegentlich Seehunde zu beobachten sind.

MUSEEN
Das **Küstenmuseum** im Loog präsentiert Interessantes zur Juister Inselhistorie, aber auch Ausstellungen zu Schifffahrt und Fischerei, zur Seebädergeschichte und zum Küstenschutz (Loogster Pad 29, Tel. 04935 14 88, kuestenmuseum-juist.de; April–Okt. Di.–Fr. 9.30–13.00 und 14.30–17.30, Sa. 9.30–13.00, So. 14.30–17.00, sonst Di. und Sa.14.30 bis 17.00 Uhr). Das **Haus Siebje** repräsentiert die Inselbauweise vor rund 200 Jahren (Heimatverein Juist, Friesenstraße 19, Tel. 04935 7 84 64). Das **Nationalpark-Haus** ist im Inselbahnhof von 1936 untergebracht (Carl-Stegmann-Straße 5, Tel. 04935 15 95, www.nationalparkhaus-wattenmeer.de/juist; Jan.–Okt. Di.–Fr. 9.30–12.30 und 15.00–18.00, Sa. und So. 15.00–18.00 Uhr).

VERANSTALTUNG
Himmelfahrt lädt die Insel zum **Juister Musikfestival** (www.juister-musikfestival.de). Es wird gerockt, geswingt, von Reggae über Jazz bis zu Folklore ist einiges im Angebot.

INFORMATION
Kurverwaltung, Friesenstraße 18, 26571 Juist, Tel. 04935 80 98 00, www.juist.de

3 Norderney

Norderney existiert in heutiger Form erst seit Mitte des 16. Jh. und ist damit die jüngste der Ostfriesischen Inseln. Bereits 1797 durfte sie sich Königlich-Preußisches Seebad nennen, von 1819 bis 1866 Königlich Hannoversche Seebadeanstalt – bis Preußen das Königreich Hannover vereinnahmte. Auf dem zweitgrößten der ostfriesischen Eilande (26 km²) urlaubten zuerst überwiegend die oberen Zehntausend; Dichter und Komponisten ließen sich hier inspirieren. Heute verzeichnet die Insel (6000 Einw.) über 3 Mio. Übernachtungen pro

Links: Juister „Domäne Bill" – der legendäre Rosinenstuten. Rechts: Beachvolleyball beim Norderneyer „White Sands Festival".

Jahr. Schon von der Fähre aus fällt die urbane Silhouette der Stadt Norderney ins Auge; dort geht es in der Hauptsaison lebhaft zu – Ruhe findet man in der weitläufigen Dünenlandschaft und an den Stränden.

SEHENSWERT

Rund um den Kurplatz versprüht Norderney Charme vergangener Zeiten. Zumal wenn zum Kurkonzert aufgespielt wird. Das 1840 errichtete **Conversationshaus** (Kurhaus) zählt zu den bedeutendsten Profanbauten Ostfrieslands (heute Spielbank). Das mondäne **Kurhotel** wurde bereits 1837 erbaut und diente dem hannoverschen Königshaus als Sommerresidenz. Auch das **Kurtheater** (1894) weckt mit seinem „plüschigen" Ambiente Erinnerungen an „anno dazumal" (Kino). Die **Windmühle Selden Rüst** („Selten Ruhe", 1862) ist die einzige auf den gesamten Ostfriesischen Inseln (Restaurant, Marienstraße 24, Tel. 04932 20 06, www.norderney-muehle.de). Vom **Leuchtturm,** 1872–1874 errichtet und 54 m hoch, genießt man einen herrlichen Rundblick (tgl. 14.00–16.00 Uhr). Im **Watt Welten Besucherzentrum Norderney** erfahren Besucher, welche besonderen Tiere und Pflanzen im Wattenmeer leben und wachsen, und welche Probleme es beispielsweise mit dem Müll in der Nordsee und den Offshore-Anlagen auf See gibt (Am Hafen 2, Tel. 04932 20 01, www.nationalparkhaus-wattenmeer.de/national park-haus-norderney; März–Sept. tgl. 9.00 bis 18.00, sonst tgl. 9.00–17.00 Uhr).

MUSEEN

Im **Bademuseum** ist u. a. die rund 200-jährige Geschichte des Staatsbades nachzuverfolgen (Am Weststrand 11, Tel. 04932 93 54 22, www.museum-norderney.de; Di.–So. 11.00–16.00 Uhr). 1937 wurde das **Heimatmuseum** in einem Nachbau einer Fischerkate eröffnet; wie die Fischer einst lebten und arbeiteten, ist hier zu sehen (Weststrandstraße 1, Tel. 04932 17 91, www.heimatverein-norderney.de).

AKTIVITÄTEN

Das **bade:haus norderney** gilt als größtes Thalassozentrum Europas (Am Kurplatz, Tel. 04932 89 10, www.norderney.de/badehaus-norderney.html; tgl. 9.30–21.30 Uhr).

VERANSTALTUNGEN

Norderney ist der „Sportcrack" der Ostfriesischen Inseln. Das **White Sands Festival** an Pfingsten kombiniert ein hochkarätiges Beachvolleyball-Turnier mit einer Windsurf-Regatta und mit Party „bis zum Abwinken" (www.whitesands festival.de). Ein weiteres Highlight ist das **Summertime** am Nordstrand; 2018 traten im Rahmen dieser Beach-Party u. a. die Simple Minds, Anastacia und Howard Carpendale auf. Sportlich geht es beim **Meine-Insel-Lauf Norderney** zu (www.norderney-lauf.de).

INFORMATION

Staatsbad Norderney Gesellschaft, Am Kurplatz 1, 26548 Norderney, Tel. 04932 89 19 00, www.norderney.de

Genießen Erleben Erfahren

DuMont Aktiv

Bei Regenpfeifer & Co.

Der Nationalpark Wattenmeer dient zahlreichen Vogelarten als Brutstätte oder Rastplatz. Auf Juist haben Hobby-Ornithologen gleich drei interessante und landschaftlich unterschiedliche Vogelparadiese zur Auswahl.

In der Dünenlandschaft des Kalfamer ist unter anderem die vom Aussterben bedrohte Zwergseeschwalbe zu beobachten. Während der Brutzeit von April bis Okt. ist der Zutritt nur im Rahmen von Führungen möglich, ansonsten nur auf den markierten Wegen gestattet. Am Billriff geben sich Alpenstrandläufer, Kiebitzregenpfeifer und Knutts ein Stelldichein. Zum Schutz der Vögel, aber auch wegen des Treibsands, ist auch hier der Zutritt nur eingeschränkt möglich. Auch am Hammersee herrscht reges Treiben. Es rasten Blässhühner, Haubentaucher und zahlreiche Entenarten.

Ein Spitzenerlebnis ist für Vogelliebhaber die Insel Memmert, südwestlich von Juist und seit 1907 Vogelschutzgebiet. Dort befindet sich einer der in Europa äußerst seltenen Brutplätze des Löfflers. Auch Heringsmöwen, Kormorane, diverse Seeschwalbenarten und Watvögel brüten auf dem Eiland. Scharen von Schnepfenvögeln, Regenpfeifern, Wasser- und Strandläufern, Säbelschnäblern und Austernfischern leben vorübergehend nahe der Sandbank. Memmert darf allerdings nur mit schriftlicher Genehmigung der Nationalparkverwaltung, nur außerhalb der Brutzeit und ausschließlich unter fachkundiger Führung betreten werden.

Weitere Informationen

Nationalpark-Haus Juist, Carl-Stegmann-Straße 5, Juist, Tel. 04935 15 95, www.nationalparkhaus-wattenmeer.de/juist; Jan.–Okt. Di.–Fr. 9.30–12.30 und 15.00–18.00, Sa. und So. 15.00–18.00 Uhr

Halt
für
Rangierfahrten

Bollerwagen statt Luxusschlitten

Aneinandergereiht wie die Perlen auf einer Schnur liegen die Ostfriesischen Inseln im Wattenmeer – am östlichen Ende Baltrum, Langeoog, Spiekeroog und Wangerooge. Hier geht es „sutsche" zu, wie man im Norden zu sagen pflegt: ruhig, unaufgeregt und gemütlich. Wunderbar lässt es sich einen Gang runterschalten, was keineswegs wörtlich zu verstehen ist, denn alle vier Inseln sind autofrei. Bollerwagen statt Luxusschlitten rumpeln übers Pflaster. Und kaum, dass die Fähren vom Festland ablegen, hat man die Alltagshektik vergessen.

Orientierungspunkt auf der flachen Insel: Wangerooges Neuer Leuchtturm.

Zwischen West- und Ostdorf liegt
Baltrums kleiner See.

Schlichte Strandburgen reichen auf Baltrum nicht – immer wieder wird neuer Ehrgeiz geweckt.
Ansonsten geht es auf der Insel geruhsam zu. Es sei denn, man nimmt ein Bad in der Brandung.

Strandgymnastik gehört auf Baltrum dazu.

Dem Römerwort „Frisia non cantat – Friesland singt nicht" zufolge haben die Küstenbewohner seit jeher genug damit zu tun, ihr Land gegen die See zu sichern.

Es soll doch tatsächlich Ignoranten geben, die behaupten: „Kennt man eine der Ostfriesischen Inseln, kennt man sie alle." „Dumm Tüch", „dummes Zeug", entgegnen die Ostfriesen zu Recht. Baltrum, Langeoog, Spiekeroog und Wangerooge eint zwar, dass die Uhren hier etwas langsamer ticken als beispielsweise auf dem mondäneren Norderney. Und doch haben sie alle ihren eigenen Charme und ihre Besonderheiten. Wangerooge besitzt zudem das Alleinstellungsmerkmal, streng genommen gar keine Ostfriesische Insel zu sein. Denn das Eiland gehört historisch gesehen zum friesischen Jeverland, also zu Oldenburg.

Musikalisches Dornröschen

Spötter behaupten, der Name Baltrum leite sich davon ab, dass man bei einem Spaziergang „bald rum" sei. Das Eiland liegt zwar in der Mitte der ostfriesischen Perlenkette, ist aber wahrlich nicht der Nabel der Welt. Die Insulaner selbst haben ihm den Namen „Dornröschen der Nordsee" gegeben. Entweder man kommt einmal und nie wieder, weil man Baltrum eher als „Aschenputtel" wahrnimmt, oder man wird Stammgast auf Jahrzehnte, weil man es dort so märchenhaft schön findet. An Baltrum scheiden sich jedenfalls die Geister.

Geradezu gespenstisch ging es zu, als der schwedische Regisseur von Weltruf, Ingmar Bergmann, 1967 seinen Film „Die Stunde des Wolfs" auf Baltrum drehen ließ: ein cineastischer Albtraum von einem Maler, der auf der einsamen Nordseeinsel neue Inspiration suchte, doch stattdessen im Reich der Dämonen endete. Dem großen deutschen Expressionisten Paul Klee ging es 1923 anders. Er konnte sich ganz offensichtlich von der wunderbaren Dünenlandschaft und der beschaulichen Atmosphäre inspirieren lassen. Jedenfalls entstanden eine Reihe von Aquarellen, die „Nordseebilder" mit Titeln wie „Häuser an der Düne", „Wattenmeer" und „Dünenflora". Paul Gauguin, der auch Klee maßgeblich beeinflusst hatte, musste in die Südsee reisen, Klee reichte Baltrum. Des Malers Biograf behauptet jedenfalls, der Aufenthalt auf der Nordseeinsel hätte das spätere Werk des Künstlers entscheidend geprägt.

Eines ist sicher: Auch die Insulaner sind in besonderem Maße von der Muse geküsst worden. Auf keiner der Ostfriesischen Inseln geht es so musikalisch zu wie auf Baltrum. Selbstverständlich ohne großen technischen Schnickschnack – „unplugged" gewissermaßen. Der Shanty-Chor schmettert seit 1985 Seemannslieder nicht mehr nur auf der

Flächenmäßig gehört Wangerooge zwar zu den kleinen Ostfriesinnen, für Familien ist die Insel allerdings die größte. Und damit der Ferienspaß ungetrübt bleibt, wacht auch hier der StrandService in seinem Karren über das Badeleben.

Insel, sondern hat längst auch das Festland „geentert“ und sogar diverse CDs veröffentlicht. Gegründet haben die Männer den Chor, um den Baltrumer Frauen nicht nachzustehen. Denn die hatten bereits lange zuvor eine Gitarrengruppe ins Leben gerufen. Anfangs spielten sie aufgrund von akutem Instrumentenmangel noch auf selbst gebastelten Klangkörpern, auf mit Draht bespannten Zigarrenkisten. Logisch, dass bei derartig ausgeprägter Kreativität auch die Gäste musikalisch aktiv sind. Seit den 1950er-Jahren treffen sie sich Sommer für Sommer fast täglich am Strand, um gemeinsam zu singen. Dass die Kröten, die im Großen Dünental ihr Frühlings-Konzert geben, „Baltrumer Nachtigallen“ genannt werden, sei nur am Rande erwähnt.

„Legale Droge Wangerooge“ – so bezeichnen die Insulaner ihre Insel und deren Wirkung auf Besucher vom Festland.

„Präsidentensuite“ im Grünen

Spiekeroog scheint deutsche Bundespräsidenten magisch anzuziehen. Sowohl Gustav Heinemann als auch Walter Scheel, Richard von Weizsäcker und vor allem Johannes Rau urlaubten auf der Nordseeinsel. Rau tauschte, so oft es seine Zeit erlaubte, Schloss Bellevue mit einem inoffiziellen Amtssitz auf Spiekeroog. Er hatte eine genaue Vorstellung davon, wie ein perfekter Sommertag dort auszusehen hat: auf keinen Fall den Wecker stellen, sondern schlafen, bis man wach wird. Danach bitteschön gemütlich auf der Veranda frühstücken und anschließend in Ruhe nachsehen, ob das Schiff mit den aktuellen Zeitungen angelegt hat. Für den Winter hatte der 2006 verstorbene Politiker ebenfalls einen exzellenten Plan parat: „Alles genau so machen wie im Sommer, nur die Heizung höher drehen.“

Retrodesign zeichnet im gleichnamigen Langeooger Hotel nicht nur den Frühstücksraum aus.

Auf dem Holzweg ist man in Langeoog richtig und quert damit vorschriftsmäßig den empfindlichen Dünengürtel.

Das Langeooger Nachtleben verläuft vergleichsweise geruhsam: in der Mittelstraße.

Sie sehen wilder aus, als sie sind: Schottische Hochlandrinder am Großen Schloop, wo die „Weihnachtsflut" von 1717 die Dünenkette durchbrach und die Insel eine Zeit lang teilte.

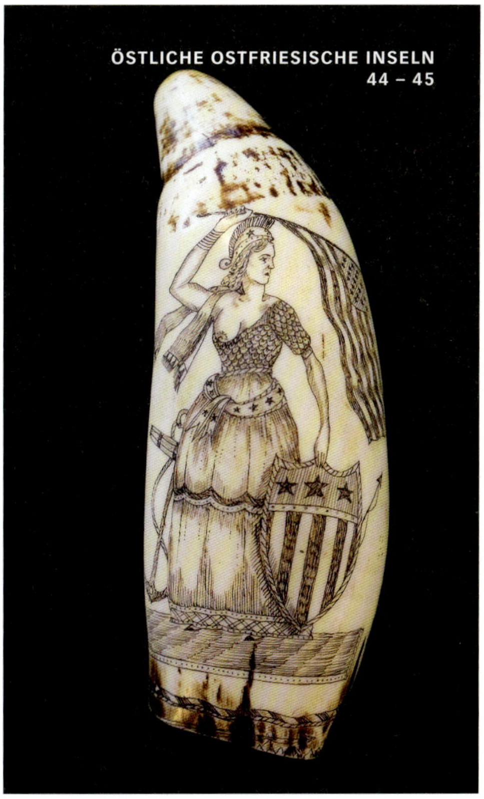

Bearbeitete Walzähne in Langeoogs Schifffahrtsmuseum erinnern an Walfängerzeiten.

„Wolken, Wind und Möwenschrei, als ob Mensch und Zeit nicht sei."

Hermann Claudius 1957 über Langeoog

Spiekeroog ist ein Hort der Ruhe. Hier geht es tatsächlich so zu, wie es die Werbung für eine friesische Biermarke verspricht: Keine Staus. Keine Termine. Keine Hektik. Kein Stress. Keine Kompromisse. Was auch heißt: kein Flughafen, keine Busse, keine Autos und möglichst noch nicht einmal Fahrräder – viel zu hektisch diese Raser auf zwei Rädern. Das öffentliche Verkehrsmittel auf Spiekeroog wird von exakt einer Pferdestärke betrieben, seit in den 1980er-Jahren die alte Pferdebahn reaktiviert wurde.

Die schnuckeligen Häuser im Inseldorf, mit hübsch verglasten Wintergärten und grün getünchten Zäunen davor, ducken sich im Schutz mächtiger Linden und Kastanien. Das älteste von ihnen wurde 1705 errichtet. Sein Bauherr war ein Pfiffikus: Er sorgte für den Fall einer Sturmflut vor und konstruierte das Dach seines Hauses geschickterweise so, dass es im Katastrophenfall als Floß dienen konnte.

Grün, grün, grün ...

Spiekeroog ist wohl nicht nur die beschaulichste, sondern auch die grünste der Ostfriesischen Inseln. Was in erster Linie einem Oberforstdirektor aus Hannover zu verdanken ist. Als er Mitte des 19. Jahrhunderts als Gast auf der Insel weilte, begann er, das erste Wäldchen anzulegen. Den Insulanern gefiel seine Idee, und so taten sie es ihm gleich. Schwarzkiefern, Eichen, Erlen, Ebereschen, Zitterpappeln und Birken, aber auch die weitverbreiteten Krähenbeerheiden gediehen und gedeihen prächtig und geben der Insel nun ihr charakteristisches grünes Kleid.

Dem siebten Himmel näher

Wangerooge traute sich als Erste. Der Alte Leuchtturm auf der Insel ist seit 1996 Außenstelle des Standesamtes, in der heiratswillige Paare in eine gemeinsame Zukunft aufbrechen können. Weit über 5000 Brautpaare haben sich seitdem hier das „Ja-Wort" gegeben. Vielleicht weil sie sich in rund 30 Metern Höhe in der einstigen Wachstube des Leuchtturmwärters dem siebten Himmel etwas näher fühlen? Vielleicht auch, weil die Hochzeitsfotos endlich mal nicht so aussehen wie die von Freunden und Bekannten? Denn die werden gleich nach der Trauung auf der stets windigen Aussichtsplattform gemacht, wehende Hochzeitskleider und zerzauste Frisuren inklusive. Romantisch ist eine Leuchtturm-Hochzeit auf Wangerooge sowieso. Aber auch überaus praktisch. Weil man die Flitterwochen gleich auch noch auf der Insel verbringen kann.

Spiekeroog hält für seine Besucher einige Zerstreuung bereit: Krabbenjagd bei einsetzender Ebbe beispielsweise (oben), eine Fahrt mit der 1885 in Betrieb genommenen Pferdebahn (Mitte links) oder eine Shoppingtour durch das Noorderloog (Mitte rechts).

Hier gilt es vor allem, über Wasser zu bleiben: Papierbootregatta im Spiekerooger Hafen.

In Spiekeroogs Inselkirche erinnern Votivschiffe an prekäre Situationen auf See und die glückliche Rettung.

Eine wechselhafte Geschichte

Im Jahr 1969 konnte der Alte Leuchtturm nach immerhin 113 Dienstjahren seiner ursprünglichen Bestimmung nicht mehr nachkommen. Obwohl in den 1920er-Jahren noch auf 39 Meter erhöht, reichte seine Leuchtkraft nicht mehr aus, um den Schiffen in der Nordsee den Weg zu weisen. Dies übernimmt seitdem der von Schillig aus ferngesteuerte Neue Leuchtturm. Doch damit nicht genug zur wechselhaften Geschichte der Wangerooger Leuchtfeuer: Schließlich leistet sich die Insel nach wie vor gleich drei Exemplare.

Der Westturm, bereits um 1600 erbaut, hat einiges erlebt. Mitte des 19. Jahrhunderts bekam er nasse Füße, nach einer Sturmflut und wegen Wangerooges ausgeprägter Neigung, im Wattenmeer herumzuwandern. Im Jahr 1914 wurde er schließlich kurzerhand in die Luft gejagt, aus Sorge, die englische Marine könnte durch ihn allzu leicht zum kaiserlichen Marinestützpunkt in Wilhelmshaven geführt werden.

Heute beherbergt der in den 1930er-Jahren fast originalgetreu nachgebaute neue Westturm die Jugendherberge der Insel. Und es sollte doch nicht wundern, wenn einige der Jugendlichen später einmal wiederkommen, um schließlich im Alten Leuchtturm von Wangerooge in den Hafen der Ehe einzulaufen.

TEE IST VIEL MEHR ALS NUR EIN GETRÄNK

Sahnewölkchen und Wohlklang

Als Ehre gilt es in Ostfriesland, zum Tee eingeladen zu werden. Bekommt man als Ostfriese oder auch als „Außerfriesischer" bei einer traditionsbewussten Familie nach einer Viertelstunde noch keinen Tee angeboten, ist man mit ziemlicher Sicherheit nicht willkommen.

Tee wird in Ostfriesland nicht getrunken, das Teetrinken wird zelebriert. Gemütlich sollte es sein zur „Teetied“, am Nachmittag oder auch beim „Elfführtje“ am Vormittag. Sich selbst einzuschenken, gilt als höchstes Banausentum. Als Erstes wandert Kandis in die Tasse. Je größer das Stück desto willkommener der Gast, sagt man. Ein leises Klingeln, ein Knistern ertönt, wenn die heiße Flüssigkeit auf den „Kluntjes“ trifft. So ungefähr könnte es klingen, wenn ein Edelstein zerbricht. „Wohlklang“ nennen es die Ostfriesen schlicht und ergreifend. Auch die Sahne wird nicht einfach so in die feinwandige Tasse gekippt, sondern mit einem angewärmten Löffel, dem „Rohmlepel“, aufgelegt. Wie in einem Gemälde verteilt sich das „Sahnewölkchen“.

Damit's ordentlich knistert: Zuerst kommen große weiße Kandisklumpen in die Tasse. Dann wird der Tee eingegossen und zum Schluss mit dem „Rohmleppel“ ein Sahnewölkchen in den Tee gelegt.

Ein Ausflug in die Vergangenheit – im Ostfriesischen Teemuseum in Norden.

Mit Kandis und „'n Wulkje Rohm“, man trinkt den Tee hier so, weil „dat so mutt“. Was dagegen überhaupt nicht sein muss, ist, mit dem Löffel in dem Kunstwerk herumzurühren. Getrunken wird in drei Abteilungen. Zuerst die milde Sahne an der Oberfläche, dann die Mitte, wo sich der eher herbe, intensive Geschmack des Tees entfaltet. Als „Nachtisch“ etwas Süßes – den teilweise aufgelösten Kandis in einer Pfütze Tee. „Dree is Oostfreesenrecht“, heißt es – zweimal darf man also nachbitten.

1610 brachten erstmals Schiffe der „Niederländischen Ostindien-Kompanie“ Tee nach Europa. Seit Beginn des 18. Jahrhunderts importierten die Ostfriesen die kostbaren Blätter selbst. Längst gibt es genug Tee für alle. Und so liegt die Hauptaufgabe der Teetester darin, jedes Jahr aufs Neue eine exakt gleich schmeckende Mischung – hauptsächlich aus Assam-, Ceylon- und Darjeeling-Tees komponiert – zu zaubern, was der Quadratur des Kreises gleichzukommen scheint. Sie schaffen es trotzdem. Etwa 50 000 Teesorten sind jedes Jahr auf dem Markt. Und keine von ihnen schmeckt genau so wie im Vorjahr. Also muss immer wieder neu getestet und gemischt werden. Denn schmeckt den Ostfriesen ihre Mischung anders als gewohnt, hagelt es harsche Beschwerden.

Oben und linke Seite: Bei der Teeprobe in einem ostfriesischen Teeladen.

Museen

Ostfriesisches Teemuseum, Norden, Am Markt 36, Tel. 04931 12 10 0, www.teemuseum.de; tgl. 10.00–17.00, Teezeremonie Di., Mi. und Sa 14.00 sowie Fr. 11.00 Uhr

TeeMuseum, Sammlung Oswald-von Diepholz, Norden, Am Markt 33, Tel. 04931 13 80 0, www.teemuseum-norden.de; Ostern–Okt. Di.–So. 12.00–17.00, Führungen Di., Mi., Fr. und So. 13.00 und 15.00 Uhr

Maßstab 1:200.000
0 2 4km
NORDSEE
Ostfriesische Inseln
Wangerooge
Spiekeroog
Langeoog
Baltrum
Niedersächsisches Wattenmeer
Nationalpark
Schutzzone I
Minsener Oog
Mellumplate
Mellum
Jade
Leuchtturm „Alte Weser"
Leuchtturm „Roter Sand"
Leuchtturm „Mellumplate"
Leuchtturm „Hooksielplate"
Hoher Rücken
Neues Brack
Martensplate
Swinnplate
Janssand
Ruteplate
Neiderplate
Steinplate
Neuharlingersiel
Bensersiel
Esens
Wittmund
Jever
Wilhelmshaven
Schortens
Dornum
Großheide
Westerholt
Holtgast
Werdum
Harlinger Land
Wangerland
Hooksiel
Horumersiel
Carolinensiel
Elisabethgroden
Hohenkirchen
Neßmersiel
Westeraccumersiel
Dornumersiel
Blomberg
Neuschoo
1
2
3
4
5

Die Seele baumeln lassen

Der Jet-Set hat zwar kein Einreiseverbot, aber er verirrt sich auch nur höchst selten nach Baltrum, Langeoog, Spiekeroog und Wangerooge. Statt Kaviar gibt es hier Kaffee und Kuchen. Und viel Ruhe statt Glamour und Gucci. Auf den weitläufigen Sandstränden lässt man Drachen steigen und in der herrlichen Dünenlandschaft die Seele baumeln.

1 Wangerooge

Auf dem knapp 8 km² großen autofreien Eiland wohnen noch nicht einmal 1000 Insulaner. Erwähnt wurde Wangerooge erstmals im frühen 14. Jh. In seinem Namen bezieht sich die Insel (Oog) wohl auf die gegenüberliegende Festlandsregion Wangerland. Nachdem Wangerooge im späten 18. Jh. mit Jever unter die Herrschaft der späteren Zarin Katharina der Großen fiel und 1804 den Status eines Seebades zugesprochen bekam, gehörte es anschließend kurzzeitig zu Holland und Frankreich. Ab 1818 hatten wieder die Großherzöge aus Oldenburg das Sagen auf der Insel. Kurz vor dem Ende des Zweiten Weltkriegs war Wangerooge Ziel eines alliierten Bombenangriffs. Einige Bausünden aus den 1960er- und 1970er-Jahren machen die Insel nicht gerade zu einem architektonischen Kleinod, dafür lockt die Flaniermeile der Zedeliusstraße mit Gastronomie und Shopping. Der feine Sandstrand liegt mit seinen Strandkörben ganz in der Nähe des Zentrums.

SEHENSWERT

Der rot-weiße **Alte Leuchtturm,** 1856 errichtet, 1927 auf 39 m aufgestockt und 1969 endgültig erloschen (Zedelius-Straße 3, Tel. 04469 83 24, www.leuchtturm-wangerooge.de; tgl. 10.00 bis 12.00 und 14.00–17.00 Uhr), wurde vom 67 m hohen **Neuen Leuchtturm** abgelöst (nicht zu besichtigen). Der **Westturm,** Wahrzeichen der Insel und 1932 nach dem Vorbild seines Vorgängers aus dem 16./17. Jh. errichtet, beherbergt eine Jugendherberge. Das **Nationalpark-Haus Wangerooge** informiert u. a. über Flora und Fauna im Wattenmeer (Friedrich-August-Straße 18, Tel. 04469 83 97, www.nationalpark haus-wattenmeer.de/nationalpark-haus-wangerooge; Mitte März–Okt. Di.–Fr. 9.00–13.00 und 14.00–18.00, Sa., So. und Fei. 10.00–12.00 und 14.00–17.00, sonst Di.–Fr. 10.00–13.00 und 15.00–17.00, Sa., So. und Fei. 14.00–17.00 Uhr).

MUSEUM

Das **Heimatmuseum** ist im Alten Leuchtturm untergebracht (Zedeliusstraße 3, Tel. 04469 83 24, www.leuchtturm-wangerooge.de; Mi.–Fr. 17.00–19.00, Sa. 11.00–14.00 Uhr).

AKTIVITÄTEN

Das **Meerwasser-Erlebnisbad Oase** mit seinen Innen- und Außen-Schwimmbecken lockt unter anderem mit einer Riesenrutsche (Obere Strandpromenade, Tel. 04469 9 91 46; Ostern bis Okt. Mo.–Do. 8.30–19.00, Fr. 12.30–21.00, Sa. und So. 12.30–19.00 Uhr).

Sorgen für Sicherheit: Wangerooges Strandwärter (links) und Wangerooges Neuer Leuchtturm (rechts).

INFORMATION

Kurverwaltung, Nordseeheilbad Wangerooge, Obere Strandpromenade 3, 26486 Wangerooge, Tel. 04469 990, www.wangerooge.de

2 Spiekeroog

Spiekeroog wird gern auch die „Grüne Insel“ genannt, weist sie doch weit mehr Baumbestand auf als ihre Schwestern. Erstmals erwähnt wurde das 18 km² große autofreie Eiland (820 Einw.) 1398, und seit 1846 darf es sich Seebad nennen. Vor rund 300 Jahren erlangte Spiekeroog durch die Vereinigung mit Lütjeoog und Oldeoog seine heutige Größe. Spiekeroog ist ein nahezu perfekter Ort für all diejenigen, die Ruhe suchen und Urlaub im Einklang mit der Natur verbringen möchten. Neben der einzigartigen Dünenlandschaft – mit der Hohen Düne (24 m) besitzt Spiekeroog den höchsten „Berg“ Ostfrieslands –, wunderbaren Stränden und stillen Wäldchen zieht vor allem der idyllische Inselort mit seiner dörflichen Gemütlichkeit die Inselgäste an.

SEHENSWERT

Auf Spiekeroog steht die älteste noch erhaltene Kirche der Ostfriesischen Inseln. Dabei ist die **Alte Inselkirche** (Süderloog, Tel. 04976 257) von 1696 noch nicht einmal das erste Gotteshaus, das hier geweiht wurde. Betrachtenswert sind u. a. die Apostelbilder und die aus Treibholz gefertigte Kanzel.

MUSEEN

Im **Muschelmuseum** über der Spiekerooger Kurverwaltung geht es nur bedingt wissenschaftlich zu; statt lateinischer Fachbezeichnungen erhielten die Funde Fantasienamen (Noorderpad 18; Mo.–Fr. 9.00–17.00, Sa. und So.

Tipp

Auf dem Pferderücken

Die Reitschule Petschat auf Spiekeroog bietet täglich Ausritte über die Insel. Der Ausflug auf dem Rücken der Pferde führt durch die Dünen und am Spiekerooger Strand entlang und dauert in der Regel anderthalb Stunden. Voraussetzung für einen Ausritt ist das Beherrschen der drei Grundgangarten (Schritt, Trab und Galopp). Am schönsten ist der dreieinhalbstündige Ausritt ans östliche Ende Spiekeroogs inklusive eines herrlichen Ausblicks hinüber zur Nachbarinsel Wangerooge. Wer des Reitens nicht mächtig ist, kann alternativ mit zwei PS auf einer gemütlichen Kutschfahrt die Insel erkunden.

WEITERE INFORMATION
Reitschule Klaus Petschat, Achter'd Diek 13, Spiekeroog, Tel. 04976 14 01, www.reitschule-petschat.de

9.00–12.00 Uhr). Das **Inselmuseum** präsentiert in einem früheren Kapitänshaus von 1715 Exponate aus mehreren Jahrhunderten Inselgeschichte (Noorderloog 1, Tel. 04976 256, www.inselmuseum-spiekeroog.de; niedersächsische Oster- bis Herbstferien Di.–So. 15.30 bis 17.00 Uhr).

INFORMATION
Kurverwaltung, Nordseebad Spiekeroog, Noorderpad 25, 26474 Spiekeroog, Tel. 04976 919 31 01, www.spiekeroog.de

3 Langeoog

Der Name Langeoog (Lange Insel) kommt nicht von ungefähr. Die rund 20 km² große und autofreie Insel (1900 Einw.) bietet einen 14 km langen Sandstrand. Eine erste Erwähnung datiert von 1398, als der Ostfriesen-Häuptling Widzel tom Brok dem Herzog Albrecht von Bayern das Lehen über „Langeoch" übertrug; besiedelt soll das Eiland aber bereits im frühen 13. Jh. gewesen sein. Nach der Weihnachtsflut 1717 wanderten bis auf vier Familien alle Langeooger aus. Der erste Badegast entdeckte 1830 die herrliche Dünenlandschaft. Die wohl bekannteste Einwohnerin von Langeoog war die Sängerin Lale Andersen (1905–1972; „Lili Marleen"), die ihre letzte Ruhestätte auf dem Dünenfriedhof gefunden hat. 1901 zunächst als Pferdebahn in Betrieb genommen, bringt die Langeooger Inselbahn Touristen heute mit Dieselkraft vom Anleger ins Dorf.

SEHENSWERT
Wahrzeichen ist der 1908 aus weißem Wellblech und rotem Backstein erbaute **Wasserturm**. Ganz in der Nähe wurde 2005 eine Bronzeplastik von Lale Andersen aufgestellt. Sehenswert ist das Altarbild des Malers Hermann Buß in der ev. **Inselkirche** aus dem späten 19. Jh. Den Glockenturm der kath. Kirche nennen die Insulaner etwas abfällig „Nonnenrutsche" oder „Möwenrutschbahn". Die 20 m hohe **Melkhorndüne** erlaubt einen schönen Rundblick über die Insel. In der Nähe bietet das Vogelwärterhäuschen Informationen für Hobby-Ornithologen – überhaupt ist Langeoog, speziell an der Meierei Ostende, ein Paradies für Vögel und für Vogelliebhaber.

MUSEEN
Im **Schifffahrtsmuseum** sind zahlreiche Schiffsmodelle zu sehen, außerdem u. a. historische Protokolle von Rettungseinsätzen der Deutschen Gesellschaft zur Rettung Schiffbrüchiger (DGzRS). Im dazugehörigen **Nordsee-Aquarium** tummeln sich Nordseebewohner (Haus der Insel, 04972 69 32 11; niedersächsische Oster- bis Herbstferien). Das **Heimatmuseum Seemannshus** erzählt von den Inselbewohnern in den vergangenen Jahrhunderten (Caspar-Döring-Pad/Mittelstraße, Tel. 04972 861; Öffnung nur auf Anfrage).

AKTIVITÄTEN
Das **Meerwasser-Freizeit- und Erlebnisbad** ist mit Wellenbecken, Großrutsche, Eltern-Kind-Becken und Saunalandschaft (inkl. Dünensauna) u. a. ausgestattet (Kurstraße 5, Tel. 04972 69 32 41; Erlebnisbad, Di.–So. 10.00–18.00, Saunalandschaft Di.–Fr. 14.00–20.30, Sa. und So. 10.00 bis 18.00 Uhr).
Die Langeooger Fährflotte bietet **Ausflüge** ins Wattenmeer und zu den Seehundbänken an (Schifffahrt der Inselgemeinde Langeoog, Hauptstraße 28, Tel. 04972 69 30, www.schiffahrt-langeoog.de).

INFORMATION
Kurverwaltung, Hauptstraße 28, 26465 Langeoog, Tel. 04972 69 30, www.langeoog.de

Oben: Erinnerung aus Seefahrerzeiten auf Spiekeroogs Friedhof. Rechts: Fischkutter im idyllischen Hafen von Neuharlingersiel.

4 Baltrum

Baltrum ist mit rund 6,5 km² Fläche die kleinste der Ostfriesischen Inseln. Erwähnt wurde es 1398 als Balteringe, was auf Altfriesisch so viel wie Weideland bedeutet. Seit 1876 ist die Insel staatliches Seebad, doch weil der Tourismus hier nicht so erfolgreich boomte, erhielt Baltrum schnell den Beinamen „Dornröschen der Nordsee". Knapp 600 Menschen wohnen hier dauerhaft in den drei Ortsteilen Westdorf, Ostdorf und im alten Ostdorf. Straßennamen gibt es nicht, die Häuser sind chronologisch nummeriert.
Baltrum lockt mit bis zu 300 m breiten Sandstränden und unberührter Dünenlandschaft. Dank alter Fischerhäuschen konnte sich die Insel ihren Charme bewahren. Autofrei, wie die Insel ist, poltern hier noch Pferdekutschen über das Pflaster.

SEHENSWERT
Die **Inselkirche** von 1826 gilt als das Wahrzeichen Baltrums; ihre Kirchenglocke, angebracht an einem frei stehenden Holzgerüst, war ursprünglich eine Schiffsglocke, die bei einer Sturmflut an den Strand gespült wurde. Das **Nationalpark-Haus** präsentiert eine Ausstellung zum Thema Gezeiten (Haus Nr. 177, Tel. 04939 469; www.nationalparhaus-wattenmeer.de/nationalpark-haus-baltrum; Mitte März–Anf. Nov. Di.–Fr. 9.30–13.00 und 15.00–18.00, Sa. und So. 10.00 bis 12.00 und 15.00–18.00 Uhr).
Ein rund 7 km langer **Gezeitenpfad** führt über die Insel.

MUSEUM
Das **Heimatmuseum** im alten Zollhaus zeigt eine heimat- und naturkundliche Ausstellung (Haus Nr. 18, Tel. 04939 91 06 30; Juni–Aug. Mo., Di., Do. und Fr. 10.00–12.00 und 15.00–18.00, Mi. und Sa. 10.00–12.00 Uhr).

AKTIVITÄTEN
Das **SindBad** verspricht Badevergnügen. Im Therapie-Trakt und der Saunalandschaft ist Entspannung angesagt, Wasserratten sind in der Badelandschaft mit Rutschen und Badegrotte gut aufgehoben (Haus Nr. 240, Tel. 04939 80 61; www.baltrum.de/sindbad).

INFORMATION
Kurverwaltung, Nordseeheilbad Insel Baltrum, Postfach 1355, 26574 Baltrum, Tel. 04939 800, www.baltrum.de

5 Neuharlingersiel

In Neuharlingersiel legten schon 1792 die Fähren nach Spiekeroog ab. Herzstück des Nordseeheilbads ist der Hafen mit malerischen Fischerhäusern und bunten Kuttern. Entstanden ist der 1693 erstmals erwähnte Sielort im Zuge der um 1550 begonnenen Eindeichung der Harlebucht, die 1362 bei der Zweiten Marcellusflut tief ins Land gerissen wurde.

SEHENSWERT
Neben dem **Hafen** sind der **Sielhof** (1755) und der **Park** um das Herrenhaus aus dem 18. Jh. lohnende Ziele (März–Okt.).

MUSEEN
Das **Buddelschiffmuseum** kann mit nahezu 100 Modellen unterschiedlicher Größe und Bauart aufwarten (Am Hafen West 7, Tel. 04974 224, www.buddelschiffmuseum.de; April–Okt. tgl. 10.00–13.00 und 13.30–17.00 Uhr). Im **Rettungsschuppen** am Hafen West zeigt die **Deutsche Gesellschaft zur Rettung Schiffbrüchiger** eine Ausstellung mit maritimen Rettungsgeräten, Wrackteilen, Schiffsmodellen und historischen Dokumenten (Tel. 04974 430; tgl. ab 10.00 Uhr). Die DGzRS wurde im Jahr 1865 gegründet und hat seither mit ihren Rettungskreuzern rund 80 000 Menschen gerettet. Sie finanziert sich bis heute ausschließlich aus Spenden – überall in den Geschäften und Lokalen an der Küste stehen die kleinen weiß-roten Spendenschiffchen, in die man gern einen adäquaten Betrag werfen darf.

AKTIVITÄTEN
Das **BadeWerk** – es gilt als eine der besten Thalasso-Einrichtungen an der Nordseeküste – bietet Wellness und med. Anwendungen im Einklang mit der Natur (Edo-Edzards-Straße 1, Tel. 04974 188 6 0, www.badewerk.de). Direkt am Ort liegen der **Sand- und Grünstrand** samt Kite- und Surfschule Windloop.

VERANSTALTUNG
Seit über 40 Jahren laden die Kutterkapitäne Ende Juli zur traditionellen **Kutterregatta.** Der schnellste Kutter wird mit dem „Blauen Band von Neuharlingersiel" ausgezeichnet.

INFORMATION
Kurverein, Edo-Edzards-Straße 1, 26427 Neuharlingersiel, Tel. 04974 18 80, www.neuharlingersiel.de

Genießen Erleben Erfahren

DuMont Aktiv

Wat is los im Watt?

Die Faszination des Wattenmeeres erkundet man am besten auf einer Wattwanderung unter der Leitung eines staatlich geprüften Wattführers. Die Experten erklären nicht nur, welch hoch spezialisierte Lebewesen sich im Watt tummeln oder was es mit den Gezeiten auf sich hat, sondern sind zumeist auch geborene Entertainer.

Ein ganz besonderer „Clou" sind die Wattwanderungen vom Festland hinüber zu den Inseln. Allerdings sind diese Touren, die zum Teil kilometerweit durch tiefen Schlick führen, ganz schöne Gewaltmärsche. Die Entfernung von Neuharlingersiel beispielsweise nach Langeoog oder auch von Harlesiel nach Spiekeroog beträgt 10 km. Von Neßmersiel nach Baltrum sind es hingegen lediglich 6 km. Zurück aufs Festland geht es nach den Strapazen gemütlich mit der Fähre.

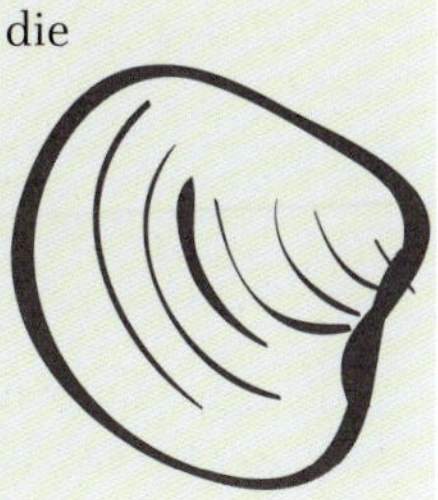

In küstennahen Regionen kann man barfuß wandern, bei den Inseltouren ist es wegen der vielen scharfkantigen Muscheln ratsam, alte Turnschuhe oder Socken zu tragen. Gummistiefel eignen sich weniger (höchstens in der kalten Jahreszeit), sie bleiben leicht im Schlick stecken. Bei gutem Wetter in der Hauptsaison sollte reserviert werden, denn die maximale Teilnehmerzahl ist gesetzlich vorgeschrieben. Allein zu wandern, ist nicht ungefährlich. Fast jedes Jahr sterben unerfahrene Wattwanderer, die von der Flut überrascht werden.

Weitere Informationen

Wanderungen mit staatlich geprüften Wattführern können u. a. gebucht werden auf Baltrum (Tel. 04939 91 03 30), auf Langeoog (Tel. 04972 69 31 16), auf Spiekeroog (Tel. 04976 91 20 70) oder am Festland bei den Brüdern Hensel (von Neßmersiel, Neuharlingersiel, Harlesiel und Schillig aus; Tel. 0170 888 66 62 oder 0170 343 17 92, info@wattwandern.de). Noch mehr Informationen zu Wattwanderungen gibt es unter www.ostfriesland.travel

Logenplätze an der Nordsee

Es ist dasselbe Meer, aber die Küste könnte unterschiedlicher kaum sein – vor Cuxhaven zieht sich Sandstrand hin, das Land Wursten wartet mit Grünstrand am Deich auf – und vollkommen anders sieht es an Deutschlands einziger Hochseeinsel Helgoland aus: Rote Felsen ragen aus dem Meer und gleich daneben liegen flache Stranddünen.

Bei Flut brettern sie durch die Nordseewellen, die Kitesurfer vor Cuxhaven.

Der Krabbenfang ernährt die Fischer nur noch mühsam, obwohl es zu jedem Nordseeurlaub gehört, die kleinen Wattgarnelen frisch vom Kutter zu kaufen wie hier in Spieka-Neufeld.

Das Leben an der Küste richtet sich nach den Gezeiten.
Ist das Wasser „weg“, ist an Auslaufen nicht zu denken.

Vom Schäferwagen aus wacht er über seine Herde, der Strandkorbvermieter mit seinen Strandmöbeln, die aus keinem Nordseeurlaub wegzudenken sind.

„Costa Granata" nennt man die grüne Küste zwischen Watt und Autobahn – naheliegend, heißen die Krabben hier doch Granat.

Was eint die gesamte deutsche Nordseeküste zwischen der Emsmündung und Sylt? Das Krabbenpulen. Darüber aber, wo es die besten Krabben gibt, lässt sich trefflich streiten. Mit in der Verlosung ist fast immer die Wurster Nordseeküste.

Das Pulen war von jeher eine elende Fingerübung. Bekanntlich wird inzwischen ein Großteil der Tierchen in Billiglohnländer kutschiert und fertig gepult zurücktransportiert. Der Versuch, die Nordsee-Garnelen maschinell zu pulen, scheint dagegen eher eine Geschichte des Scheiterns zu sein. Die Crux bei der maschinellen Verarbeitung ist nämlich die unterschiedliche Größe der männlichen und weiblichen kleinen Wattbewohner. Krabbenfischer Alwin Kocken aus Spieka-Neufeld hat 14 Jahre lang getüftelt, bis ihn das Ergebnis 1986 halbwegs zufriedenstellte. Seither wurden in seinem Betrieb mehr als 1000 Tonnen „Granat" entschält. Sein Vorteil: Die Meerestiere werden nicht durch die Weltgeschichte transportiert, sondern kommen fangfrisch auf den Teller oder zwischen zwei Brötchenhälften.

Hamburgs Außenposten

Trutzig ragt er seit mehr als 700 Jahren in den Himmel, der Leuchtturm von Neuwerk. 1299 bat Hamburg den Herzog von Sachsen, auf der damals noch unbewohnten Insel einen Wehrturm errichten zu dürfen, um die Elbmündung gegen Piraten zu sichern. Die Sachsen gaben ihr Einverständnis, elf Jahre später war das 39 Meter hohe Bollwerk fertig – und ist damit das älteste Gebäude Hamburgs, denn die Insel gehört politisch zum Hamburger Bezirk Mitte.

Was für die Tagesgäste und ihren Treffpunkt, den Inselkaufmann im Schatten des Turms, ohne Belang ist. „Was wir nicht haben, brauchen Sie auch nicht", ist auf einem Schild zu lesen. Die blinkenden Mini-Leuchttürme und die kleinen Plastik-Seemänner mit Wackelköpfen sind nicht gerade ein Verkaufsschlager, Bier und Bockwurst gehen besser. Neuwerk hat viele treue Freunde, die mit der Nordseeluft auch die besondere Atmosphäre der Insel aufsaugen wollen.

Hier kann man die Seele baumeln lassen. Die Älteren machen das bei Kaffee und Kuchen, das Jungvolk chillt an den Deichen. Langweilig wird das nie, denn die Nordsee verändert im Laufe der Gezeiten ständig ihr Gesicht. Wer so viel Müßiggang nicht aushält, der macht sich auf zu einer Inselumrundung, was nach knapp einer Stunde allerdings auch erledigt wäre. Mit Glück kann man Seehunde beobachten. Mit ein wenig Pech – oder eben noch mehr Glück – verpasst

Sahlenburg ist der Strand der Kitesurfer,
Duhnen der der zukünftigen Strandkunstbauer.

So manche Feier wird ans Meer verlegt, wo man im Strandkorb
windgeschützt sein Picknick genießen kann.

Die Wattrennen in Duhnen sind ein Höhepunkt im Jahreslauf.

man die letzte Fahrgelegenheit zum Festland. Denn nur das kann einen Tagesausflug toppen: auf Neuwerk zu übernachten. Am besten im Leuchtturm, einst den Senatoren Hamburgs vorbehalten.

Alte Liebe, dicke Pötte

Nirgendwo sonst kommt man dicken Pötten und den Traumschiffen so nah wie an der „Alten Liebe", dem historischen Anleger in Cuxhaven mit seiner hölzernen Aussichtsplattform. Im Jahr 1733 wurde er als Schutz gegen die Nordseefluten errichtet, drei Schiffswracks wurden dazu mit Steinen befüllt, versenkt und mit Pfählen befestigt. Das Bollwerk erhielt später den Namen „Alte Liebe". Wie der Touristenmagnet zu diesem Namen kam, ist allerdings umstritten. Die einen sagen, dass eins der drei Schiffe auf den Namen „Die Liebe" getauft war. Die am authentischsten klingende Variante lautet: Eines der Schiffe habe „Olivia" geheißen – auf Plattdeutsch „Ol Liev", und ins Hochdeutsche zurückübersetzt wurde daraus eben „Alte Liebe".

Schnapsidee oder Vision

Am Neujahrstag 1721 erwies sich die tosende Nordsee als zu mächtig. Meterhohe Wellen zerteilten Helgoland. Vor einigen Jahren wäre es beinahe zur Wiedervereinigung gekommen, und dann hätte man auf Deutschlands einziger Hochseeinsel sogar Golf spielen können. Ein Green sollte nämlich genauso entstehen wie Luxushotels, wären die Pläne des Investors Arne Weber in die Tat umgesetzt worden. Was 2008 zunächst wie eine Schnapsidee klang, entpuppte sich als kühne Vision, den lahmenden Tourismus auf dem „Fuselfelsen" anzukurbeln. Sein Plan sah vor, eine rund einen Kilometer lange Spundwand zu errichten, die Meeresenge mit Sand aufzufüllen und so Düne und Hauptinsel wieder zu vereinen. Weber, Kind einer waschechten Helgoländerin, plante kein Disneyland in der Nordsee. Seine Vision sah Umweltschutzmaßnahmen, den Bau von Windrädern, Fotovoltaik-Anlagen und

Auch Basstölpel brüten in den Vogelfelsen Helgolands (oben links). Die Lange Anna (oben rechts) ist das Wahrzeichen der Hochseeinsel; immer wieder ist der von Brutvögeln besiedelte Brandungsfelsen vom Abbruch bedroht. Die Hummerbuden (unten links), einst Wohn- und Werkstätten der Helgoländer Fischer, wurden in den 1990er-Jahren umgewidmet und beherbergen heute Gastronomie, Kunstgalerien und Souvenirläden. Von den auf Reede liegenden Bäderschiffen (unten rechts) werden die Ausflügler nach wie vor mit den traditionellen Börtebooten an Land gebracht.

eines Gezeitenkraftwerks vor. Mitte 2010 jedoch schmetterte die Politik die Pläne ab, und auch die Helgoländer stimmten mehrheitlich dagegen. Dennoch hat sich einiges getan auf der Insel: Die neue Erlebnispromenade wurde fertiggestellt, ein Welcome Center empfängt die Gäste, und die neue, komfortable und komplett barrierefreie „MS Helgoland", seit Herbst 2015 im Dienst, hat im Gegensatz zu den anderen Bäderschiffen einen festen Liegeplatz im Helgoländer Hafen.

Special

Der Lummensprung

Tollkühne Trottel

Eine der besonderen Attraktionen Helgolands ist der sogenannte Lummensprung. Mehr als 2000 Exemplare der Trottellummen brüten jedes Jahr wieder in den Helgoländer Klippen.

Beim Lummensprung Mitte bis Ende Juni stürzen sich die rund drei Wochen alten Küken tollkühn bis zu 50 Meter in die Tiefe. Die noch flugunfähigen „Trottel" kommen aufgrund ihrer besonderen Ausstattung wohlbehalten unten an und werden dort gleich von ihren Eltern umsorgt. Aber warum wagen die Kleinen diesen atemberaubenden Stunt? Lummen sind zwar erstklassige Schwimmer, in der Luft jedoch eher Bruchpiloten. Insofern ist der zunehmende Appetit der Jungen in der Brutkolonie schwer zu befriedigen. Wenn sie geschlechtsreif sind, suchen die Trottellummen dann wieder die Helgoländer Felsen auf.

Maßstab 1:220.000
0 2 4 km
Deutsche Bucht
Elbe
Helgoland
Naturschutzgebiet
Nordmole
Lange Anna
Lummenfelsen
Oberland
Unterland
Düne
Nordreede
Südreede
Südhafen
Vorhafen
Ostmole
Neue Westmole
Helgoländer
Felssockel
Deutsche Bucht
Maßstab 1:50.000
0 1km
Scharhörn
Nationalpark
Neuwerk
Hamburgisches Wattenmeer
Niedersächsisches Wattenmeer
Mittelplate
Mittelgrund
Spitzsand
CUXHAVEN
Medemrinne
Neufelder Watt
OTTERNDORF
Spiekaer Barre
Wurster Watt
Nordsee-Küste
Land Wursten
Nordholz
Wurster
Wanna
Ihlienworth
Cadenberge
Wingst
Neuenkirchen
Hadeln
Odisheim
Steinau
Ahlenmoor
Bad Bederkesa
Bederkesaer See
Dorum
Langen
Drangstedt
Stinstedt
Lamstedt
GEESTLAND
BREMERHAVEN
Schiffdorf
Weser
Hohe Plate
Alfstedt
Ebersdorf
Wolfsberg
1
2
3
4
5

Strand- und Inselwelten

Den feinen Sand der Nordseestrände unter den Füßen, den Strandkorb als temporäres Wohnzimmer mit Ausblick über die Wunderwelt Wattenmeer – so kann man es aushalten im Cuxland. Und wenn norddeutsches „Schietwetter" den Badefreuden im Wege steht, dann gibt es immer noch genug zu erleben auf den Inseln.

1 Land Wursten

Friesische Bauern haben in mittelalterlichen Zeiten das Land urbar gemacht. Um Hochwassern zu entgehen, lebten sie auf Wurten, künstlichen Hügeln, waren Wurtsassen – woraus sich der heutige Begriff Wursten entwickelte. Erst im 16. Jh. endete die Selbstständigkeit der Wurtfriesen.

SEHENSWERT

Dorums Attraktion ist der markante Leuchtturm Obereversand, der von 1887 bis 1922 den Schiffen in der Elbmündung Orientierung gab. Anschließend diente er als Rettungsbake, ehe er 2003 nach Dorum-Neufeld versetzt wurde. Er kann besichtigt werden, und heiratswillige Paare können sich hier das Jawort geben (Öffnungszeiten auf www.obereversand.de). Auch der „Kleine Preuße" ist nicht mehr in Betrieb; seit 2005 steht ein Nachbau in **Wremen** am Hafen (www.kleiner-preusse.de; Mi, Sa. und So. 13.00–15.00 Uhr). Sehenswert ist in der dortigen St.-Willehad-Kirche (Urspr. um 1200) insbesondere der Taufstein. Die St.-Peter-und-Paul-Kirche (12./13. Jh.) in **Cappel** beherbergt eine Arp-Schnitger-Orgel aus dem 17. Jh.

MUSEEN

Im **Museum für Wattfischerei** ist Wissenswertes zur Geschichte der Fischerei zu erfahren, von der Entwicklung der Fangmethoden bis hin zu den Lebensbedingungen der Fischerfamilien (Wurster Landstraße 118, Wremen, www.museum-wremen.de, Ostern–1. Nov. Di. bis So. 14.00–17.00 Uhr).
Wie die Küstenbewohner durch Deichbau und Entwässerung den Gezeiten trotzten, wird im **Deichmuseum Land Wursten** in Dorum erzählt (Poststraße 16, www.deichmuseum-landwursten.de; Mai–Okt. tgl. 14.00–17.00 Uhr).

INFORMATION

Touristinformation Wurster Nordseeküste, Am Kutterhafen 3, 27632 Dorum, Tel. 04741 96 00, www.wursternordseekueste.de

Links und rechts unten: Cuxhaven hat nicht nur Strand, sondern auch das Museum Windstärke 10. Rechts oben: Im massiven Leuchtturm von Neuwerk kann man nächtigen.

2 Neuwerk

Die landwirtschaftlich genutzte, 3,3 km² große Insel (40 Einw.) im Südwesten der Elbmündung gehört politisch zu Hamburg. Die benachbarten Inseln Scharhörn und Nigehörn sind Refugien zahlreicher Vogelarten, nur Scharhörn darf bei offiziellen Führungen besichtigt werden.

SEHENSWERT

Das Wahrzeichen von Neuwerk ist der **Leuchtturm,** der bereits um 1300 als Wehrturm im Kampf gegen die Seeräuberei errichtet wurde. Anfangs war eine Turmbesatzung von elf Mann für die Sicherung der Elbmündung zuständig. 1556 wurde ein Deich rund um den Turm gezogen, und seitdem fanden die Insulaner hier immer wieder Zuflucht bei Sturmfluten. Auf den flachen Sandbänken bei Neuwerk strandeten zahlreiche Schiffe, deshalb errichtete man 1644 ein einfaches Gerüst als Seezeichen mit einem Kohlefeuer. 1814 übernahm der Leuchtturm diese Funktion. Seit 1924 steht er unter Denkmalschutz.
Das **Nationalpark-Haus** präsentiert eine interessante Ausstellung zur Inselgeschichte, zum Wattenmeer sowie zum Thema Wattenschutz und bietet Exkursionen an (www.nationalpark-wattenmeer.de).

ERLEBEN

Ein ganz besonderes Erlebnis sind die Fahrten mit **Wattwagen** nach Neuwerk. Die Pferdewagen brauchen ca. 75 Min. vom Festland zur Insel. Sie starten in Duhnen oder Sahlenburg.

INFORMATION

siehe Cuxhaven

3 Cuxhaven

Die „Stadt am Meer" (48 000 Einw.) an der Nordspitze von Niedersachsen lockt jedes Jahr Millionen von Touristen an. Cuxhaven selbst ist nicht besonders sehenswert, aber die Strände und die Küste sind herrlich, und so vergnügen sich Tages- oder Feriengäste vor allem in den Stadtteilen Duhnen, Döse und Sahlenburg – bei Ebbe im Watt und bei Flut in den Nordseewellen. Viele Cuxhaven-Besucher kommen auch, um ihrem Hobby „Pötte gucken" zu frönen. Stadtrecht erhielt Cuxhaven zu Beginn des 20. Jahrhunderts.

Oben: Otterndorf mit dem Wohnhaus des Dichters und Übersetzers Johann Heinrich Voß (rechtes Haus). Unten: Fischverächter haben es schwer bei solch köstlichen Gerichten …

SEHENSWERT
Cuxhaven versprüht maritimes Flair, kommt jedoch nicht gerade als städtebauliches Kleinod daher. Publikumsmagnet ist die **Alte Liebe:** Anleger, Aussichtsplattform und 1733 als Bollwerk und Wellenbrecher aus drei Schiffswracks errichtet. Ganz in der Nähe hat das knallrote **Feuerschiff Elbe 1** festgemacht; von 1948 bis 1988 als schwimmender Leuchtturm auf Position, dient es heute als Museumsschiff und Ausflugsdampfer (Tel. 04721 424 38 20, www.feuerschiff-elbe1.de). Wahrzeichen Cuxhavens ist die hölzerne **Kugelbake,** die den Übergang von der Elbe in die Nordsee markiert.
Sehenswert ist auch **Schloss Ritzebüttel,** einer der ältesten Profanbauten (14. Jh.) der norddeutschen Backsteingotik (Schlossgarten 8, www.schlossverein-ritzebuettel.de; Mo. 10.00 bis 13.00, Di.–Do. 14.00–17.00, Sa. und So. 11.00–15.00 Uhr).

MUSEEN
Das Wrackmuseum und das Fischereimuseum sind als **Windstärke 10** unter einem Dach vereint (Ohlroggestraße 1, www.windstaerke 10.net; April–Okt. tgl. 10.00–18.00, sonst Di. bis So. 10.00–17.00 Uhr); das Museum präsentiert zahlreiche Exponate zu den Themen Hochseefischerei und Schiffsuntergänge. Das einzige **Ringelnatz-Museum** Deutschlands präsentiert Arbeiten des Malers Joachim Ringelnatz, der ansonsten eher als Dichter bekannt ist (Södersteinstraße 44, www.ringelnatzstiftung.de; Di.–So. 10.00–13.00 und 14.00–17.00 Uhr). Von den historischen **Hapag-Hallen** (1911–1913) aus brachen einst Tausende Auswanderer in die Neue Welt auf; im früheren Empfangsgebäude des Steubenhöft ist die Dauerausstellung „Abschied nach Amerika" untergebracht (Führungen 10.30 Uhr, Termine auf www.hapaghalle-cuxhaven.de).

ERLEBEN
Ein Nordseeurlaub ist unvollständig ohne **Wattwanderung** – es gibt sie auch als Nachtvariante. Mehrere Reedereien bieten **Fahrten zu den Seehundbänken,** nach Neuwerk und Helgoland sowie Hafenrundfahrten an.

VERANSTALTUNGEN
Tausende Besucher pilgern alljährlich zum Rockfestival **Deichbrand** (www.deichbrand.de; Juli). Das **Duhner Wattrennen,** ein Pferderennen, findet immer im Juli statt.

UMGEBUNG
Das Aeronauticum in **Nordholz** bietet einen Einblick in die Geschichte der deutschen Marinefliegerei (Peter-Strasser-Platz 3, Tel. 04741 181 90, www.aeronauticum.de; März–Nov. tgl. 10.30–17.30, sonst tgl. 10.30–15.30 Uhr).
Sehenswerte Kirchen im Cuxland sind die „Bauerndome" St. Jacobi in **Lüdingworth** (Urspr. 11. Jh.; südöstl.) und St. Nicolai in **Altenbruch** (Urspr. 13. Jh.; südöstl.).
Für Naturliebhaber lohnt sich ein Abstecher in die **Altenwalder Küstenheide** (südl.).

INFORMATION
Cuxland-Tourismus, Cuxhavener Straße 92, 27476 Cuxhaven, Tel. 04721 40 42 00, www.cuxhaven.de

Tipp

Energiewende vor Augen

Für Technikfreunde werden Ausflugsfahrten sowie Rundflüge zu den Mühlengiganten der Offshore-Windparks vor Helgoland angeboten. Während der Fahrt informiert ein Video über Aufbau wie Betrieb. Die Touren mit dem Katamaran „Halunder Jet" dauern 2 Stunden, Rundflüge etwa 20 Minuten.

Schiffstouren unter www.helgoline.de/specials/offshore-windpark
Rundflüge mit OFD, www.fliegofd.de, Tel. 04741 603 00 01

❹ Otterndorf

Die dicken Pötte auf der Elbe scheinen nicht nur an Cuxhavens Alter Liebe, sondern auch vom Deich bei Otterndorf (7000 Einw.) zum Greifen nah. Das hübsche Städtchen wird auch die „Grüne Stadt am Meer" genannt. Ist man einmal durch die Altstadtgassen mit schönen Fachwerk- und Backsteinhäusern flaniert, dann kann man Schiffstouren auf nicht ganz so großen Pötten machen, die auf den Fluss und den Hadelner Kanal führen. Otterndorf war bereits zu Römerzeiten ein Siedlungsplatz. Die Stadt blieb im Wesentlichen seit dem 16. Jh. unzerstört. Das Altstadtbild ist Anfang August Kulisse für das Altstadtfest.

SEHENSWERT
In der Alten **Lateinschule** (1614) lebte der Dichter und Homer-Übersetzer Johann Heinrich Voß (1751–1826). Das **Kranichhaus** (1585) beherbergt das Museum des Alten Landes Hadeln (Tel. 04751 9 14 80, www.kranichhaus.de; März–1. Nov. Mi.–Fr. 10.00–12.00 und 15.00 bis 17.00, Sa. und So. 15.00–17.00 Uhr).

ERLEBEN
Auf der Medem verkehren die **Ausflugsschiffe** „Jens" und „Onkel Heinz". Tideunabhängige Badefreuden genießt man in der **Sole-Therme-Otterndorf** (Goethestraße 1, Tel. 04751 36 68; Kernzeit 14.00–18.15 Uhr, oft länger).

UMGEBUNG
Die **Wingst** (südöstl.) ist ein Höhenzug westl. der Oste. Sein Silberberg ragt 74 m über der Norddeutschen Tiefebene auf. Vom Aussichtsturm Deutscher Olymp genießt man einen eindrucksvollen Rundumblick.
Touristenattraktion ist der **Zoo** in der Wingst (Am Olymp 1, Tel. 04778 255, www.wingstzoo.de; Sommer tgl. 10.00–18.00, Winter tgl. 10.00 bis 16.00 Uhr).

INFORMATION
Tourist-Information Otterndorf, Wallstraße 12, 21762 Otterndorf, Tel. 04751 91 91 31, www.otterndorf.de
Tourismuszentrale Wingst, Hasenbeckallee 1, 21789 Wingst, Tel. 04778 8 12 00, www.wingst.de

❺ Helgoland

„Grün ist das Land, rot ist die Kant, weiß ist der Strand. Das sind die Farben von Helgoland." Auch die Flagge spiegelt den Inselspruch von Deutschlands einzigem Hochsee-Eiland wider, das etwa 250 Millionen Jahre alt ist und seit der Neujahrsflut 1721 tatsächlich aus zwei Inseln besteht: dem Sandsteinfels mit 61 Meter hoher Steilküste und der 0,7 Quadratkilometer großen Badedüne mit feinstem Sand. Das insgesamt 1,7 km² große Helgoland (1500 Einw.) ist bekannt für sein gesundes Klima. Berühmtester Helgoländer ist der Autor James Krüss (1926 bis 1997), der mit „Timm Thaler" und „Mein Urgroßvater und ich" Kinderbuch-Klassiker verfasste. Helgoland ist autofrei. Auf der Düne, der Badeinsel, kann man Seehunde sowie Kegelrobben beobachten. Mit Glück bekommt man auf der Fahrt zur Insel oder bei einer Inselumrundung auch Schweinswale zu Gesicht.

ANREISE
Früher war das Ausbooten mit **Börtebooten** ein fester Bestandteil bei der Anreise mit dem Seebäderschiff. Inzwischen fahren einige Schiffe und die schnellen Katamarane (ab Cuxhaven ca. 75 Min.) den neuen Südhafen direkt an. Jedoch gehört für viele Helgoland-Besucher das Ausbooten unbedingt zum Urlaub auf der Insel dazu, und so wird nach wie vor auch der alte Hafen angesteuert. Dort heißt es dann Umsteigen in die 10 m langen und 3 m breiten Börteboote. Fahrten werden u.a. ab Cuxhaven, Hamburg, Wedel und Büsum angeboten. Schiffe der Reederei Cassen Eils starten tgl. um 10.00 Uhr (www.cassen-eils.de) ab Cuxhaven.

SEHENSWERT
Wahrzeichen Helgolands ist die **Lange Anna**, ein knapp 50 m aus dem Meer aufragender Buntsandsteinfelsen.
Die bunten **Hummerbuden** am Binnenhafen haben sich zum touristischen Zentrum der Insel entwickelt.

MUSEEN
Im **Helgoländer Museum** wird die wechselvolle Geschichte der Insel anschaulich gemacht (Kurpromenade, www.museum-helgoland.de; Mitte März–Okt. tgl. 10.00–14.30 Uhr). Besuchenswert ist auch der angrenzende Museumshof, in dem sich u. a. die **James-Krüss-Hummerbuden** befinden.

ERLEBEN
Badefreuden bietet das Meerwasserbad des **Mare Frisicum Spa Helgoland** mit Innenpool und Sommerbecken (Mo.–Do. und Sa. 8.00 bis 18.00, Fr. 8.00–21.00, So. 11.00–18.00 Uhr).
Eine **Inselrundfahrt** mit dem Börteboot bringt Insel und Düne näher (Tel. 04725 8 13 70).

VERANSTALTUNGEN
Im Mai findet der **Helgoland Marathon** (www.helgolandmarathon.de) statt. Zu Pfingsten trifft sich die Segelelite zur **Nordseewoche.** Sommerliche Höhepunkte sind das **Inselfest** und die **Ruderregatta der Börteboote.**

INFORMATION
Helgoland Touristik, Lung Wai 27,
27498 Helgoland, Tel. 04725 80 88 08
www.helgoland.de

Genießen Erleben Erfahren

DuMont Aktiv

Nachtwanderung zum Festland

Die Tagesgäste mit dem Schiff sind bereits verschwunden, am frühen Abend brechen auch die letzten Kutschen von der Insel Neuwerk auf in Richtung Festland. Nachdem die Sonne so glühend untergegangen ist, wie es sich für einen Urlaubstag am Meer gehört, und der Mond sein erstes fahles Licht über das Wattenmeer schickt, versammeln sich einige Abenteuerlustige zur Nachtwattwanderung.

Manch einer kann sich ein herzhaftes Gähnen nicht verkneifen, als Wattführer Karsten Bronk um Aufmerksamkeit bittet. Spätestens aber wenn er von der Biolumineszenz erzählt, dem Leuchten einiger weniger der unzähligen Wattbewohner, sind alle wieder hellwach. Anschließend werden farbige Leuchtbänder verteilt, damit in der Weite des Watts keiner „verschütt geht". Die üblichen Scherze dürfen auch bei Nacht nicht fehlen: „Wenn einer pinkeln muss, machen wir es wie die Seehunde. Wir bilden einen Kreis und pfeifen."

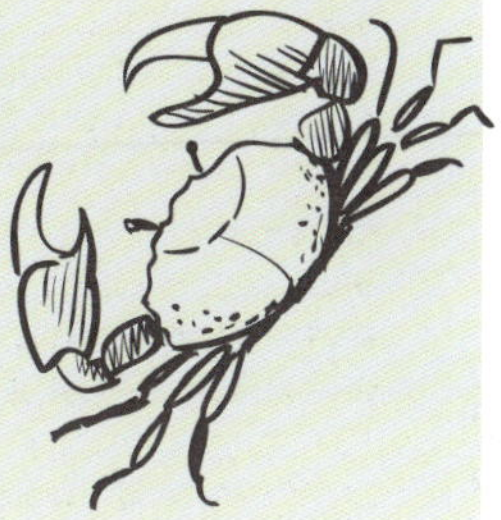

Bei der Tour selbst hält sich der Wattführer zurück, lässt die Teilnehmer die einzigartige Atmosphäre im nächtlichen Wattenmeer ausgiebig genießen. In der Ferne leuchten die Lampen der großen Pötte um die Wette. Nach rund dreistündigem Marsch durch Schlick knirscht in Sahlenburg schließlich wieder Sand unter den Füßen der Nachtwanderer.

Weitere Informationen

Buchung der **Nachtwanderungen:** Wunderwelt Watt, Tel. 01737 34 15 19, www.wattwandernneuwerk.de
Transfers von Sahlenburg nach Cuxhaven beispielsweise werden organisiert.

Hinweis: Ohne Führer bei Nacht ins Watt zu marschieren, wäre geradezu lebensgefährlich. Festes Schuhwerk ist Pflicht (Turnschuhe sind besser als Neopren-Socken oder auch Gummistiefel).

Das Licht der Abendröte spiegelt sich in den Pfützen und Prielen, eine eigentümliche Stille umfängt die Wanderer auf ihrem Weg durchs Watt.

Halbinsel der Haubarge

Gäbe es Eiderstedt nicht, so müsste man es erfinden: Diese Halbinsel ist eine urfriesische Seelenheimat – mit wuchtigen Haubargen, die sich unter dem hohen Himmel ducken, mit weitem Bauernland, alten Dörfern und dem kultigsten Seebad der gesamten Festlandküste.

Die hölzernen Pfahlbauten am Strand sind das Wahrzeichen von St. Peter-Ording.

Rechts: Von April bis Oktober herrscht Hochbetrieb bei den Grachtenrundfahrten in und um Friedrichstadt, also rechtzeitig Karten sichern!

Oben: Am Zusammenfluss von Eider und Treene entstand vor rund 400 Jahren ein Stück Holland.

Die „Holländerstadt" ist eine Art Gesamtkunstwerk und der Friedrichstädter Marktplatz mit seinen historischen Treppengiebelhäusern ihr Zentrum.

Links und rechts: Ende Juli feiert Friedrichstadt drei Tage lang sein Lampionfest. Dazu gehört auch der Bootscorso durch die Grachten.

Typisch für Eiderstedt sind Haubarge – Backsteinhöfe mit hohem Reetdach.

Platt ist das Land, weit der Blick. Über Weiden, auf denen Schwarzbunte grasen, und Reet schweift der Blick hin zu einem kleinen Dorf mit einem großen Namen. „Welt" heißt es, und wohl kaum ein Ortsschild der Nordsee wurde so oft heimlich abmontiert und mitgenommen.

Vor einem anderen Dorf steht rostbraun mit Fähnchen ein kleines Häuschen: das „Landschaftsfenster" bei Tetenbüll eröffnet den Blick auf ein „Tief". Über solche Wasserarme drang die Nordsee immer wieder ins mühsam eingedeichte Land ein und zerstörte Haubarge und Warften, Weiden und Felder. Fünf solche Landschaftsfenster lenken auf Eiderstedt den Blick auf das Besondere. Und in Tetenbüll gleich zwei. Das Dorf ist die Heimat der Haubarge. Und lebte einst vom Fleischexport nach England. Die industrielle Revolution hatte dort für eine massive Landflucht gesorgt. Der Hunger in den Städten war enorm, besonders in London, das nur durch Nahrungsmittelimporte seine Bewohner ernähren konnte.

Eiderstedt war ideales Weideland. Mit Ross und Reiter wurden seine Rinder einst nach Hamburg getrieben und per Schiff nach England exportiert, der Eiderstedter Weidemastochse war ein Exportschlager. Die schlechte Anbindung an urbane Wirtschafts- und Versorgungsräume und BSE führten zur Krise. Die Halbinsel antwortete mit einer Qualitätsoffensive und führte ein Siegel ein, das für höchste Fleischqualität steht, aber auch für gute Haltung und Verarbeitung des „Eiderstedter Qualitätsrinds".

Wat(t) für alle Sinne

Nagelrochen schweben majestätisch durchs Wasser und ein Sternrochen gräbt sich zur Tarnung in den Sand ein – nicht im echten Nordseesand, sondern ein Stück landeinwärts im Sand des Multimar Wattforums, einer 1999 eingerichteten Erlebnisausstellung. Perfekt tarnt sich auch ein Stechrochen, der von Tönninger Krabbenfischern an der Eidermündung gefangen wurde und hier eine neue Heimat gefunden hat. Katzenhaie, Dorsche, Quallen und Seepferdchen – die gesamte Nordseefauna und -flora aus dem wenige Kilometer entfernten Wattenmeer lässt sich entdecken. Auch nach zwei Jahrzehnten hat das Multimar Wattforum nichts von seinem Reiz verloren, ist die ausgestellte Tier- und Themenwelt so faszinierend wie die Tiden.

Anfassen, ertasten, riechen, ausprobieren und durch aktives Erleben Verständnis wecken für das fragile Ökosystem ist seit der Eröffnung das Ziel des Museums, Wat(t) erleben sein Motto.

Schmuckstücke des Hafens von Tönning sind die hölzerne Ziehbrücke und das Packhaus (im Bildhintergrund).

Im Brandungsbecken kann man mit einer Kurbel Wellen erzeugen, wenig weiter mit einer Unterwasserkamera eine Miesmuschelbank erforschen oder mit Mikroskopen Kleinstlebewesen im Wasser entdecken. Im Streichelbecken darf man mit Seesternen auf Tuchfühlung gehen. Oder die Hand über die Haut eines Katzenhais gleiten lassen. Die raue Oberfläche verstärkt die Sinneseindrücke, die der Hai empfängt, um ein Vielfaches – perfekt, um Nahrung zu orten!

Höhepunkt im Walhaus mit der Dauerausstellung „Wale, Watt und Weltmeere" ist das fast 18 Meter lange Skelett eines Pottwals. Rund um den Riesensäuger präsentieren zehn Kammern vor allem seine kleineren – und einzigen – Verwandten, die im Nationalpark Wattenmeer leben: die von der Ausrottung bedrohten Schweinswale.

Ihnen begegnen Sie auf Törns, die in Tönning starten. Von April bis Oktober legt im Binnenhafen der Kapitän der „Adler II" zu ornithologischen Schiffsausflügen mit Seefischfang ab. An Bord sind stets auch Ranger von der Nationalparkverwaltung. Zwei Stunden geht es in langsamer Fahrt die Eider hinauf. Nonnengänse, Stockenten, Austernfischer und Kormorane schwimmen auf den silbrig schimmernden Fluten. Kleine Knutts und andere Zugvögel schwirren

Special

EIDERENTEN

Wohlfühl-Federn

Die Eiderente frisst überwiegend Muscheln, die sie tauchend erbeutet.

6000 der Tiere kommen alljährlich ins Wattenmeer, brüten allein und ziehen dann die Jungvögel gemeinschaftlich auf: die Eiderenten.

Mehr als zwei Kilogramm bringt sie auf die Waage – und ist damit die schwerste Ente der Nordsee. Sehr leicht ist sie zu erkennen. Ihr Kopf ist nahezu dreieckig; die Schnabelwurzel sitzt sehr hoch. Die Erpel tragen das ganze Jahr hindurch ihren typischen Schwarz-Weiß-Look, bei den Weibchen durchziehen schwarze Querwellen das Federkleid.

Wie federleicht ihre Daunen sind, die in Bettdecken wandern, kann man im Multimar Wattforum testen. Doch lassen Sie sich nicht vom Namen zu Fehlschlüssen verleiten: Er hat nichts mit dem Eider-Fluss zu tun, sondern leitet sich vom isländischen Seeriesen Ägir ab!

Ganz links: Im Hafen von Tönning zeigen die Markierungen historische Sturmfluten an.
Links: im Multimar Wattforum tummelt sich die Fauna der Unterwasserwelt.

Der barocke Turm der Tönninger St.-Laurentius-Kirche ist einer der höchsten Schleswig-Holsteins.

Ein echter Blickfang – der stolze Zweimaster im Eiderstädtchen Tönning.

Rechts: In Schnupperkursen lassen sich das Strandsegeln und das Kitebuggyfahren erlernen.

Oben: Der Leuchtturm von Westerhever ist das Wahrzeichen der Halbinsel Eiderstedt. Der Anfang des 20. Jahrhunderts erbaute Turm steht auf einer Warft vor dem Seedeich.

Mitte und unten: Einfach mal innehalten – im Strandkorb bei Tee oder Kaffee im Ortsteil Bad oder am schier endlosen Sandstrand von St. Peter-Ording.

St. Peter-Ording ist die Aktivhochburg der Nordsee: Segeln, Surfen, Kitesurfen, Schnorcheln und Tauchen – alles ist möglich.

dicht am Deck vorbei. Der Kapitän drosselt die Fahrt, lässt ein Netz ins Wasser gleiten und holt es zehn Minuten später wieder hoch. Auf einem großen Tisch wird der Fang entleert. Stichlinge, Schollen und andere Plattfische liegen zwischen glasig grauen Garnelen. Strandkrabben krabbeln kreuz und quer. Einige Kinder versuchen, sie mit den Händen zu fangen. Erschrocken lassen sie los: Sind die Scheren scharf! Aus leeren Schneckenhäusern schauen Einsiedlerkrebse heraus. Die schwarze Schale der Miesmuscheln ist mit kalkigen Noppen und Kratern bedeckt – Seepocken. Daneben leuchten Seesterne in fahlem Gelb. „Das Wattenmeer ist die Kinderstube der Fische", sagt der Ranger und greift einen länglichen Mini-Fisch heraus. „Dass es jetzt wieder junge Heringe gibt, ist ein gutes Zeichen!" Mit großem Schwung wirft er den Fang zurück ins Meer. Nach zwei Stunden ist der Außenhafen des Eidersperrwerks erreicht. Dort wartet bereits die nächste Gruppe auf den Natur-Törn zurück nach Tönning.

Kult an der Küste

Die Ebbe hat den Meeresboden freigelegt. Kleine Rippen verwandeln das Watt in ein Waschbrett. Die Wolkenberge des Himmels spiegeln sich in der weiten Fläche, die Sonne tanzt in tausend Strahlen in Wasserlöchern und Rinnsalen. Still ist es. Geradezu süchtig wird die Seele nach dieser Weite, dieser vertrauten wie fremden Nordseenatur. Durch die sonst unter Wassermassen verborgene Welt wandert Georg-Werner Jensen mit einer kleinen Gruppe – ausgerüstet mit GPS. Im weichen Schlickwatt sinken die Beine bis zu den Knien ein. Jensen reicht die Grabegabel: „Daran können Sie sich wieder herausziehen!" Auf dem harten Sandwatt kitzeln schlanke Spaghetti aus Sand die Sohlen – die Stränge der Wattwürmer.

Schon früh hat St. Peter-Ording erkannt, welch ein touristisches Potenzial vor seiner Haustür liegt: Weites Watt, wilde Dünen, Badesandbank. Der Ort vereint alles, was Nordseefans lieben. Dank Millionen Euro, die in den letzten Jahren in 60 Projekte geflossen sind, ist „SPO" hip & schick und die Festland-Antwort auf Sylt. Bis 2021 soll die Erlebnispromenade noch verlängert werden, am Ordinger Strand ein Pfahlbau als Mehrzweckgebäude entstehen. Die öffentlichen Investitionen zogen private Bauprojekte nach sich. Im Jahr 2007 eröffnete mit dem StrandGut Resort das erste neue Hotel mit 100 Zimmern und eigenem Zugang zur Dünen-Therme. Dann folgten das Beach Motel im Stadtteil Ording und das Hotel Zweite Heimat. Auch zahlreiche Traditionshäuser investierten in die Modernisierung ihrer Anlagen.

Meisterschaften und Rekorde

Das alte Friesland lebt in Tönning – und besonders im Tönninger Packhaus. Einmal im Monat führt hier Heidi Levi während der Saison in die Kunst des Krabbenpulens ein. „Einfach ein, zwei Ringe hinter dem Kopf den Panzer der Krabbe drehend brechen und abziehen", sagt die Seniorin; und fast 200 Urlauber staunen, wie fix es gehen kann. „Igitt, den Wurm ess' ich nicht", protestiert ein Steppke, als ihm die Eiderstedterin in alter Tracht eine frisch gepulte Krabbe reicht. „Ist doch nichts dran –", entgegnet diese, „keine Knochen, keine Gräten, reines Muskelfleisch!" Genüsslich schiebt sie sich den rosa Winzling in den Mund. Während die Hände Krabbe um Krabbe vom Panzer befreien, erzählt sie von Meisterschaften im Krabbenpulen mit unglaublichen Rekorden und lässt die Vergangenheit lebendig werden. Mit Korbnetzen, rechts und links um den Bauch gebunden, gingen die Frauen früher auf Fang, wateten stundenlang im kühlen Wasser, bis die Körbe gefüllt waren. „Da haben wir es doch heute Abend gemütlicher!" Der Shanty-Chor „Tönniger Eiderenten" beginnt zu singen. Und unbemerkt steckt sich der Steppke die erste Krabbe in den Mund.

In St. Peter-Ording, dem größten Seebad an der schleswig-holsteinischen Nordseeküste, vertragen sich Kurgäste und ein sportlich-junges Publikum.

Oben: Die Terrasse der Strandbar 54° Nord ist der perfekte Ort für einen romantischen Sunset-Cocktail am Strand von St. Peter-Ording.

Links: Muskelkraft und Körperbeherrschung brauchen beide – Windsurfer wie Kitesurfer.

DIE KÜSTE DER KÜNSTLER

Von Krüss bis Kiesewetter

Weites Meer, wogende Wellen und funkelndes Watt, feine Sandstrände und wilde Dünen. Und Lichterspiele unter einem hohen Himmel. Die Nordseeküste mit ihren Inseln und Halligen, ihren Hafenstädten und Badeorten fasziniert seit Jahrhunderten die Künstler. Überall haben sie ihre Spuren hinterlassen.

Seinem Fresenhof widmete Liedermacher Knut Kiesewetter einen auf Plattdeutsch verfassten Song.

Ob zerstörerisch oder lieblich, ob Meeresungeheuer oder Meduse: Bereits im 18. Jahrhundert inspirierte die Nordsee viele Literaten, Musiker und Maler. Der Walzerkönig Johann Strauss komponierte beschwingt beim Blick auf die Badenden an der Wyker Strandpromenade seine „Nordsee-Bilder". Christian Morgenstern, der sonst so scharfzüngige Humorist, schwärmte im Jahr 1905 von Föhr: „Diese Landschaft hat gar nichts Äußerliches, Lautes, sie spricht selbst fast nicht, sie singt höchstens leise an stillen sonnigen Abenden, wenn das Meer wie ein Spiegel grünblau mit dem Himmel zusammenzurinnen scheint ..." Worte wie Bilder, gemalte Poesie.

Ein roter Fels in der Nordsee war es, der einen Dichter zum „Lied der Deutschen" inspirierte: 1841 verfasste Hugo von Hofmannsthal auf Helgoland, das damals noch britisch war, die deutsche Nationalhymne. Rund 70 Jahre später bestaunte Walter Püttner die Wellenspiele und Spiegelungen am roten Fels der Langen Anna und hielt sie im Jahr 1910 in Öl auf der Leinwand fest: „Helgoland" wurde eines der bekanntesten Bilder der Münchner Künstlervereinigung „Scholle". Und 1926 wurde ein Kinderbuchautor auf Deutschlands einziger Hochseeinsel geboren, der mit Erzählungen wie „Mein Urgroßvater und ich" und „Tim Taler und das verkaufte Lachen" große Erfolge feierte: James Krüss. „Irgendwo ins grüne Meer hat ein Gott mit leichtem Pinsel lächelnd, wie von ungefähr, einen Fleck getupft: die Insel", sagte er über seine Insel. Im Jahr 1966 verließ er sie, vertrieben von Diffamierungen. Denn James Krüss liebte einen Mann. Erst seit 1994 ist Homosexualität in Deutschland straffrei. Heute ist Krüss Ehrenbürger von Helgoland.

Dichter- und Musikerhäuser

In Wesselburen hält das Hebbel- Museum Leben und Werk des 1813 dort geborenen Dichters Christian Friedrich Hebbel lebendig. In Nordfriesland, und besonders in und um Husum, ist Theodor Storm allgegenwärtig. Sein „Schimmelreiter" und „Der kleine Häwelmann" sind dort Teil der Identität geworden.

Das Museum Kunst der Westküste auf Föhr zeigt vorwiegend Werke von Künstlern aus den Nordseeanrainerstaaten Dänemark, Deutschland, Niederlande und Norwegen.

Neben der Kunst, die im Nolde-Museum Seebüll zu sehen ist, lockt der Garten. Seine Wege folgen den Initialen des Ehepaares, A (Ada) und E (Emil).

Ähnliches gelang Knut Kiesewetter auf seinem Fresenhof in Bohmstedtfeld nahe Husum. Mit seinen oft politischen Liedern, auf Hochdeutsch, Niederdeutsch und Nordfriesisch vorgetragen, prägte er eine ganze Generation. Kiesewetter entdeckte Volker Lechtenbrink, produzierte die ersten drei Alben von Hannes Wader, jazzte mit Chet Baker und Dizzy Gillespie und mixte in seiner Musik Blues, Jazz, Rock, Soul, Chanson und Folk.

Das weiß getünchte Brahmshaus in Heide, 1819 bis 1997 im Besitz der Familie, hat die schleswig-holsteinische Brahms-Gesellschaft in eine Gedenkstätte verwandelt und feiert dort mit den Brahms-Wochen den norddeutschen Komponisten.

Musik auch auf Föhr: Bekannte Deutsch-Rock-Gruppen wie Novalis, Cravinkel, Frumpy und Blonker sowie die Insel-Bands Ara Pacis, Joe's Garage und Blue Islands brachten seit den 1970er-Jahren das „Erdbeerparadies" in Boldixum zum Beben. Abi Wallenstein und Otto Waalkes sorgten für Stimmung im Saal. 2016 wurde die Föhrer Legende, von allen nur „E.P." genannt, komplett umgemodelt, nun gibt's auch Karaoke. Und Föhr ist in den Musikcharts vertreten: Stanfour von den Brüdern Alex und Konstantin Rethwisch, dem Produzenten Eike Lüchow und dem Gitarristen Christian Lidsba hat weltweit Erfolg – und seine Wurzeln auf der Insel.

Maler am Meer

Schaufenster der bildenden Künstler ist seit 2009 das Museum Kunst der Westküste in Alkersum auf Föhr. Seine Sammlung umfasst rund 850 Gemälde und Grafiken aus der Zeit von 1830 bis 1930, die in der künstlerischen Auseinandersetzung von „Meer und Küste" an den Küsten von Norwegen, Dänemark, Deutschland und der Niederlande entstanden sind. Zu sehen sind Werke berühmter Maler wie Edvard Munch, Piet Mondrian, Max Liebermann, Peder Severin Krøyer und Emil Nolde aber auch zeitgenössische Arbeiten von Jochen Hein, Mila Teshaieva, Thomas Wrede und Anja Jensen.

1928 reiste Thomas Mann nach Sylt. „An diesem Meer habe ich tief gelebt", kommentierte der Autor der Buddenbrooks seinen einwöchigen Aufenthalt. Stammgast auf Sylt war auch Siegfried Lenz. Mit dem Roman „Deutschstunde" setzte der Dichter einem expressionistischen Maler ein Denkmal: Emil Nolde. Nolde hatte auf Sylt eine Serie von Meeresbildern geschaffen, die mit intensiver Farbe und expressivem Stil die Gewalt der Nordsee widerspiegeln: die Nordsee von A–F. Sein „Meer B" wurde von der Londoner Tate Gallery erworben.

Anders als viele Künstler, die die Nordsee nur als Reisende kennenlernten, ist Nolde ein echtes Kind der Westküste. 1867 wurde Hans Emil Hansen in Nolde geboren, 1902 wurde das Dorf sein Künstlername. Zuerst verbrachten der Maler und seine Frau Ada nur die Sommer auf ihrem Landsitz „Seebüll". Als jedoch die Nazis seine Kunst als „entartet" brandmarkten, obgleich Nolde selbst überzeugter Nazi und Rassist war, zogen beide 1937 ganz nach Nordfriesland.

Museen & Events

Museum Kunst der Westküste, Hauptstraße 1, 25938 Alkersum/Föhr, Tel. 04681 74 74 00, www.mkdw.de

Nolde-Museum, Seebüll 31, 25927 Neukirchen, Tel. 04664 98 39 30, www.nolde-stiftung.de

Brahms-Wochen, Heide, https://brahms-sh.de

Seit dem Tod Emil Noldes 1956 betreut eine Stiftung sein Anwesen und zeigt das Werk des Malers in Ausstellungen.

Mit seiner Frau Ada hatte Emil Nolde 1926 eine aufgelassene Warft gekauft und darauf ein Sommerhaus mit Atelier und großem Garten errichtet.

Schutzzone I
Pellworm
Hooge
Sandshörn
Rummelloch
Butterloch
Moorsteert
Nordstrandischmoor
Norderplate
Holmer Fähre
Beltring
Almdorf
Bohmstedt
Norstedt
Ahrenshöft
Hattstedtermarsch
Hattstedt
Arlewatt
Olderup
Horstedt
Wobbenbüll
Elisabeth-Sophien-Koog
Rungholtsand
Strucklahnungshörn
Nordstrand
Ochsensand
Norderhever
Südfall
Süderoog
Heverstrom
Nationalpark
Korbbakensand
Nordstrander Watt
HUSUM
Schobüll
Mildstedt
Rantrum
Simonsberg
Lorenzenplate
Mittelplaten
Mittelhever
Schleswig-
Uelvesbüll
Witzwort
Südermarsch
Schwabstedt
Wisch
FRIEDRICHSTADT
Koldenbüttel
Westerhever
Tümlauer Bucht
Poppenbüll
Osterhever
Oldenswort
Tetenbüll
Katharinenheerd
Kotzenbüll
Eiderstedt
-Ording
Sankt Peter-
Tating
GARDING
TÖNNING
Vollerwiek
Welt
Lunden
Lehe
Drage
Sankt Annen
Krempel
Karolinenkoog
Hemme
Kleve
Hennstedt
Fedderingen
Bargen
Wiemerstedt
Strübbel
Wittenwurth
Weddingstedt
Süderheistedt
Wesselburenerkoog
Wesselburener Watt
Holsteinisches
Fiegenplate
Linnenplate
Alte Südereider
Schutzzone I
Wesselburener Loch
Wattenmeer
WESSELBUREN
Schülp
Neuenkirchen
Süderdeich
Wesseln
HEIDE
Hellschen-Heringsand-Unterschaar
Reinsbüttel
Wesselburener Deichhausen
Wöhrden
Hedwigenkoog
Blauortsand
Blauort
Norderpiep
Westerdeichstrich
Büsumer Deichhausen
Warwerort
Büsum
Hemmingstedt
Speicherkoog
Die Piep
Süderpiep
Maßstab 1:200.000
0 2 4km

Aktiver Urlaubsspaß unter einem hohen Himmel

Eiderstedt ist eine norddeutsche Sehnsuchtslandschaft. Backsteinkirchen und wuchtige Haubarge ducken sich unter dem hohen Himmel, Kühe und Schafe weiden auf Deichen und Kögen. St. Peter-Ording punktet mit Lifestyle am Sandstrand, Tönning mit lebendigem Hafenflair, Friedrichstadt mit dem malerischen Erbe der Holländer.

❶ St. Peter-Ording

Strandsegler, Dünen und Endlosstrand, Meer und mehr: St. Peter-Ording (4000 Einw.) vereint alles, was Nordseefans lieben.

SEHENSWERT

Das Nordseeheilbad besteht aus vier Ortsteilen: dem Event-Viertel **Ording** ganz im Norden, dem gemütlichen **Dorf** mit Reet und Backstein, Kirche und Museum und dem beschaulichen **Böhl** ganz im Süden mit seinem 1892 errichteten Leuchtturm. In der Mitte steckt der Ortsteil **Bad** mit der einzigen Schwefelquelle eines deutschen Seebades. Heimische Wild- und Haustiere aus 120 Arten stellt der **Westküstenpark & Robbarium** vor (Wohldweg 6, Tel. 04863 30 44, https://tierpark-westkuestenpark.de, tgl. 10.00 –17.00 Uhr).

MUSEEN

Als „Langzeitgedächnis der Landschaft" versteht sich das **Museum der Landschaft Eiderstedt** (Olsdorfer Straße 6, Tel. 04863 12 26, www.museum-landschaft-eiderstedt.de, April–Okt. Di.–So. 10.00–17.00, Nov.–März 11.00–16.00 Uhr). 14 000 Jahre alt ist das älteste Gold des Meeres im privaten **Bernsteinmuseum** (Dorfstraße 15, www.nordsee-bernsteinmuseum.de, April–Okt. Mo.–Fr. 9.30 bis 13.00, 14.30–18.00, Sa. 9.30–13.00, So. 11.00–13.00, Nov.–März Mo.–Fr. 9.00–12.00, 15.00–17.00, Sa. 10.00–12.00 Uhr).

VERANSTALTUNGEN

Ende Juli wird in St. Peter-Ording anlässlich der deutschen **Beach-Volleyball-Serie** auf höchstem Niveau gepritscht und gebaggert (www.beach-volleyball.de). Riesige Drachen tummeln sich im August am Himmel von St. Peter-Ording. Höhepunkt des **Drachenfestivals** ist die Nachtflugshow.

AKTIVITÄTEN

Der 12 km lange **Sandstrand** ist Spielwiese und Sonnenliege, Traumstrecke für Spaziergänger und Nordic Walker, Rennpiste der Strandsegler und Kitebuggyfahrer. Die **Dünen-Therme** gilt als modernstes Badezentrum der Nordsee. 50 km markierte Routen zum Walken

Der rot-weiße Leuchtturm Westerhever ist bekannter als sein Backsteinkollege in St. Peter Böhl. Kommen die Kitesurfer sich in die Quere?

oder Laufen vereint der Nordsee-Fitness-Park. Radfahrer bringt der fast 300 km lange Wikinger-Friesen-Weg bis nach Maasholm an der Ostsee (www.wikinger-friesen-weg.de).

UMGEBUNG

Ein blühendes Denkmal der bäuerlichen Gartenkultur ist der **Hochdorfer Garten** in Tating (Düsternbrook 10, Tel. 04862 84 19, www.hochdorfer-garten.de, tgl.9.00–21.00 Uhr). Rot-weiß gestreift erhebt sich der **Leuchtturm Westerhever** 41 m hoch aus den Salzwiesen – hin geht es nur zu Fuß oder per Fahrrad (Tickets: Infohus am Parkplatz, Ahndelweg 4, Westerhever, Anmeldung erforderlich, Tel. 04865 12 06, Ostersamstag–Ende Okt. Mo., Mi., Sa. stdl. 10.00–16.00, Mindestalter 8 Jahre).

INFORMATION

Tourist-Info Bad, Maleens Knoll 2
Tourist-Info Dorf, Badallee 1,
25826 St. Peter-Ording,
Tel. 04893 99 90,
www.st-peter-ording.de

❷ Tetenbüll

Tetenbüll (618 Einw.) ist das Bilderbuchdorf der Halbinsel. In den Kopfsteinpflastergassen mit Backsteinkaten und weißen Friesenhäusern scheint die Zeit stehengeblieben zu sein.

SEHENSWERT

Eine besonders idyllische Straße ist der **Wasserkoog** mit malerisch aufgereihten Reetdachhäusern. Um 1400 wurde **St. Anna** errichtet. Da damals viele Bauern nicht lesen konnten, erzählt die Holzbalkendecke szenisch Ereignisse der Bibel. Die Nordempore zeigt 30 Szenen aus dem alten Testament. Herrlich nostalgisch ist der Kolonialwarenladen **Haus Peters.** Mit der Originaleinrichtung von 1820 und Ausstellungen zur Regionalgeschichte lädt er zur Zeitreise (Dörpstraat 16, Tel. 04862 681, https://hauspeters.info, Jan./Feb. Sa./So. 13.00 bis 17.00, März–Mai Di.–So. 14.00–18.00, Juni bis Sept. Di.–So. 11.00–18.00, Okt.–Dez. Di.–So. 13.00–17.00 Uhr). Der **Kantorhof** liegt erhöht auf einer Warft und lädt zum Entdecken und Erforschen der bäuerlichen Welt ein. Wer bleiben will, quartiert sich dort ein (www.kantorhof-urlaub.de). Köstliche Produkte aus Schafsmilch gibt es in der **Friesischen Schafskäserei Volquardsen** (Kirchdeich 8, Tel. 04862 348, www.friesische-schafskaeserei.de).

VERANSTALTUNGEN

Frauen gegen Männer heißt es alljährlich Anfang Februar beim großen **Boßel-Wettbewerb** der Geschlechter.

UMGEBUNG

Im beschaulichen **Garding** erinnern das Geburtshaus und eine Gedenkstätte an den Historiker und Schriftsteller Theodor Mommsen (1817–1903), der als erster Deutscher den Nobelpreis für Literatur erhielt (Markt 5, Tel. 04862 172 67, www.museen-sh.de, Juni–Aug. Di.–Fr. 8.30–11.30, Sept.–Mai 15.00–17.00 Uhr).

INFORMATION

s. Tourist-Infos St.-Peter-Ording und Tourist-Information Garding, Markt 26, 25836 Garding, Tel. 04862 469, www.garding.de/tourist-information

3 Tönning

Tönning hat eine wichtige Funktion für die Schifffahrt: Im hiesigen Wasserstraßen- und Schifffahrtsamt werden zahlreiche Leuchttürme an der Nordseeküste und auf den Inseln per Fernbedienung in Gang gesetzt. Der Hauptort der Halbinsel Eiderstedt hat sich um das Jahr 1000 auf einer Warft entwickelt. Den Marktplatz säumen schmucke Bürgerhäuser. Sie werden von der St.-Laurentius-Kirche mit ihrem barocken Turm überragt.

SEHENSWERT

An die Blütezeit des historischen Hafens erinnert das **Packhaus** (1873), ein wuchtiger Backsteinbau, der heute für Krabbenpul-Kurse, Oster- und Antikmärkte genutzt wird und eine stadtgeschichtliche Sammlung birgt (Am Hafen 23, www.packhaus-toenning.de, Mai–Sept. Mi.bis So. 14.30–17.00 Uhr). Weitere markante Bauten wie das **Skipperhus** mit seinem Glockenturm, das strahlend weiße **Wasser- und Schifffahrtsamt** und eine Holzschiff-Werft säumen das Hafenbecken. In der **Alten Fischereigenossenschaft** (Am Eiderdeich 12, Tel. 04861 961 60) gibt es köstliche Meerestiere und Fischbrötchen auf die Hand.

MUSEUM

Katzenhai, Hummer, Seestern, Wattwurm oder Seeigel? Das **Multimar Wattforum** präsentiert den Lebensraum Meer vom Watt bis zur Tiefsee mit 280 Tierarten in 37 Aquarien und interaktiven Stationen (Dithmarscher Straße 6, Tel. 04861 962 00, https://multimar-wattforum.de, April–Okt. tgl. 9.00–18.00, Nov.–März 10.00 bis 17.00 Uhr).

Oben: Seifenkistenrennen in Bergenhusen, Rechts oben: Einkehr im Roten Haubarg. Darunter: Multimar Wattforum in Tönning.

AKTIVITÄTEN

An der Eidermündung vereint der **Badestrand** Tönning einen Sandstrand mit einer Deichgras-Badewiese. Das **Meerwasser Freibad Tönning** (Strandweg 2, Tel. 04861 56 88) bietet Badespaß mit Wasserspielgeräten und Sprungbecken. In Vollerwiek starten geführte **Wattwanderungen** (www.wattwanderungen-vollerwiek.de).

UMGEBUNG/RESTAURANT

Das riesige **Eidersperrwerk** schützt seit 1973 das Land vor Überschwemmungen und stellt die Schifffahrt auf der Eider sicher. Im **Katinger Watt** lädt das **NABU-Naturzentrum** (Katingsiel 14, Tel. 04862 80 04, https://schleswig-holstein.nabu.de) ein, die ehemaligen Watten und Salzwiesen der Eider zu entdecken, ein Refugium für Seeadler, Säbelschnäbler und Graugänse, die zwischen Schilf und Orchideen nisten. Müde Wanderer holt der RufBus Eiderstedt nach vorheriger Absprache ab (Anmeldung 8–18 Uhr, Tel. 04841 677 77, www.rufbus-eiderstedt.de). Der **Mars-Skipper-Hof** hat Naturerlebnisse für alle Sinne als „Erfahrungsfeld" aufgestellt (Gardinger Chaussee 31, 25832 Kotzenbüll, Tel. 04861 61 74 80, www.eingartenfuerdiesinne.de).

INFORMATION

Tourist-Info, Am Markt 2, Tel. 04861 614 20, https://toenningtourismus.de, www.toenning.de

4 Friedrichstadt

Im Jahr 1621 gründete Herzog Friedrich III. von Schleswig-Gottorf an strategisch günstigem Platz eine neue Hafen- und Handelsstadt. Er erhoffte sich dadurch eine Ausweitung seiner Handelsbeziehungen, die bereits bis nach Spanien und in den Mittelmeerraum reichten. Für sein Vorhaben holte er erfahrene und wohlhabene Kaufleute und Techniker aus Holland, Mennoniten und Remonstranten, die in ihrer Heimat aus religiösen Gründen verfolgt wurden. Friedrich III. garantierte ihnen Glaubensfreiheit, und sehr bald existierten sieben verschiedene Religionsgemeinschaften. Fünf Gotteshäuser, darunter die einzige Remonstranten-Kirche außerhalb der Niederlande, bezeugen heute die religiöse Vielfalt in Friedrichstadt (2416 Einw.).

SEHENSWERT

Die **Holländerstadt** ist ein hübsches Gesamtkunstwerk, ein schachbrettartig angelegtes Kleinod mit schnurgeraden, rechtwinkligen Straßen und Grachten und vielen verträumten Winkeln. Einige Straßen zieren berühmte Treppengiebelhäuser wie das Fünfgiebel-, das Neber- und das Kettererhaus. Eine schöne zusammenhängende Häuserzeile ist am Marktplatz erhalten.

MUSEEN

In der **Alten Münze** dokumentiert ein Museum Stadtgründung, Religionsvielfalt und Alltagsleben (Am Mittelburgwall 23, Tel. 04881 874 22, April, Mai, Okt. Di.–So. 12.00–16.00, Juni–Sept. Di.–So. 11.00–17.00, www.museen-sh.de). Der **Modellbahnzauber** ist Schleswig-Holsteins größte Modellbahn-Schauanlage. Sie wird von mehr als 4500 Miniaturpersonen (Mobazaner) bei der Arbeit, auf dem Jahrmarkt und im Konzert belebt (Brückenstraße 18, Tel. 04881 93 88 58, www.mobaza.de, Mitte April–Okt. tgl. 11.00–17.00, Nov., Weihnachtsferien Sa., So. 11.00–17.00 Uhr).

VERANSTALTUNGEN

Ende Juni sind Rosen die Stars der **Friedrichstädter Rosenträume.** Ein Korso von Lichterbooten und Live-Musik machen das dreitägige **Lampionfest** im Juli zum unvergesslichen Sommerfest (beide: www.friedrichstadt.de).

UMGEBUNG

Wie lebte einst ein Großbauer auf Eiderstedt? Das verrät der **Rote Haubarg** (1624) mit kleinem Museum und Gaststube (Sand 5, Witzwort, Tel. 04864 845, www.roterhaubarg.de). **Bergenhusen** (15 km östl.) ist das Dorf der Störche: Von März bis Sept. ziehen 19 Storchenpaare dort ihren Nachwuchs auf.

INFORMATION
Tourismusverein Friedrichstadt: Am Markt 9, 25840 Friedrichstadt, Tel. 04881 939 30, www.friedrichstadt.de

5 Büsum

Der drittgrößte Ferienort an der Nordseeküste Schleswig-Holstein (5000 Einw.) ist bis heute ein wichtiger Fischereihafen.

SEHENSWERT
Zu den wenigen Zeugnissen des alten Büsums gehören die **St.-Clemens-Kirche** aus dem 15. Jh. und das neobarocke **Rathaus** (1914/1915). Weithin sichtbares Wahrzeichen des Seebads ist das **Büsumer Hochhaus,** das den Leuchtturm Büsum bei Weitem überragt.

MUSEEN
Der **Museumshafen Büsum** birgt schwimmende Veteranen wie das Seenotrettungsboot „Rickmer Bock" und den ältesten fahrfähigen Büsumer Krabbenkutter (Hafenbecken 1, www.museumshafenbuesum.de). Hintergründe zur Küstenfischerei und zum Beginn des Tourismus vermittelt das **Museum am Meer** (Am Fischereihafen 19, Tel. 04834 67 34, www.museum-am-meer.de, März–3. Nov. So.–Fr. 11.00–17.00, Sa. 13.00–17.00, Weihnachtsferien tgl. 11.00 bis 16.00 Uhr). Im Mitmachmuseum **Phänomania** laden 200 interaktive Stationen ein, physikalische Phänomene und menschliche Sinne zu entdecken (Dr.-Martin-Bahr-Straße 7, Tel. 04834 96 55 17, www.phaenomania-buesum.de, tgl. 10.00–18.00 Uhr). Wer nicht will deichen, muss weichen: Warum der Spruch bis heute gilt, verrät das **Deichfreilichtmuseum** mit Deichnachbauten aus den Jahren 1200, 1600 und 1800.

VERANSTALTUNGEN
Anfang Juli lässt das **Büsumer Meeresleuchten** Himmel und Nordsee in allen Farben strahlen (www.buesum.de): wunderschönes Feuerwerk und gut gemachte Lasershow zu Evergreens. Mitte Juli kämpfen die Büsumer Fischer bei der Kutterregatta um den Sieg.

UMGEBUNG
Die **Schäferei Rolfs** gewährt Einblicke in die Schafzucht. Zum Toben lädt die Spielscheune, zum Genießen und Shoppen das gemütliche Hofcafé (Marschenweg 26, 25761 Büsumer Deichhausen, Tel. 04834 96 27 96, www.schaeferei-rolfs.de). In **Wesselburen** erinnert das Hebbel-Museum an den Dichter von „Agnes Bernauer" und „Nibelungen" (Österstraße 6, Tel. 04833 41 90, http://hebbelmuseum.de, Mai–Okt. Di.–Do. 11.00–13.00, 14.00–17.00, Fr., So. 11.00–13.00, 14.00 bis 16.00, Nov.–April Di., So. 14.00–17.00 Uhr).

INFORMATION
Freizeit- und Informationszentrum Watt'n Hus, Südstrand 11, 25761 Büsum, Tel. 04834 90 91 10, www.buesum.de

Genießen Erleben Erfahren

DuMont Aktiv

Hart am Wind auf festem Sand

Konstante Brise, fester Sand und viel Platz: Auf den Sandbänken von St. Peter-Ording herrschen das ganze Jahr hindurch perfekte Bedingungen zum Strandsegeln. Wer es noch nie gemacht hat, lernt Theorie und Praxis bei Schnupperkursen.

Ein halber Tag genügt, dann sind auch Anfänger fit für das rasante Vergnügen, beherrschen Bremsen und Überholen, Wende und Halse, Kurs halten und sicher parken. Helm, Handschuhe und Overall – und schon beginnt der Segelspaß am Strand. Aus dem Stand heraus bläht der Wind die Segel und sorgt für Fahrt. Als Steuer dienen die Füße – Rennsegler und Landsegler für Menschen mit Handicap haben eine Handpinne. Bei der Wende heben die Reifen im abgesteckten Parcours vom Boden ab. Zu schnell! Für Sekunden schießt Adrenalin ein, sorgt der Angstkitzel für Schweiß auf der Stirn. Fällt der Strandsegler jetzt um?! Nicht, wenn das Verhältnis von Windstärke, Segelfläche und Gewicht stimmt. „Fahr immer mit Luft um Dich herum", hatte der Kursleiter betont. Doch da ist das rollende Boot schon wieder sicher mit seinen drei Rädern auf dem Boden und saust über den Sand.

Immer leichter, immer schneller werden die Flitzer aus Kunststoff und Karbon. Profis jagen mit bis zu 120 km/h über den Sand, Freizeitsportler sind mit Tempo 30–80 unterwegs. Wenn der Wind mit mindestens zwei bis drei Beaufort bläst. Sonst rührt sich der Landsegler nicht vom Fleck.

Strandsegeln in SPO
Um in St. Peter-Ording am Strand segeln zu dürfen, müssen drei Voraussetzungen erfüllt sein: Mitgliedschaft im Yacht Club St. Peter-Ording oder eine Anmeldung als Gast, Besitz des Pilotenscheins, Versicherungsschutz

Schnupperkurse:
Dauer 4 Stunden, ganzjährig, Nordsport-Events, Strandweg 16, 25826 St. Peter-Ording, Tel. 04863 474 66 06, https://nordsport-events.de

Mit der Segelstellung wird das Tempo gesteuert. Durch Auffieren der Schot lässt sich der Druck aus dem Segel nehmen, bei Gegenwind wird wie auf dem Wasser gekreuzt.

Schwimmende Träume

So nannte der friesische Dichter Theodor Storm die Mini-Eilande. Geografisch liegen sie auf der gleichen Höhe wie der Südzipfel Alaskas: die nordfriesischen Halligen – zehn Kleinode im Wattenmeer. Etwas größer, aber gleichfalls traumhaft schön sind auch Pellworm und Nordstrand!

Auf den bewohnten Halligen stehen die Häuser auf Warften, künstlich aufgeschütteten Hügeln.

Für Geologen sind die Halligen noch richtig junge Knirpse – als Kinder der „Groten Mandränken“ von 1362 und 1634, verheerender Sturmfluten, die Inseln zerrissen und Halligen aus Schlick gebaren. Noch immer werden die Halligen mehrmals im Jahr überflutet, dann ist „Land unter“, dann „laufen sie blank“, und nur ihre grasbewachsenen Hügel – die Warften – ragen aus der Weite des Meeres heraus.

Im „Sturmflutkino“ von Hallig Hooge wird das Naturspektakel für 20 Minuten Wirklichkeit. „Füße anheben! Ich lass das Wasser einlaufen!“ ruft der Filmvorführer dann in den dunklen Saal. Sekunden später erobert der Blanke Hans die Hallig, rollt mit Macht über den Sommerdeich, und umtost die Warften, die wie Burgen aus der Brandung ragen. Mensch und Tier drängen sich auf dem künstlich aufgeschütteten Erdhügel auf engstem Raum. Doch dann legt sich der Sturm, fließt das Wasser durch Schleusen zurück ins Meer. Alljährlich werden die Halligen zwischen November und März etwa 20 Mal überspült. Bläst der Sturm konstant aus Nordwest, kann der Übergang zwischen Hoch- und Niedrigwasser „fließend“ sein – und ein Landunter auch mehrere Tiden dauern.

Bei Sturmflut und Orkanböen bis zu zwölf Windstärken schützen die Halligbewohner ihre Gemäuer auf den Warften zusätzlich durch Sandsäcke. Und flüchten notfalls in den Schutzraum. Seit der Sturmflut von 1962 haben alle Hallighäuser solch einen sturmflutfesten Schutzraum in Stahlbetonbauweise erhalten. Die Architektur auf den Halligen ist perfekt den Naturgewalten angepasst. Selbst die Gotteshäuser widersetzen sich nicht dieser Kraft, sondern sind, wie die Hooger Halligkirche St. Johannis, auf Sand gebaut. So kann das eingedrungene Wasser nach einem Landunter schnell wieder ablaufen. Schiffsmodelle baumeln von der Decke. Neben der Kanzel schmückt eine Walmutter mit Nachwuchs das Schnitzwerk der Tür. Die Sandsteinsarkophage, die vor Jahrzehn-

Oben und Mitte: Dicht drängen sich die Häuser auf der Ockelützwarft auf Hallig Hooge, die mit Planwagen erkundet werden kann. Unten: Ausflug zum Japsand.

Oben: Seinen Namen verdankt der Königspesel auf Hallig Hooge der Stippvisite des Dänenkönigs Frederik VI. im Jahr 1825.

Links: Auf den Halligen und auf den Nordfriesischen Inseln gehört die Außenterrasse einfach zum Lokalbesuch dazu!

Rechts und Mitte rechts: Obwohl nur drei Kilometer lang, bietet die Hallig Oland Spaziergängern genügend Auslauf und auch ein paar hübsche Friesenhäuser.

Scheint Spaß zu machen – mit dem Trecker durchs Watt zum Festland.

Eine Gruppe Wattwanderer hat ihr Ziel erreicht, die Hallig Oland.

Vom Festland starten Tagesbesucher zu Halligfahrten und gehen nur auf Hooge, der „Königin der Halligen", an Land. Dort warten Pferdekutschen auf sie, Leihräder und Wattwanderführer.

ten bei einer Sturmflut vor der Hallig im Watt freigespült wurden, haben die Halligbewohner schon längst zu Viehtränken umgewidmet.

Pensionsvieh und Tagesausflügler

Doch die Kühe, die Jahrhunderte lang als „Pensionsvieh" jeden Sommer vom Festland auf die Hallig zum Weiden gebracht wurde, sind selten geworden. Heute sorgt nicht mehr die Landwirtschaft, sondern der Tourismus – meist kommen Tagesbesucher – für klingelnde Kassen. Länger als einen Tag blieb am 2. Juli 1825 der dänische König Frederik VI. Er übernachtete auf der Hanswarft in einem kunstvoll gekachelten Pesel – als Königspesel gehört die gute Stube des Gasthofs heute zum touristischen Pflichtprogramm auf Hallig Hooge. Der älteste Pesel der Hallig indes steht auf der Backenswarft. Und der ist Annemarie Pezzi lieb wie teuer. Wer die originalgetreu erhaltene „Gute Stube" ihres Friesenpesels von 1756 fotografieren möchte, muss einige Euro als „Entschädigung" zahlen, wenn er dort nicht speist. Mehr als 400 Ausflügler versorgt Pezzi in der Hauptsaison täglich mit einem Mittagstisch und sorgt dafür, dass in 59 Minuten alle gegessen und getrunken haben. Noch während der Überfahrt telefoniert sie mit Bernd Diedrichsen, dem Kapitän des MS Hauke Haien, der den Gästen an Bord aus verwandtschaftlicher Verbundenheit den „Friesenpesel" empfiehlt, und lässt sich die Bestellung durchgeben: Wie viel Fisch, wie oft Fleisch? Dann ruft sie die Kutscher ihrer „Gelben Planwagen" an, die Gäste einmal über die Insel führen – und dann zu ihr bringen.

Anleger, Hanswarft, Kirchwarft, Backenswarft – so heißt die klassische Kutschen-Runde durch den Osten der Hallig. Die Warften im Westen von Hooge kennen nur die Urlauber, die länger bleiben und wandern. Oder sich am Anleger Fahrräder leihen. Immer gegen den Wind strampeln sie vorbei an der Ockelützwarft mit der Halligschule zur Mitteltrittwarft, decken sich im Hofladen der Familie Binge mit Hallighonig und Schafskäse ein und laufen durch das Vorland im äußersten Westen, das Spaziergängern vorbehalten ist. Klee und Halligflieder haben die Fennen, die feuchten Weiden, in ein lilafarbenes Blütenmeer verwandelt. An den Abbruchkanten der Priele rasten Küstenseeschwalben. Draußen auf dem Meer kämpfen Lachmöwen, Silbermöwen und Mantelmöwen um die Reste, die Hooges einziger Fischer vom Kutter zurück ins Meer wirft. Vom Poller sieht ein Austernfischer dem Spektakel zu. Orangerot leuchtet sein spitzer, langer Schnabel in der Sonne. Abends verabschiedet sich die Sonne als glutroter Feuerball im Meer, und für Momente macht Hooge Hawaii Konkurrenz.

Seehunde und Kegelrobben lassen sich auf dem Japsand beobachten. Noch in den 1970er-Jahren war die Sandbank fünf Kilometer westlich von Hooge Fluchtpunkt der Teenies, der Pärchen und all der anderen, die Abstand suchten zur engen sozialen Kontrolle auf der Hallig. Mit ihren Pferden ritten sie dorthin, Cola und Kofferradio in den Satteltaschen, und genossen die wilde Weite, spürten das Leben, träumten und waren frei. Solche Partys sind inzwischen tabu. Der kleinste und nördlichste der drei Außensände im Nationalpark Schleswig-Holsteinisches Wattenmeer darf nur noch auf geführten Wattwanderungen betreten werden. Wie auch die unbewohnte Hallig Norderoog. Sie ist der letzte Brutplatz der stark gefährdeten Brandseeschwalbe an der schleswig-holsteinischen Nordseeküste. Dass das Mini-Eiland nicht länger Land verliert, ist dem Verein Jordsand zu verdanken. Er veranstaltet dort jeden Sommer internationale Naturschutzworkcamps, bei denen Jugendliche aus aller Welt die Uferbefestigungen instand setzen. Ohne ihre Hilfe wäre Norderoog schon längst ein Opfer der Sturmfluten geworden. Nur mit dem Allernotwendigsten ausgestattet, leben die 18- bis 30-Jährigen mitten im Wattenmeer im Rhythmus von Ebbe und Flut. Das schweißt zusammen – und beschert unvergessliche Eindrücke.

Seehunde lassen sich auf dem Japsand beobachten.

Oben: Auf Nordstrand geht es noch gemächlich zu …
Mitte: Die Reiter, wie hier im Ort Süderhafen auf Nordstrand, müssen beim Turnier mit ihren Lanzen Ringe aufspießen.
Unten: In der Nordstrander Töpferei wird traditionelle Gebrauchskeramik produziert.

Rechte Seite: In dem zu Beginn des 20. Jahrhunderts auf Pellworm errichteten Leuchtturm können sich Heiratswillige das Ja-Wort geben.

Föhr
Amrum
Nationalpark
Schleswig-
Holsteinisches
Wattenmeer
Halligen
Pellworm
Nordstrand
Hooge
Nordmarsch-Langeneß
Gröde
Hamburger Hallig
Süderoog
Norderoog
WYK auf Föhr
Dagebüll
Niebüll
Risum-Lindholm
Langenhorn
BREDSTEDT
Breklum
Hattstedt
HUSUM
Mildstedt
Leck
Schutzzone I
1
2
3
4
Maßstab 1:200.000
0
2
4km

Grüne Tupfer im Meer

Im Frühjahr und Herbst machen mehr als 20 000 Ringelgänse auf ihrer Wanderung zwischen Sommer- und Winterquartier Rast auf den Halligen. Die haben längst das touristische Potenzial dieses Spektakels entdeckt: Seit 1998 laden sie ein, bei den Ringelganstagen im Frühjahr die Faszination des arktischen Vogelzugs zu entdecken.

1 Hallig Hooge

Die „Königin der Halligen" ist ein Kind der Sturmflut von 1362, als die Insel Strand zerbrach. Bis ins 20. Jh. hinein ist sie immer wieder von Flutkatastrophen heimgesucht worden. Die zweitgrößte Hallig ist besonders hübsch und touristisch am weitesten entwickelt. Auf ihren neun Warften leben knapp 100 Menschen. Hallig Hooge wird ganzjährig täglich angefahren.

SEHENSWERT

Die Halligkirche **St. Johannes** steht seit 1640 auf Sand – so kann Flutwasser schneller ablaufen. Neben Kunstwerken von Meister Ringeling und einer Renaissancekanzel (1743) ist eine kleine Tür beachtenswert. Ihr Motiv – eine Walmutter mit Nachwuchs – hat ein Grönlandfahrer auf See geschnitzt. Die Grabsteine des Friedhofs sind vorn und hinten beschriftet. Aus Platzmangel teilen sich die Toten Grab und Grabstein (https://halligkirche.de).

MUSEEN

Gezeitenaquarium und Wattwerkstatt locken in der Nationalpark-Ausstellung der **Schutzstation Wattenmeer** (Hanswarft, Tel. 04849 229, www.schutzstation-wattenmeer.de, April–Okt. tgl. 11.00–16.00, Nov.–März s. Aushang). Wie die Menschen sich an das Leben mitten im Meer angepasst haben und was der „Blanke Hans" ihnen geraubt hat, verrät das **Heimat- und Halligmuseum** (Hanswarft, Tel. 04849 238, April–Okt. tgl. 11.00–16.00 Uhr). Im Sommer kann es schon mal zu Schlangen vor dem Kino kommen – ja, die Hallig Hooge hat tatsächlich ein Kino, allerdings wird dort immer nur ein und derselbe Film gezeigt, der ist aber beeindruckend: Das **Sturmflutkino** zeigt, was bei den Herbst- und Frühjahrsstürmen Alltag ist auf Hooge: Landunter (Hanswarft, Tel. 04849 271, www.sturmflutkino.de). Die größte Attraktion ist der **Königspesel** auf der Hanswarft im Kapitänshaus Tade Hans Bendiks. Seinen Namen hat der Pesel (gute Stube) aus dem 18. Jh., weil der dänische König Frederik VI. 1825 wegen schlechten Wetters in eben jener Wohnstube der Witwe Stienke Alberte Hansen übernachten musste. Der unter Denkmalschutz stehende Königspesel ist vollständig mit blau-weißen Fliesen verkleidet, das Mobiliar – gehobene friesische Wohnkultur – ist original

Oben: Kutschausflug zur Hallig Südfall.
Rechts oben: Der Königspesel auf Hallig Hooge gibt Einblick in die Halligwohnkultur.
Darunter: Mit Pferde(stärk)en durchs Watt.

erhalten geblieben (Hanswarft, Tel. 04849 219, April–Okt. tgl. 10.00–17.00 Uhr, Nov.–März nach Ankunft der Schiffe). Sehenswert sind auch der **Blaue Pesel** und der **Friesenpesel,** die heute beide für gastronomische Zwecke genutzt werden.

AKTIVITÄTEN

Einen **Fahrradverleih** gibt es am Anleger. Geführte Wattwanderungen nach Pellworm veranstaltet die **Schutzstation Wattenmeer** (Hanswarft, Tel. 04849 229, www.schutzstation-wattenmeer.de). Sonja Jannichsen gibt **Kurse in Aquarellmalen** auf Hooge (https://malen-am-meer.de).

VERANSTALTUNGEN

Wenn Ende April vielstimmig ein „Rott-rott-rrooott" über der Halligwelt ertönt, feiern die **Ringelganstage** die Rückkehr der Meeresgänse (https://ringelganstage.de).

INFORMATION

Touristikbüro, Hanswarft 1,
25859 Hallig Hooge, Tel. 04849 91 00,
https://hooge.de

2 Hallig Langeneß

113 „Halliglüüd" leben auf den 18 Warften der langgestreckten „langen Nase". Ihre heutige Größe – ca. zehn Kilometer lang und einen Kilometer breit – verdankt Langeneß der Tatsache, dass vor gut 150 Jahren die drei Inseln Butwehl, Langeneß und Nordmarsch durch systematische Landgewinnung allmählich zusammenwuchsen. Welsh-Black-Rinder, Schafe und Lämmer grasen auf weiten Weiden. Die Salzwiesen im Osten sind den Vögeln vorbehalten. Nur die Einheimischen dürfen die Lorenbahn nutzen, die Langeneß via Oland mit Dagebüll auf dem Festland verbindet.

SEHENSWERT

Im Westen ragt seit 1902 der **Leuchtturm Nordmarsch** 11,5 m hoch auf. Die **Halligkirche** wurde 1894 gebaut, mehrere Vorgängerkirchen sind zerstört worden. Aus ihnen wurden Inventarteile in die heutige Kirche übernommen, so der bemalte Flügelaltar, den zwei Langenesser Schiffer 1670 gestiftet hatten. Die **Bockmühle** auf der Ketelswarf ist ein Nachbau – das Original gehört seit 1953 zum Wyker Museum. Früher gab es auf fast allen Halligen solch hölzerne Mühlen.

MUSEUM
Das **Kapitän-Tadsen-Museum** lässt in einem mehr als 275 Jahre alten Haus den Halligalltag um 1741 aufleben (Ketelswarft, Tel. 04684 217, Ostern–Okt. Mo.–Sa. 13.30–15.30 Uhr).

VERANSTALTUNGEN
Die Eventreihe **Kultur auf den Halligen** sorgt mit Konzerten und Kabarett, Lesungen und Poetry Slam für abwechslungsreiche Sommerabende (www.kulturaufdenhalligen.com, Mai bis Sept.).

AKTIVITÄTEN
Hautnah und spannend lässt sich die Halligwelt mit der **Schutzstation Wattenmeer** erleben – bei Wattwanderungen nach Oland, Erkundungen der Salzwiesen oder bei Vogel- und Nachtexkursionen (Wattenmeerhaus, Peterswarft 2, Tel. 04684 216, www.schutzstation-wattenmeer.de).

INFORMATION
Tourismusbüro der Halligen Langeneß und Oland, Ketelswarf 1, 25863 Hallig Langeneß
Tel. 04684 217, https://langeness.de

3 Pellworm

Die grüne Marscheninsel ist wie gemacht für nordseefrische Entschleunigung. Vorm »Blanken Hans« geschützt wird sie von einem bis zu acht Meter hohen Deich. Sand gibt es auf dieser Nordseeinsel so gut wie gar nicht. Die drittgrößte nordfriesische Insel lockt mit sanften Aktivitäten unter freiem Himmel. Von den Inseldörfern ist Westertilli mit seinen hübschen alten Friesenhäusern das idyllischste.

SEHENSWERT
Der Pellwormer **Leuchtturm** entstand 1907 zeit- und weitgehend baugleich mit dem Leuchtturm Westerheversand auf Eiderstedt und dem Hörnumer Leuchtturm auf Sylt. Rund 4000 Paare haben sich hier oben schon das

Oben: Wie eine Trutzburg: die Warft der Hallig Südfall. Rechts: Alte Kirche St. Salvator und Landschaft bei Pellworm.

Ja-Wort gegeben (www.leuchtturm-hochzeit.de). Zweites Wahrzeichen von Pellworm ist die **Alte Kirche** mit ihrer Turmruine, in der heute Vögel nisten. Größter Schatz der Kirche ist die im Jahr 1711 von Arp Schnitger gebaute Orgel, die heute noch regelmäßig bei Konzerten erklingt. Wie früher wilde Gänse und Enten gefangen wurden, verrät im Nordosten der Insel die **Vogelkoje.** Der Verein für Naturschutz und Landschaftspflege „Mittleres Nordfriesland" e.V. stellt bei Führungen die Fangeinrichtung vor (Tel. 04844 677).

MUSEEN
Das **Inselmuseum** im Dachgeschoss des Kur- und Tourismusservice informiert über die Geschichte Pellworms und verrät, wie sich das Leben der Insulaner im Laufe der Jahrhunderte verändert hat (Utlandestraße 2, Tel. 04844 1 89 35, April–Okt. Mo.–Do. 8.00–12.00, 14.00–18.00, Fr. 8.00–12.00, Nov.–März Mo.–Do. 8.00–12.00, 14.00–16.00 Uhr). Die Arbeit der Fischer, Seeleute, Schiffer und Seenotretter ist Thema der Ausstellung im **Dampferschuppen** (Am Alten Hafen, Tel. 04844 12 66, April–Nov. tgl. 10.00–17.00 Uhr). Das Erbe des legendären **Rungholt** zeigt Helmut Bahnsen in seinem privaten Museum (siehe Tipp).

VERANSTALTUNGEN
Rosen lieben das Nordseeklima. Hohe Luftfeuchtigkeit und steter Wind sorgen für gutes Wachstum und wenig Schädlinge. Im Juni feiert Pellworm die Königin der Blumen mit einem großen **Rosenfest.** Das Programm: offene Gärten, Lesungen, ein Rosenmarkt, die Präsentation neuer Züchtungen – und Hunderte Rosenstöcke werden an Besucher verlost (www.pellworm.de).

AKTIVITÄTEN
Wie funktioniert die Post im Watt? Deutschlands einziger Wattpostbote, Knud Knudsen, nimmt Gäste mit bei seiner Zustellrunde zur **Hallig Süderoog** (Tel. 0160 200 14 23). Die Ranger der Schutzstation Wattenmeer begleiten eine dreistündige Tour zur Kante des **Heverstroms,** eines der größten Priele im Wattenmeer (Tel. 04844 760). Helmut Bahnsen zeigt im Watt die Spuren des sagenumwobenen **Rungholt** (Tel. 04844 99 09 06). Jahrhundertelang rankten sich Legenden um diese Stadt: Angeblich war sie unfassbar reich, zahllose Orgien sollen dort gefeiert worden sein. Für die gottesfürchtigen Küstenbewohner war der Untergang folglich nichts als die gerechte Strafe Gottes. Erst in den 1920er- und 1930er-Jahren verwissenschaftlichte sich die Diskussion. Drei markierte Routen (14, 21 und 28 km lang) erschließen beim **Radwandern** die Marscheninsel. Bei Flut wird von Grünstränden aus in der Nordsee gebadet, gezeiten- und wetterunabhängiges Badevergnügen ist im **Freizeitbad Pelle-Welle** (Uthlandestraße 6, Tel. 04844 99 04 49) garantiert.

INFORMATION
Kur- und Tourismusservice Pellworm,
Uthlandestraße 2, 25849 Pellworm,
Tel. 04844 189 40, www.pellworm.de

Tipp

Ringelganstage

Jedes Frühjahr kehren die Ringelgänse zurück auf die Halligen, schmausen auf den Salzwiesen und legen sich Reserven für den Flug nach Sibririen an, wo sie ihren Nachwuchs ausbrüten. Begleitet wird das Ereignis von mehr als 100 Veranstaltungen zur Kultur und Natur der Halligen (Mitte April bis Mitte Mai, https://ringelganstage.de).

4 Nordstrand

Ist Nordstrand nun eine Insel oder nicht? Die 2240 Nordstrander beantworten das auf ihre norddeutsch trockene Art: Halb Insel – doppelt Urlaub! Oder sie bezeichnen ihre Heimat als „Insel an Land", denn seit 1934 verbindet ein Damm Nordstrand mit dem Festland. Seit der Fertigstellung des Beltringharder Kooges im Jahr 1987 ist Nordstrand sogar noch stärker ans Festland angebunden und nur noch von drei Seiten vom Meer umgeben.

SEHENSWERT/SHOPPING
Auf Nordstrand arbeiten zwei Töpfereien. Auf dem Gelände der einstigen Ziegelei stellt die **Süderhafen-Töpferei** seit den 1990er-Jahren in Handarbeit Steingut in den Farben der Landschaft her (Tegelistraat 22, Tel. 04842 587, www.suederhafen-toepferei.de). Die **Nordstrander Töpferei** fertigt neben Steingut auch Porzellan in den traditionellen Farben Blau, Grau und Weiß. Angeschlossen ist ein gemütlicher Teeraum (Süden 44, Tel. 04842 400, www.nordstrander-toepferei.de). Die Kirche

St. Vinzenz im Hauptort Oldenbüll mit Kruzifix (1400) und Empore (1605) wurde 1889 renoviert, das restliche Interieur stammt aus dieser Zeit.

MUSEUM
In der Touristinformation gibt das **Inselmuseum** Einblicke in die Geschichte Nordstrands (Schulweg 4, Mo.–Fr. 8.00–12.00 Uhr).

AKTIVITÄTEN
Das kleine Nordstrander **Schwimmbad** im Kurzentrum sorgt mit Bewegungsbecken, Warmwasser-Sprudelbad (34 Grad) und Sauna für Badespaß (Am Kurhaus, Tel. 04842 900 11 60, Juni–Aug. tgl. 10.00–19.00, Mi. bis 21.30, Mai, Sept. 10.00–12.00, 14.00–18.00 Uhr, sonst kürzer). Nur zu Fuß, von April bis Oktober auch per Kutsche (Tel. 04842 300, www.suedfall.de/kutschfahrten.htm), kommt man zur **Hallig Südfall,** wo auf der einzigen Warft das Ehepaar Erichsen als Nationalparkwärter lebt.

INFORMATION
Tourist-Information, Schulweg 4, 25845 Nordstrand, Tel. 04842 454, www.nordstrand.de

Tipp

Rungholt-Museum

Miesmuscheln wollte er sammeln, als er im Jahr 1971 mit Gästen ins Watt gegangen ist. Doch dann hat er sie gefunden: eine Tonscherbe. „Nimm mal mit", dachte er sich, da er wusste, dass das Wattengebiet rund um Pellworm einst bewohntes Land gewesen war. Bis heute sammelt der Heimatforscher und Hobby-Archäologe Helmut Bahnsen Zeugnisse der untergegangenen Siedlungen – und zeigt seine Schätze in seinem privaten Rungholt-Museum. Sie erinnern nicht nur an die legendäre Stadt, sondern auch an furchtbares Leid: Mehr als 10 000 Menschen holte sich der „Blanke Hans" bei den „Groten Mandränken" – der Marcellusflut 1362 und der Burchardiflut 1634.

INFORMATION
Westerschütting 2, Tel. 04844 569, Zeiten in „Pellworm heute"

Genießen Erleben Erfahren

DuMont Aktiv

Im Galopp durchs Watt

Es ist ein Gefühl von Freiheit und Abenteuer, auf dem Rücken der Pferde durch die einzigartige Landschaft des Wattenmeeres zu galoppieren. Doch selbst exzellente Reiter sollten sich in der sich ständig verändernden Naturlandschaft erfahrenen Führern anvertrauen.

Reiten auf dem Grund des Meeres – das geht nur im Nationalpark Wattenmeer an der Nordseeküste. Natürlich nicht zu jeder Zeit, sondern logischerweise nur bei Ebbe. „Am schönsten sind die Ausritte am frühen Morgen und am Abend, wenn die Sonne auf- oder untergeht", sagt Meike Ruppertz, die rund um die Insel Pellworm Wattreiten anbietet. „Aber das kann man sich eben nicht aussuchen, wir leben hier nun mal mit den Gezeiten." Wattreiten bedeutet Abschalten vom Alltag, die einzigartige Landschaft des UNESCO-Welterbes genießen, die unendliche Weite spüren. „Das ist Natur pur, dieses salzige Prickeln auf der Haut. Viele Teilnehmer sehen nach einem Ausritt ins Watt zehn Jahre jünger aus", sagt Ruppertz lachend. Ein Hochgenuss für die Reiter ist es natürlich, im Galopp über den Meeresboden zu preschen, auf dass Wasser und Sand nur so spritzen. Erfahrene Wattreiter empfehlen übrigens, nicht zu dicht hinter dem Vordermann zu reiten, ansonsten sieht man hinterher aus wie ein Streuselkuchen. Doch auch gemächlichere Ausritte im Schritt haben ihren Reiz, denn dabei kann man den Wattführern hoch zu Ross noch lauschen, was sie über Wattwurm & Co. zu erzählen haben.

Weitere Informationen
Für Ausritte ins Watt sind Vorkenntnisse erforderlich. Es wird dringend davon abgeraten, auf eigene Faust loszureiten. Anbieter sind u. a.: **Appelhof,** Schulstraße 9, 25849 Pellworm, Tel. 04844 224, www.appelhof-pellworm.de; **Ponyhof Inwersen,** 25863 Hallig Langeneß, Tel. 04684 226; **Lorenz Hoffmann,** 25980 Keitum, Tel. 04651 315 63, www.reitstall-hoffmann.de; **Reit- und Fahrverein Föhr,** 25938 Alkersum, Tel. 04681 964 34 15

Sandstrände und Dünenmeer

Sie sind das magische Trio der Nordsee: Sylt, Amrum, Föhr – dünengesäumte Strandparadiese mit alten Friesendörfern, weitem Watt und grüner Marsch. Und die Heimat von echten Originalen von Mr. Nordsee bis PAN.

Die urwüchsige Braderuper Heide auf Sylt steht seit den 1920er-Jahren unter Naturschutz.

Rechts: Vielleicht bläst nicht nur der Wind, sondern es kommt auch die richtige Welle? Dann ab aufs Board.

Unten: Ein Logenplatz an der Waterkant, geschützt vor der steifen Brise – im Strandkorb auf dem Sand von Sylt fühlt man sich pudelwohl.

Links: Daumen hoch für die Urlaubsinsel in Deutschlands hohem Norden.

Nicht nur bei Promis, auch bei Wassersportlern steht Sylt hoch im Kurs.

Früh übt sich der Inselgast, jeder nach seiner Fasson – beim Blick aufs Meer oder Burgenbauen.

Während Sylt schrumpft, lässt die Nordsee Amrum wachsen.

Wie auf Noldes Nordseebildern spannt sich der hohe Himmel über das Land. Die Sonne spiegelt sich in den Prielen und lässt das Watt magisch funkeln. Um neun Uhr früh ist Wattführer Rainhard Boyens mit seiner kleinen Gruppe von Dunsum auf Föhr gestartet, den Seedeich hinab zum Strand gelaufen und eine Stunde lang stramm marschiert. Jetzt stehen sie vor verwitterten Spanten, die 20 Zentimeter hoch aus dem Watt ragen und die Umrisse eines großes Schiffes nachzeichnen. „Das war mal die ‚City of Bedfort'", sagt Boyens, „ein Salpeterfrachter aus England. Im Jahr 1825 ist er auf seinem Weg ins dänische Esbjerg vor Amrum gestrandet, die achtköpfige Besatzung ertrunken."

Unzählige Sandbänke machen bis heute die Seefahrt bei Amrum zum heiklen Unterfangen. Mehr als 400 Schiffe sind vor der Insel im Laufe der Jahrhunderte auf Grund gelaufen. Nicht immer versagten die Kapitäne – oft halfen die Insulaner nach. Mit falschen Leuchtfeuern lenkten sie die Schiffe in den weiten Kniepsand.

Erst im Jahr 1875 beendete der Bau eines Leuchtturms, des mit 63 Metern höchsten Leuchtturms der deutschen Nordseeküste, das einträgliche Geschäft der Amrumer. Viele Generationen lang hatten sie beim „Strandlaufen" angeschwemmte Fundstücke vor den staatlichen Strandvögten „in Sicherheit" gebracht.

Europas größte Sandkiste

Doch auch heute sorgt der Kniepsand für gut gefüllte Kassen auf Amrum. Fast elf Kilometer lang und bis zu anderthalb Kilometer breit, ist Europas größte Sandkiste die Attraktion der Insel. Genährt wird der Strand vom Nachbarn im Norden: Sylt. Während Deutschlands beliebteste Urlaubsinsel alljährlich mit Millionen Euro gegen das stete Schrumpfen im Süden anbaggert, lässt die Nordsee Amrum kostenlos weiter wachsen.

Schon jetzt nimmt der berühmte Strand fast die Hälfte der Inselfläche ein. Den Rest teilen sich fünf Dörfer, Pferdekoppeln und Weizenfelder, Dünenheiden und der mit 200 Hektar größte Wald auf einer Nordseeinsel. Mitten durch den Wald führt der Radweg nach Norddorf. Dort hat „Mr. Nordsee" die Leinwand aufgebaut: Georg Quedens. Seit 1734 lebt seine Familie auf der Insel. Seit Jahrzehnten unterhält der rüstige Senior mit Inseldönekes und Strandräuberpistolen die Urlauber, die auf Amrum immer noch Badegäste – und nicht Touristen – heißen. Bei seinen Vorträgen erzählt er nicht, sondern schnarrt und schnaubt, flüstert und dröhnt, kneift die

Sehen und gesehen werden ist nicht nur auf Westerlands Flaniermeile Friedrichstraße das Motto, sondern auch auf der Kurpromenade mit der Musikmuschel.

Föhr als Quelle der Inspiration und Bühne für Kunst.

kleinen Augen zusammen, zwirbelt den weißen Bart und beweist: „Nordsee ist Mordsee", zerstört – und erschafft.

Friesische Originale

Quedens ist ein Original, ein echter Charakterkopf. Und solchen Menschen begegnet man auf den Inseln und Halligen öfter als auf dem Festland. Menschen wie dem Wattbriefträger Knud Knudsen, der seit den 1990er-Jahren die Post durchs Watt zu den Halligen trägt. Menschen wie der Sylter Inselpastor Traugott Giesen, der als „Gottes Entertainer" 29 Jahre lang in der St.-Severin-Kirche von Keitum ganz handfest zeigte, was die Bibel heute bedeutet – und was Sylt für die Seele tut. Oder für ein neues, besseres Leben. So, wie der Sylter Kapitän Dirk Meinhertz Hahn. 1838 war er mit seinem Dreimaster „Zebra" und 187 Immigranten an Bord nach Südaustralien gesegelt. Als Dank für die sichere Überfahrt nannten die Auswanderer ihre Siedlung Hahndorf. Meinhertz indes lehnte jegliches Lob ab. Er hatte aus dem Selbstverständnis der Inselfriesen gehandelt. „Rüm hart – klaar kiming" ist bis heute ihr Motto, was nichts anderes heißt als „weites Herz – klarer Horizont". Oder, anders ausgedrückt, trag Menschlichkeit im Herzen. Für alle, immer, in aller Welt. Volkmar Nebe verwandelt sich in sein zweites Ich, sobald die Fähre Dagebüll verlassen hat: Janne Mommsen, Inselschriftsteller von Föhr. Ebenfalls auf Föhr lebt Andreas Petzold mit seiner Frau. PAN nennt sich der pensionierte Lehrer aus Wiesbaden, und für ihn ist die Insel ein „PANtasieland", Quelle der Inspiration und Bühne für seine Kunst. Mit 50 kunstbefüllten Polyäthylenflaschen wollte er dort 1991 auf die Vermüllung der Nordsee aufmerksam machen. Das Umweltministerium untersagte die Protestaktion, doch PAN war schlagartig bekannt. Seitdem tritt er mit seiner Kunst in Zwiesprache mit den Themen der Zeit. Klimawandel, Wahlmüdigkeit, Mail-Art oder Eat-Art: Die Kunst von PAN sprengt Genres. In seinem rot-gelben Gartenatelier in Nieblum brütet der Künstler immer neue Ideen aus – und tauscht sich dort gerne über seine Arbeit aus. „Kunst muss irritieren, blenden und verwirren", ist der Aktions- und Konzeptkünstler überzeugt, und überrascht mit immer neuen Projekten, die auch online präsent sind – auf blauort.de und kunsteins.de.

Neu-Insulaner

Auch Claudia und Ralph haben ihren Ankerplatz in Nordfriesland gefunden. Dank der Digitalisierung konnten sie der Stadt den Rücken kehren und auf dem

Links: Abendstimmung an der Promenade von Westerland.

Für Westerland ein großstädtisches Einkaufsparadies: die Friedrichstraße.

Oben: Im Sylt-Aquarium in Westerland kann man durch heimische und exotische Meereswelten streifen. Unten: Strahlender Sieger beim Windsurf World Cup Sylt.

platten Land neu durchstarten. Aus ihrer Leidenschaft zum Norden und der Liebe zum Meer entstand MEERArt. Anfangs ein Blog, ist daraus inzwischen eine ganze maritime Lebenswelt erwachsen, mit Bildern und Wohnaccessoires, Liebhaberstücken und Lifestyligem.

Home-Office und Work-Life-Balance

Claudia und Ralph sind kein Einzelfall, sondern typisch für einen Trend: Nordfriesland und seine Inseln, die lange nur ansteigende Zahlen für Zweitwohnsitze kannten, erleben dank Internet und Home Office echte Zuwanderung. Junge, gut gebildete Menschen bescheren dem Kreis Nordfriesland, der lange unter Landflucht und Überalterung gelitten hatte, eine rurale Renaissance. Home-Office-

Immer weniger Platz auf den Inseln bleibt für die Einheimischen.

Optionen und bessere Work-Life-Balance haben Amrum und Föhr, Pellworm und die Halligen nicht nur in den Fokus von stadtmüden Millennials gerückt. Auch die Babyboomer wagen auf den Inseln einen Neuanfang. Und das in einem Kreis, der der sprachenreichste der Republik ist. Fünf Sprachen sind im hohen deutschen Norden Alltag: Hochdeutsch, Plattdeutsch, Dänisch, Südjütisch und Nordfriesisch. Früher waren noch zwei weitere Sprachen lebendig: das von den Holländern nach Friedrichstadt mitgebrachte Niederländisch sowie Fjoldemål, eine Variante des Südjütischen.

Dieser Trend verändert auch Sylt. Und sorgt für noch mehr Druck auf dem Immobilienmarkt. Jetzt sind nicht nur Zweitwohnsitze in bester Lage gefragt, sondern auch Häuser, möglichst abseits von allem Trubel. Einsame Ecken für Kreative, alte Marschhöfe für urbane Aussteiger. Da bleibt immer weniger Platz für die Einheimischen. 4600 Sylter pendeln täglich vom Festland auf die Insel zur Arbeit. Doch die Marschenbahn

Ganz oben: Das Rote Kliff gehört zu den Wahrzeichen von Sylt. Darunter und unten: Selbst auf der quirligen Insel Sylt gibt es noch ruhige(re) Plätzchen.

Oben: Weite und Einsamkeit statt Enge und Gedränge versprechen die Strände all jenen Besuchern von Sylt, die außerhalb der Saison anreisen.

Links: Mehrere Zehntausend Euro pro Quadratmeter blättern Reiche und Promis hin, um in Kampen unter Reet zu wohnen. Das Dorf ist deutscher Rekordmeister in Sachen Immobilienpreise.

Rechts: Die Promenade am feinsandigen, langen Strand von Wyk eröffnet Ausblicke auf die Halligen Oland und Langeneß.

Unten: Fünf Windmühlen verteilen sich über die Insel Föhr, gleich zwei davon stehen im Hauptort Wyk. In einer der beiden, der Windmühle Venti Amica, lebte früher die Föhrer Dichterin Stine Andresen.

Links: Verwinkelte Gassen, urige Friesenhäuser sowie zahlreiche Restaurants und Cafés prägen das Stadtbild von Wyk auf Föhr.

Der fast 20 Meter hohe Wyker Glockenturm gilt als das Wahrzeichen des Inselorts.

Auch ein hübsches Plätzchen im Schatten findet sich an der Strandpromenade von Wyk auf Föhr.

Der Märchendichter Hans Christian Andersen, der dänische König Christian XVIII. und der Walzerkönig Johann Strauss gehörten zu den vielen illustren Föhr-Gästen.

hat Probleme. Die Züge sind überfüllt, im Sommer überhitzt, im Winter eiskalt. Wegen technischer Mängel, Bauarbeiten oder schlichtweg Wind und Wetter, fallen immer wieder wichtige Verbindungen aus. 150 Züge allein im Mai und Juni 2018. Denn es geht noch immer nur auf einem Gleis über den Hindenburgdamm. 120 Züge zwängen sich so nach Sylt, im Schnitt alle fünf bis zehn Minuten eine Bahn. Zwischen Niebüll und Klanxbüll sowie zwischen Keitum und Morsum rattern die Züge über Schienen aus der Bauzeit des Damms – 1927. Für 160 Millionen Euro will die Deutsche Bahn jetzt Schienen, Weichen und Signaltechnik instand setzen. Doch das eigentliche Problem bleibt bestehen: Es fehlt ein zweites Gleis. Satirisch machte 2018 ein Video darauf aufmerksam, das ein viraler Hit wurde. Es zeigt, wie das fiktive Unternehmen „Catapult Air" Reisende mit dem Katapult auf die Insel schießt, wo sie auf einem roten Luftkissen landen. Oder im Wasser. Auf jeden Fall erfüllt die virtuelle Catapult Air den Anspruch, den sich alle Pendler und Gäste wünschen: Schnell, zuverlässig und pünktlich landen sie auf der Insel ...

Die Wirklichkeit sieht anders aus. Entnervt und erschöpft verabschieden sich immer mehr Pendler von der Marschenbahn. Immer mehr Sylter wohnen nicht nur auf dem Festland, sondern suchen sich dort auch Arbeit. Die Folge: Sylt fehlen Fachkräfte. Vom Arzt bis zum Krankenpfleger, vom Hotelpersonal bis zum Handwerker.

Das teuerste Haus der Welt

Sylt, so sehr sie es auch lieben, können sich immer weniger Insulaner leisten. Durchschnittlich 7910 Euro kostet der Quadratmeter auf der Insel. Teurer ist keine deutsche Ferienregion. Rund 150 Makler kümmern sich um die gut betuchte Klientel, für die der „Porsche" der Volkswagen und der Autozug „Sylt-Shuttle" keine Anreiseoption ist. Sie fliegen nach Westerland fürs Wochenende. Und würden alle am liebsten in Kampen wohnen. Gleich vier der teuersten deutschen Wohnstraßen birgt das Reetdachdorf: Osterheideweg, Heideweg/ Heidewinkel, Wiesenweg. Und den Hobokenweg. 35 000 Euro zahlt man pro Quadratmeter in der abgeschiedenen Sackgasse. Das ist deutscher Rekord, sagen die Makler von Engel & Völkers. Ein Sylter Kollege hat das teuerste Haus der Welt im Portfolio: das „Waterküken". Nur 30 Quadratmeter misst das Häuschen, das nicht erweitert werden darf und als friesisches Kleinod mit Backstein und Reet auf einem 2500 Quadratmeter großen Grundstück thront. 6,3 Millionen kostet

Das Museum Kunst der Westküste in Alkersum auf Föhr präsentiert Werke zum Thema „Meer und Küste".

das Idyll. Längst übersteigt der ideelle Wert der Immobilie den tatsächlichen Preis für Grund, Boden und Gebäude.

Julia Scharfe, die bei Sotheby's exklusive Anwesen für begüterte Kunden vermarktet, sieht daher die Sylter Häuser als Kunstwerke: als echte Unikate, für die Liebhaberpreise weit über dem sonst üblichen Marktniveau gezahlt werden.

Umso mehr freuen sich die Sylter über die Pläne für das 18 Hektar große Gelände der einstigen Marineversorgungsschule. Pläne, es nach dem Abzug der Bundeswehr in das Nordsee College Sylt zu verwandeln, waren an den Finanzen gescheitert. Doch jetzt laufen die Abrissarbeiten. Und die DSK-BIG-Gruppe investiert 250 Millionen Euro in den „Dünenpark". Schon im Jahr 2021 sollen die ersten Sylter in die kernsanierten Mannschaftsgebäude einziehen. Für 100 Wohnungen wurde eine Miete von 8,50 Euro je Quadratmeter festgeschrieben. Insgesamt 300 Wohnungen will der Dünenpark errichten: ein Mix aus Geschosswohnungen, Einzel-, Doppel- und Reihenhäusern sowie barrierefreien Wohnungen in kleineren Mehrfamilienhäusern – für jedes Portemonnaie und Lebensmodell. Kinderbetreuung und Tagespflege wird das einstige Stabsgebäude künftig bergen. Doch der Dünenpark ist mehr als das größte Wohnbauprojekt der Insel. Er ist auch Pionier bei nachhaltigen Konzepten, digitaler Vernetzung und emissionsarmer Mobilität. Bürgermeister Benck ist zufrieden: „Das ist das Beste, was List passieren konnte." List erhält Land zurück. Und den alten Exerzierplatz als neuen Platz für mehrere Generationen, umgeben von neuer Inselarchitektur und nordseefrischer Natur mit Heidekraut und Dünengräsern.

Heide und Dünen

Das sind echte Sylter Sehnsuchtslandschaften jenseits der weiten Endlosstrände. Nördlich von Kampen können Sie im Klappholttal vorbei an windzerzausten Krüppelflächen und blühender Heide bis nach List wandern oder radeln. Die Route verläuft im Gleisbett der Inselbahn, die bis 1970 zwischen Hörnum und List verkehrte. Immer höher schwingen sich die Dünen im Inselnorden auf. Besonders imposant ist die Große Wanderdüne, die bis heute ungehindert wandern darf. Immer weiter treibt der kräftige Westwind den rund 30 Meter hohen und einen Kilometer langen Sandberg gen Osten. Wie schnell, verrät ein Besuch im Erlebnismuseum Naturgewalten Sylt.

Um diese Wildnis so ursprünglich wie möglich zu erhalten, darf das Naturschutzgebiet nicht betreten werden.

Links: Wegen ihrer imposanten Erscheinung wird die Backsteinkirche St. Johannis in Nieblum auch „Friesendom" genannt. Auf dem angrenzenden Friedhof erzählen „sprechende" Grabsteine berührende Geschichten.

Oben: Vorzeigeort von Föhr ist das beschauliche Nieblum an der Südküste mit reetgedeckten Kapitänshäusern und herrlichen Bauerngärten.

Oben: Die riesigen Kieferknochen eines Blauwals schmücken den Eingang zum Friesenmuseum. Das naturkundlich-ethnologische Museum setzt einen Schwerpunkt auf die Geschichte Nordfrieslands.

Rechts: Reetdächer, Strandkörbe, Sonnenschein und Inselflair – das genießen Urlauber auf Amrum.

Muscheln sammeln am Strand ist erlaubt, wenn man dabei maßvoll vorgeht.

Nimm mich mit, Kapitän, auf die Reise: Manch ein Kapitän der Ausflugsschiffe lässt auch die Gäste mal ran ans Ruder.

In der Nebensaison, wenn nicht so viele Touristen unterwegs sind, kann man die Nordseeküste ganz für sich genießen.

Special

JANNE MOMMSEN

Inselgeschichten

Inselautor der Frieseninsel Föhr: Volkmar Nebe, alias Janne Mommsen.

Bu-Bu hat Jürgen Huß seine Buchhandlung genannt. Sie ist die einzige mit Meerblick. Und die einzige, in der für einen Inselschreiber ein eigenes Regal reserviert ist: Janne Mommsen.

Eigentlich heißt der Autor Volkmar Nebe, erblickte 1960 in Kiel das Licht der Welt, brach in Oldenburg sein Musikstudium ab, war Werftarbeiter, Traumschiffpianist und Krankenpfleger – und ist seit langem Wahl-Hamburger, bekannt als Theater- und Drehbuchautor. Doch dank seiner Föhrer Frau und ihrer Familie ist er tief mit Föhr verwurzelt – das merkt man seinen Büchern an, die er unter dem Pseudonym Mommsen veröffentlicht hat. Zehn unterhaltsame Inselgeschichten sind es bereits, Romane voller Friesenflair und frischer Seeluft (Reinbeker Rowohlt-Verlag).

Herrlich unberührt ist die Dünenwelt auch am Lister Ellenbogen, der seit Jahrhunderten im Besitz einer alteingesessenen Lister Familie ist. Wer ihr stürmisches Paradies besuchen will, zahlt Eintritt. Und macht zu Fuß oder per Fahrrad die 15 Kilometer lange Runde um Sylts Nordspitze. Die wilde Natur am Ellenbogen begeisterte 2009 auch Roman Polanski, der dort Szenen für seinen Thriller „The Ghostwriter" drehte.

Eingefleischte Sylt-Fans wandern liebend gern auch um die Südspitze der Insel. An der Hörnumer Odde erleben Sie hautnah, wie der „Blanke Hans" unerbittlich an der Insel nagt – besonders während der meist recht stürmischen Winter. Mitten in den Dünen versteckt sich schließlich auch Sylts berühmte Sansibar. Solar-Bodenleuchten weisen den Weg, Fackelschein erhellt die Tische, Mondlicht die Dünen ringsum: Herbert Secklers „Hütte in den Dünen" südlich von Rantum ist nicht nur der Kult-Treff auf Sylt, sondern einer der romantischsten Orte der Insel. Bis spät nachts trifft man sich hier, kostet einige der 1400 Tropfen aus dem größten Weinkeller der Insel und stärkt sich bei Kaiserschmarrn oder Kaviar, Seezunge oder Scampis, Steak oder Currywurst. Und genießt, ob gut betucht oder nicht, das einzigartige Inselflair von Sylt.

DER KAMPF UM SYLT

Die Insel bröckelt

Das berühmte Rote Kliff bröckelt. In Kampen bricht die Nordsee große Stücke aus dem alten Kern der Insel. Bei Westerland greifen die Wellen die Vordünen an. An der Südspitze bei Hörnum beträgt der Landverlust nach jeder Sturmflut bis zu 50 Meter.

Nur mit schwerem Gerät lässt sich der Landverlust in Grenzen halten.

Wie sehr die Nordsee seit Jahrhunderten an der Insel nagt, zeigt sich besonders gut in Wenningstedt, das vor 1000 Jahren noch zwei Kilometer weiter westlich lag. Damals galt der Ort als größter Hafen der Insel. Bei der „Groten Mandränke“ 1362, die auch das sagenhafte Rungholt vernichtete, wurden Ort und Hafen von den Wellen verschluckt. Auch heute bedeutet jede Sturmflut Gefahr. Als Schutzmaßnahme gegen den Landraub durch den Blanken Hans wurden daher im 19. Jahrhundert erste Holzpfahlbuhnen rechtwinklig zur Küste in die See gebaut, später durch Anlagen aus Metall und Beton abgelöst. Die Maßnahme war jedoch kontraproduktiv: Die Buhnen, beliebt als Balancestrecken, erzeugten einen kreisförmigen Neerstrom – was sich in Luv ablagerte, wurde durch die Quererosion in Lee, der windabgewandten Seite, wieder fortgetragen. Mit großem Aufwand wurden die Buhnen schließlich abgetragen. Damit verschwand auch einer der berühmtesten Treffpunkte der Insel: Buhne 16, Namensgeberin des gleichnamigen FKK-Strandes und Hotspot der Surfer-Szene.

Lauter gescheiterte Versuche

Neuer Hoffnungsträger im Küstenschutz wurden in den 1960er-Jahren in Frankreich entwickelte Betonelemente, die – am Fuß der Dünen am Strand verlegt – bei Sturm als Wellenbrecher dienen sollten: Tetrapoden. Doch auch ihnen gelang es nicht, die Meeresgewalt zu stoppen. Mit bis zu sechs Tonnen Gewicht waren sie schlicht zu schwer für den Sylter Strand und versanken langsam im Sand. Mitte 2005 wurden die Vierfüßler aus Beton daher wieder entfernt, beispielsweise am Hörnumer Weststrand.

Starre Bauwerke, so zeigen die Erfahrungen, sind aufgrund der hohen Wellenenergie zum Schutz von Sylt nicht geeignet. Die wirksamste Maßnahme ist zugleich leider die teuerste: flexible Sandvorspülungen. Seit den 1980er-Jahren pumpt eine dänische Firma mit Saugbaggerschiffen, sogenannten Hopperbaggern, aus 15 Meter Tiefe Millionen Tonnen Sand und verteilt ihn mit Bulldozern vor der Westküste. Bei der nächsten Sturmflut wird nur der vorgespülte Sand geraubt, nicht jedoch die eigentliche Küstenlinie Sylts verändert. Mehrere Millionen Euro kostet diese Aktion jedes Jahr: Im Winter wird der Sand mit Baggerschiffen aus der Fahrrinne zum Amrumer Fähranleger Wittdün entnommen und mit vielen Spülleitungen vor der Süd- und Westküste von Sylt verteilt – 2014/2015 wurden beispielsweise 1,3 Millionen Kubikmeter Sand vor Sylt aufgespült. Nahezu 48 Millionen Kubikmeter Sand wurden seit 1972 insgesamt aus dem Meer gesaugt, aufgeschüttet – und

Oben: Sturmfluten – für Urlauber ein faszinierendes Erlebnis, für Küstenschützer ein teurer Spaß.

Links: Nicht immer ist das Meer am Roten Kliff so friedlich.

wieder weggewaschen. Fast 150 Millionen Euro sind auf diesem Weg versandet: Sisyphus à la Sylt.

Keine Rettung in Sicht?

Aber die Insel scheint langfristig kaum zu retten. Dabei ist sie doch so wichtig als mildernder „Wellenbrecher" vor dem Festland. Bereits 2050 werde Sylt in zwei Teile, im Jahr 3000 sogar in fünf Inseln zerfallen sein, sagen Wissenschaftler voraus. Verschärft wird das Problem durch den Klimawandel. Er sorgt häufiger für Stürme und Sturmfluten und lässt den Meeresspiegel steigen. Bis zum Jahr 2100 werde die Nordsee, so fürchten die Forscher, um mindestens 50 Zentimeter höher stehen als heute. Schon jetzt wirkt sich das Szenario auf die Versicherung von Immobilien auf der Insel aus. Berühmt ist in diesem Zusammenhang das Haus Kliffende. Das reetgedeckte Anwesen, in dem Thomas Mann 1927 noch 50 Meter vom Strand entfernt genächtigt hatte, stand 1999 nach einem Sturm plötzlich direkt an der Kliffkante. Freigespült wurde bei dem Sturm auch Deutschlands erstes privates Küstenschutz-Projekt: mit Sand gefüllte Polyester-Säcke, von der damaligen Hauseigentümerin Deutsche Bank als künstliche Düne und Barriere unterhalb des Kliffs gegen das Meer angelegt. Aber auch die Geotextilien verloren den Kampf gegen den Blanken Hans. Trotz der hohen Kosten hat sich inzwischen Föhr als zweite Insel für Sandaufspülungen entschieden.

Zum Weiterlesen

Werner Matthiesen, **Sylt – 700 Jahre Kampf der Friesen gegen den „Blanken Hans"** (Husum Verlag).

Maßstab 1:200.000
0
2
4km
Rømø
Østerby
Havneby
Helgoland
Lister Tief
Rømø Dyb
Lister Landtief
Leuchtturm Westellenbogen
Leuchtturm Ostellenbogen
Ellenbogen
Königshafen
Schutzzone I
Ellenbogen-spitze
Uthörn
Strandhalle
Mövenberg
Jugendheim
Sandberg
Listland
Wanderdüne
List
Mellhörn
Westerheide
Süderheidetal
Blidsel-bucht
Klappholttal
Vogelkoje
Lister Ley
Kinderheim
Nationalpark
Jordsands Flak
Jordsand
DANMARK
Kampen
Kupferkanne
Leghörn
Leuchtturm Rotes Kliff
Hünengrab Denghoog
Wenningstedt
Buurlon
Braderup (Sylt)
Pandertief
Wester Ley
Butter-sand
Munkmarsch
Regionalflughafen Westerland/Sylt
Klentertal
Sankt-Severin-Kirche
Keitum
Altfriesisches Haus
Sylter-Welle
Kurhaus
Westerland
SÜDERENDE
Tinnum
Schutzzone I
Schleswig-
Hestendragt
Mittelsand
Sylt
Kaamp
DIKJEN-DEEL
Vogelkoje
Großmorsum
Archsum
Schellinghörn
Munkhoog
Morsum-Kliff
Kleinmorsum
Morsum
Osterende
Hünengräber
Wall
Rantum-becken
Hindenburgdamm
Autotransport Sylt-Niebüll 50 min.
Nutzungsfreies
Seeheim
Rantum
Sylt
Schutzzone I
Wester Ley
Oster Ley
Horsbüllsteert
Vogelkoje
Klein Fli
Schutzzone I
Steenack
Gebiet
Jugendferienheim Puan Klent
Eidumtief
Hörnumtief
Föhrer Schulter
Holsteinisches
Hörnum
Schutzzone I
Föhr
Liinsand
Hörnumloch
Ackerum
Oldsum
Klein Dunsum
Groß Dunsum
Klintum
Toftum
Dunsum
Süderende
Utersum
Westerland
Osterland
Sankt-Laurentii-Kirche
Midlum
Oevenum
Vogelkoje
Lembecksburg
Alkersum
Borgsum
Kasestraße
Wrixum
Hedehusum
Sankt-Johannis-Kirche
Sankt-Nicolai-Kirche
Witsum
Nieblum
Boldixum
WYK auf Föhr
Goting
Friesenmuseum
Föhrer Ley
Dagebüller Fahrwasser
Vortrapptief
Amrumtief
Norddorf
Aussichtsdüne
Vogelkoje
Amrum
Nordmannsgrund
Wattenmeer
Jungnamen-sand
Kniepsand
Wester-heide
Nebel
Mittellochs-knob
Süddorf
Steenodde
Hubsand
Wriakhörn
Wittdün
Norderaue (III-X)
Marschnack
Schweinsrücken
Nordmarsch-Langeneß
Hunnenswarf
Kirchwarf
Bandixwarf
Norderhörn
Ketelswarf
Mayenswarf
Neupeterswarf
Langeneß
Tamens-warf
Neuwarf
Tadenswarf
Treuberg
Hilligenley
Rixwarf
Schlütt
Rocheleysand
Gröde
Habel
Gröde-Appelland
Oland
Ballum
Lunde
Nørre Vollum
Abterp Langdysser
Harknag
Randerup
Abterp
Bådsbøl-Ballum
Husum-Ballum
Sønder Vollum
Østerende Hede
Buntje-Ballum
Hedehuse
Skast
Harres
Brede
Harres Hede
Rejsby-Ballum
Nørrehus-Ballum
Vindmøllepark
Skast Mose
Margueritruten
Koldby
Borg
Møllerup
Hjerpsted
Voldsted
Trøjborg
Nørby
Vester Gammelby
Nørre Sejerslev
Visby
Vrågård
Sønder Sejerslev
Hemme
Øster Gammelby
Gærup
Emmerlev
Sejersbæk
Højer Kanal
HØJER
Mølle- og Marskmuseum
Daler
Østerby
TØNDER
Hohenwarte
Stokkebro
Bønderby
Schackenborg
MØGELTØNDER
Margrethe Kog
Højer Kog
Møgeltønder Kog
Vidå
Ved Gaden
Dyrhus
Siltoft
Nørremølle
Margueritruten
Grenzdamm
Pumpwerk
Nørreværre
Rudbøl
Mark-häuser
Rickels-büller Koog
Oldorf
Rosenkranz
Fischerhäuser
Avente
Wester-deich
Rodenäs
Kixbüll
Noide-Museum
Seebüll
Friedrich-Wilhelm-Lübke-Koog
Wiedingharder
Hülltofter Tief
Neukirchen
Klanxbüll
Norderhesbüll
Wiedingharder Gotteskoog
Alter Wiedingharder
Horsbüll
Süderhesbüll
Hornburg
Bundesgaard
Neuhorsbüll
Koog
Bundesgaarder See
Karrharder
Uphusum
Althorsbüll
Hodde-büll-deich
Gottes-koog
Bökingharder
Hunwerthusum
Emmelsbüll
Wrewelsbüll
Gotteskoogsdeich
Gottes-koog
Langstoft
Tofrum
Alter Christian-
Südwesthörn
Neuer Hauberg
Albrechts-Koog
Christian-Albrechts-Koog
NIEBÜLL
DEEZBÜLL
Marienkoog
Neugalmsbüll
Galmsbüll
Kleiseer-koog
Schutz-zone I
Galmsbüllkoog
Bökingharde
Moor-häuser
Dagebülldamm
Dagebüller Koog
Maasbüll
Kleiseer-koogsdeich
Maasbüller Herrenkoog
Dagebüll Hafen
Juliane-Marien-Koog
Dagebüll
Osewoldter Koog
Bottschlotter Koog
Bott-schlotter See
Broderswarft
Fahretoft
Waygaard
Hauke-Haien-Koog
Speicher
Neuer Beobachtungs-
Schlüttsiel
Becken
Kasestraße
Ockholm
Bongsiel
Gaarde
Koog
Ockholm

Drei nordfriesische Strandschönheiten

Amrum und Sylt sind sich ähnlich: feinste Sandkisten mit wildem Dünenland und würzigem Kieferduft, in deren Badeorten und Dörfern Künstler und Kreative, Jet-Set und Surfer Urlaub machen. Völlig anders – rund, platt und grün – ist Föhr, die Familieninsel der friesischen Karibik.

1 List (Sylt)

Die nördlichste Gemeinde Deutschlands (1600 Einw., 1100 Zweitwohnsitze) positioniert sich als maritime Perle in den Dünen.

SEHENSWERT

Pulsierendes Wahrzeichen ist der **Hafen** mit seinen Buden und Boutiquen, der zur Einkaufspassage verwandelten **Tonnenhalle,** dem Fähranleger und der nördlichsten Fischbude Deutschlands von Jürgen Gosch. Der **Ellenbogen,** Sylts Nordspitze, ist wildes Dünenland – perfekt zum Radfahren und Wandern. Baden ist wegen der Strömung lebensgefährlich!

MUSEUM

Wie wandern Dünen? Wie sieht ein Seehund und wie wirken die Gestirne auf Ebbe und Flut? Mit Exponaten zum Anfassen und Ausprobieren, Hörstationen, Filmen und Bildern vermittelt die Erlebnisausstellung **Naturgewalten** das Abenteuer Nordsee hautnah (Hafenstraße 37, Tel. 04651 83 61 90, https://naturgewalten-sylt.de, tgl. 10–19 Uhr).

2 Kampen (Sylt)

Sehr schön und sehr teuer – mit 1200 Zweitwohnsitzen gilt Kampen (512 Einw.) als Ort der Reichen und Promis.

SEHENSWERT

Bei Sonnenuntergang leuchtet das 30 m hohe **Rote Kliff** westlich von Kampen in tiefem Rot: Nordsee-Romantik vom Feinsten! Die **Uwe-Düne** im Südwesten ist mit 52,5 m der höchste Sylter Hügel. In der **Kampener Vogelkoje** wurden einst jährlich 25 000 Enten gefangen – wie, verraten Ausstellungen und Naturlehrpfad im Naturschutzgebiet (Lister Straße, Tel. 04651 87 10 77, http://soelring-museen.de, Mai–Sept. Mo.–Fr. 10.00–17.00, Sa./So. 11.00–17.00, April, Okt. nur bis 16.00 Uhr).

INFORMATION

Tourismus-Service Kampen, Hauptstraße 12, 25999 Kampen, Tel. 04651 4 69 80, www.kampen.de

Oben: In der Sansibar auf Sylt.
Rechts oben: Windsurfkünstler in Action.
Darunter: Sylt-Aquarium in Westerland.

3 Westerland (Sylt)

Sylts „Hauptstadt" ist nach Husum die zweitgrößte Stadt in Nordfriesland. Hier wohnt die halbe Insel (9300 Einw.). Westerland erhielt 1855 die Badekonzession und war damit das erste Bad auf Sylt. Kultur, Sport, Wellness, Shopping und Events sorgen für Abwechslung.

SEHENSWERT

Was sich in den Fluten heimischer und tropischer Unterwasserwelten tummelt, verrät das **Sylt-Aquarium** (Gaadt 33, Tel. 04651 836 25 22, www.syltaquarium.de, tgl. 10.00–18.00 Uhr). Von der **Himmelsleiter,** einer rund 100 Stufen hohen Passage über die Dünen, eröffnen sich tolle Ausblicke. Die **St.-Niels-Kirche** (1634) ist das älteste Gebäude Westerlands.

VERANSTALTUNGEN

Im Herbst ist der Brandenburger Strand die Bühne für waghalsige Sprünge und Drehungen. Zum **Windsurf World Cup Sylt** gehört die Party an Land (https://windsurfworldcup.de).

UMGEBUNG

Der Doppelort **Wenningstedt-Braderup** (1590 Einw.) lockt mit Badetrubel an der Westküste und mit Heide und Bauernland am Wattenmeer. Der **Denhoog** (Thinghügel) ist ein 5000 Jahre altes Ganggrab der Jungsteinzeit (April–Okt. Mo.–Fr. 10.00–17.00, Sa./So. 11.00 bis 17.00 Uhr, http://soelring-museen.de).

INFORMATION

Insel Sylt Tourismus-Service: Strandstraße 35, 25980 Westerland, Tel. 04651 99 80, www.insel-sylt.de/westerland

4 Sylter Osten

Der Sylter Osten – die ruhige, dem Watt zugewandte Seite der Insel – mit den Friesendörfern Morsum, Archsum, Munkmarsch ist beschauliches Bauernland.

SEHENSWERT
In **Keitum**, früher der Hauptort der Insel, wohnten die Kapitäne, lebte der einzige Insel-Arzt, gab es die einzige Apotheke. Stattliche Friesenhäuser zeugen vom einstigen Wohlstand. Die **St.-Severin-Kirche** (1216) ist der älteste Sakralbau Schleswig-Holsteins.

INFORMATION
Tourist-Information, Gurtstig 23, 25980 Keitum, Tel. 04651 299 03 97

5 Rantum (Sylt)

An der schmalsten Stelle der Insel verzaubert Rantum (486 Einw., 301 Zweitwohnsitze) mit schmucken Reetdachhäusern und Segelhafen.

SEHENSWERT
Das **Rantumbecken** ist eines der artenreichsten Vogelschutzgebiete, im Frühjahr rasten hier Albatrosse! Das Quellenhaus und die Abfüllanlage der **Sylt-Quelle** bilden als Kunst:Raum die Bühne für Lesungen, Konzerte, Filme, Vorträge, Ausstellungen und Theater (www.krsq.de, www.syltfoundation.com). Kultstatus und Berühmtheit weit über die Inselgrenzen hinaus hat die **Sansibar**, das Strandlokal, das sich südlich von Rantum mitten in den Dünen versteckt.

INFORMATION
Tourist-Information, Strandweg 7, 25980 Rantum, Tel. 04651 99 80, www.insel-sylt.de/rantum

6 Hörnum (Sylt)

Hörnum (945 Einw., 400 Zweitwohnsitze) an der Südspitze von Sylt wird immer beliebter als entspannter Urlaubsort.

SEHENSWERT
Herrliche Ausblicke auf den Inselsüden eröffnet in 50 m Höhe die Aussichtsplattform vom rot-weißen **Leuchtturm** (1907) (Besichtigung Mo., Mi., Do. 9.00, 10.00, 11.00, 12.00 Uhr; Okt.–April Fr. 9.00, 10.00, 11.00, 12.00 Uhr; vorab reservieren, Tel. 04651 9 62 60). Die einstige St.-Josef-Kirche will heute als **Arche**

Oben: Osterfeuer auf Sylt. Oben rechts: Das Friesenmuseum auf Föhr. Darunter: Dünen und Watt mit meditativer Wirkung.

Wattenmeer mit Schautafeln und Exponaten Besucher für die fragile Inselnatur sensibilisieren (Rantumer Straße 33, Di.–So. 10.00–18.00 Uhr). Dünen und Heide prägen die **Hörnumer Odde** an der Südspitze von Sylt, die Sturmfluten schon fast von der Insel abgetrennt haben: Wanderland der Extraklasse!

INFORMATION
Tourismus-Service Hörnum, Rantumer Straße 20, 25997 Hörnum, Tel. 04651 962 60, https://hoernum.de

7 Föhr

Die drittgrößte Nordseeinsel ist besonders bei Familien und Slow-Food-Fans beliebt. Sie ist von Marschwiesen und Äckern geprägt, ist grün und fruchtbar – und manchmal könnte man fast vergessen, dass man auf einer Insel ist, so binnenländisch erscheint die Landschaft. Sogar einen kleinen Fluss gibt es: die Godel, die sich idyllisch durch die Salzwiesen zieht. Wegen seiner Lage östlich von Sylt und Amrum ist Föhr vor der direkten Wucht des Meeres geschützt, die typische Nordseebrandung sucht man hier vergeblich. Und auch das ist anders als auf den Nachbarinseln: In der Nordhäfte überwiegen grüne Deiche. Im Süden gibt es aber immerhin 15 km zusammenhängenden Strand.

SEHENSWERT
Föhrs Orte liegen im Süden und im Westen auf dem leicht erhöhten Geestrücken. Die einnehmend hübschen, manchmal geradezu geputzt erscheinenden Dörfer zeigen eine ländliche Idylle. Die Inselhauptstadt **Wyk auf Föhr** gehört zu den ältesten Seebädern Deutschlands (seit 1819). Sie hat den einzigen Inselhafen und hier landet die Fähre von Dagebüll kommend. Hübsch ist die Carl-Häberlin-Straße mit alten Giebelhäusern. Wahrzeichen von Wyk ist der Glockenturm an der Ecke Große Straße/Mittelstraße. Im Süden von Föhr liegt das malerische Friesendorf **Nieblum** mit alten Kapitänshäusern und dem Friesendom St. Johannis. Auf dem weitläufigen Friedhof von St. Johannis sind die ältesten Grabsteine aus dem 17. Jh. noch erhalten. Viele schön gestaltete Grabsteine erzählen aus dem Leben der Verstorbenen, einige zeigen kunstvoll in Stein gehauene Segelschiffe – Erinnerungszeichen für erfolgreiche Kapitäne und mutige Seefahrer. Bei Borgsum lässt sich die ringförmige Wallanlage der **Lembecksburg** aus der zweiten Hälfte des 1. Jahrtausend gut erkennen. Bei Boldixum kann man eine der letzten **Vogelkojen** der Insel besichtigen.

MUSEEN
Das **Friesenmuseum** gibt einen guten Überblick über die Insel und ihre Traditionen (Rebbelstieg 34, Tel. 04681 25 71, www.friesen-museum.de, Mitte März–Ende Okt. Di.–So. 10.00 bis 17.00, Juli/Aug. auch Mo., Nov.–Mitte März Di.–So. 14.00–17.00 Uhr). In Alkersum zeigt das **Museum Kunst der Westküste** Werke zum Thema Küste und Meer (Hauptstraße 1, Tel. 04681 74 74 00, www.mkdw.de, März–Okt. Di.–So. 10.00 bis 17.00, Nov.–22. Dez. Di.–So. 12.00–17.00, 27. Dez.–12. Jan. tgl. 10.00–17.00 Uhr; siehe Seite 78/79; Ausstellung „Made on Föhr. Fotografie aus dem Artist-in-Residence-Programm" bis Juni 2021).

AKTIVITÄTEN
Der Klassiker ist die **Wattwanderung** nach Amrum (siehe rechts). Radwege und fünf Thementouren führen zu den schönsten Plätzen von Föhr. Meerwasser-Wellenbad, Saunen und Wellnessbereich birgt das große **Badezentrum Aquaföhr** (www.aquafoehr.de).

INFORMATION
Tourist-Information Wyk, Am Fähranleger 1, 25938 Wyk auf Föhr, Tel. 04681 300, www.foehr.de

8 Amrum

Amrum ist weitaus kleiner als die beiden Nachbarinseln – eine Oase für Ruhesuchende mit abwechslungsreicher Landschaft, satten Wiesen, einem großen Wald, hohen Dünen und dem unendlich weiten Kniepsand, der wie ein

---

Tipp

Radeln auf Sylt

200 km markierte Radwege, 30 Fahrradverleihe mit Standardrädern, Fatbikes und e-Bikes, Busse und Taxis (Henke, Tel. 046 51 66 99) mit Fahrradtransport und viele Routen abseits vom Verkehr: Sylt ist wie gemacht zum Radfahren! Und wer nicht alleine durch Dünen und Dörfer, Heide und Marsch radeln will, schließt sich geführten Touren an.

natürlicher Wellenbrecher vor der Insel liegt. Für viele ist Amrum auch die ursprünglichste Frieseninsel.

SEHENSWERT

Mit mehr als 10 km² ist der **Kniepsand** im Inselwesten Europas größte Sandkiste. Imposante Dünen trennen ihn von Wald und Heide, die zur Wattseite in Bauernland übergehen. Die **Aussichtsdüne** bei Norddorf ist mit 32 m die höchste Erhebung der Insel. 297 Stufen führen hinauf zum **Leuchtturm** (Tanenwai 46A, Mo. bis Fr. 8.30–12.20, Mi. bis 14.30 Uhr), mit 41,8 m bester Ausguck der Insel. Ursprünglich und urfriesisch ist **Nebel,** Amrums schönstes Reetdachdorf, mit vielen Häusern noch aus dem 18. und 19. Jh., alten Bauerngärten, niedrigen Feldsteinwällen und Hecken. Der hübschen Dorfkirche St. Clemens ist ein alter Inselfriedhof angeschlossen, der für seine „redenden Grabsteine" bekannt ist, auf denen die Lebensgeschichten der verstorbenen Insulaner erzählt werden. Amrums nördlichstes Dorf ist **Norddorf**, das nicht besonders groß und nicht übermäßig quirlig ist, aber trotzdem nichts Dörfliches wie Nebel hat. Vielmehr hat es den Charakter eines ruhigen Familienbads und Kurorts. Nördlich von Norddorf erstreckt sich die Odde, ein Vogelschutzgebiet, das im Rahmen von Führungen zugänglich ist. Am „städtischsten" ist **Wittdün** an der Südostspitze der Insel mit einem kleinen Hafen, in dem auch die Fähren aus Dagebüll anlegen.

MUSEEN

In der **Amrumer Windmühle** von 1771 blättert das Heimatmuseum die Inselgeschichte auf (Maalenstegalk 12, 25946 Nebel, Tel. 0151 51 26 66 34, www.amrumer-windmuehle.com, April–Okt. tgl. 10.30–13.00, 14.30–17.00, Mo. bis 16.00, So. ab 11.00 Uhr). Das **Öömrang Hüs** in Nebel ist ein traditionelles Kapitänshaus aus dem 18. Jh., das besichtigt werden kann (Waaswai 1, 25946 Nebel, Tel. 04682 21 18, www.oeoemrang-hues.de, Hauptsaison Mo.–Fr. 11.00–13.30, Mo.–Sa. 15.00–17.00, Nebensaison Mo.–Fr. 11.00–13.30 Uhr). Um Flora und Fauna von Amrum geht es im **Naturzentrum Amrum** (Strunwai 31, 25946 Norddorf, Tel. 04682 16 35, https://naturzentrum-amrum.de, April–Okt. Fr.–Mi. 10.00–17.00, Nov.–März Mi., Fr.–So. 12.00–16.00 Uhr).

AKTIVITÄTEN

Badespaß in 30° warmen Nordseewasser bietet bei jedem Wetter das **AmrumBadeland** (Am Schwimmbad 1, 25946 Wittdün, Tel. 04682 94 34 31, www.amrum-badeland.de). Angeschlossen ist das Amrumspa Gesundheitszentrum mit Physiotherapie, Wellness und Fitness (www.amrumspa.de).

INFORMATION

Amrum-Touristik, Inselstraße 14, 25946 Wittdün auf Amrum, Tel. 04682 940 30; Meeskwai 1a, 25946 Nebel, Tel. 04682 943 00; Ual Saarepswai 7, 25946 Norddorf auf Amrum, Tel. 04682 9 47 00, www.amrum.de

Genießen Erleben Erfahren

DuMont Aktiv

Inselhopping: Von Föhr nach Amrum

Letzter Halt an Land ist das Café Der Wattläufer in Dunsum auf Föhr. Steinig, voller Schlick, ist der erste Teil. Barfuß sollte man hier nicht laufen. „Am besten alte Turnschuhe anziehen", rät der Wattführer. Denn Muschelkanten sind messerscharf und schneiden die Haut in Sekunden auf.

Leichter geht's sich auf dem Sandwatt, wo „Spaghetti" die Sohlen kitzeln – die Ausscheidungen der Wattwürmer. Hier ist das Watt hart und rippig. Immer weiter geht es in die Auszeit zwischen den Inseln. Der Alltag entschwindet, die Gedanken ziehen auf die Reise. Zeit ist grenzenlos – bis zur nächsten Flut, die pünktlich nach sechs Stunden und zwölf Minuten eintritt. Pro Minute bedeckt sie 100 Meter Meeresboden – wer da nicht schnell genug an Land kommt, schwebt in Lebensgefahr. Immer wieder schneiden Priele den Weg ab, stramm marschiert die Gruppe ein großes S statt schnurgerade.

Kurz vor Amrum ist Badekleidung gefragt. Bauchtief ist das Mittelloch. Stark zieht die Strömung im tiefen Priel. Nach drei Stunden ist der Kniepsand von Amrum erreicht. Durch die Dünen geht es nach Norddorf, per Bus nach Wittdün und mit der Fähre zurück nach Föhr.

Wattwandern

Wattwandern Sie nie allein! Mit zertifizierten Wattführern können Sie das Watt ganz sicher erleben. Angeboten wird die Tour u.a. von Rainhard Boyens (wattwandern-amrum.de) und Nationalpark-Wattführer Dark Blome (https://der-inselläufer.de).

Gefahren beim Wattwandern:
Seenebel – blitzschnell ist die Sicht futsch.
Flut – sie rollt nicht nur von hinten an, sondern füllt auch die Priele auf – und schneidet so den Weg zurück ans Land ab.

Durch seichte Priele und das tiefe Mittelloch geht es auf festem Sandwatt von Insel zu Insel. Die 8 km lange Wattwanderung von Dunsum auf Föhr zur Nordspitze von Amrum ist ein Erlebnis.

Grenzenlose Hochgefühle

Urlaub an der Flensburger Förde und in der Kieler Bucht: Dazu gehören Dünen, feiner Sand und Strandkörbe, aber auch die verschiedensten Wassersportmöglichkeiten. Wer es geruhsamer mag: Schon ein kleiner Spaziergang am Meeressaum entlang macht Freude. Neben viel ursprünglicher Natur kommt auch die Kultur nicht zu kurz – sogar ein Welterbe der UNESCO wartet auf interessierte Besucher.

Der weiße Ostseestrand und das milde Meeresklima machen das Kitesurfen am Schönberger Strand in der Kieler Bucht zum reinen Vergnügen.

87
EASTERN
TAKOMA
Sixteen

Diese Seite von oben nach unten: Im letzten Viertel des 12. Jahrhunderts aus fein bearbeiteten Granitquadern errichtet wurde die St.-Laurentius-Kirche in Munkbrarup, Radausflug zum Ausgang der Flensburger Förde, Fördelandschaft an einem sonnigen Tag mit dem Falshöfter Leuchtturm.

Linke Seite: Fröhliches Familienpicknick am Strand an der Flensburger Außenförde – auch hier mit dem Falshöfter Leuchtturm als rot-weiß leuchtendem Orierentierungspunkt im Hintergrund.

Das flenst – mit diesem Spruch machte die größte Brauerei in Schleswig-Holstein den Gerstensaft von der Flensburger Förde zu einer der beliebtesten Biermarken der Republik. Während der Bierkonsum bundesweit sinkt, steigen beim „Flens“ aus der Brauerei Emil Petersen die Umsätze. Rund 50 Millionen Liter füllt die nördlichste Privatbrauerei des Landes jährlich in bauchige Flaschen – seit mehr als 125 Jahren. Die „Werner“-Comics von Rötger Feldmann (alias „Brösel“) machten den „Bölkstoff“ bis weit über die Landesgrenzen hinaus bekannt. Flens wurde Kult, das markante Ploppen des Bügelverschlusses zum Markenzeichen – und zum Unterscheidungsmerkmal von der tonlosen Kronkorkenkonkurrenz.

Ruhm mit Rum

Hundert Jahre vor dem Bier-Boom seiner Brauereien war diese Region für eine Spirituose weltberühmt: Rum. Damals hieß Flensburg noch Flensborg und war die Zuckerkapitale im dänischen Königreich. 295 Schoner zählte die Handelsflotte der Stadt, die sich ab 1795 am Tabak-, Rum- und Zuckerhandel mit Dänisch-Westindien beteiligte und Zuckerrohr aus der Karibik an die Förde holte, wo es zu Zucker raffiniert wurde. Ebenfalls an Bord der Schiffe war ein auf den Jungferninseln gebrannter Rohrum mit einem Alkoholgehalt von 70 bis 80 Prozent. Diesen fast ungenießbaren „pure rum“ veredelten mehr als 200 Rumhäuser zu einer Spezialität, die dann in Holzfässern lagernd ihre vollendete Färbung und Reife erhielt.

Aufbruch am Ostufer

Am Westufer der Förde hat das alte Flensburg die Weltkriege nahezu unbeschadet überlebt, am Ostufer verwandeln sich seit einigen Jahren Industriehafen und Ballastkai in ein Wohngebiet für Gutbetuchte. Fertig ist bereits eine Uferpromenade, die als Teil des Ostsee-Radwanderwegs bis nach Fahrensodde oder Glücksburg verlängert werden soll. Auf der Förde setzen

„Gott gebe Glück mit Frieden": So lautet das Motto im Portal des Wasserschlosses Glücksburg, in dem einst zarteste Bande zwischen verschiedenen Vertretern europäischer Herrscherhäuser geknüpft wurden – dynastische Machtentfaltung (und -erhaltung) in schönstem Rahmen also.

Wellness mit Fördeblick im herrlichen Garten des Vitalhotels Alter Meierhof: In dem privat geführten Haus kann man gut eine Auszeit vom Alltag nehmen.

Auf der Halbinsel Holnis fühlen sich auch Schottische Hochlandrinder wohl.

Auf der Halbinsel Holnis ist Dänemark zum Greifen nah – aber wir verweilen lieber noch ein Weilchen im Naturschutzgebiet Holnis Noor, dessen Salzwiesen mit ihrem typischen Pflanzenbewuchs eine hervorragende Brut- und Raststätte für viele Vogelarten sind.

Special

Ostseeküsten-Radweg

Mit der Nase im Wind

Immer am Wasser entlang führt eine Fernroute für Radler, die zu den schönsten Strecken Deutschlands gehört: der Ostseeküsten-Radweg.
Meist eben, überwiegend asphaltiert und familienfreundlich: Der Ostseeküsten-Radweg ist ideal, um die Vielfalt der Region zu entdecken. Wer nicht die ganze 430 Kilometer lange Strecke von der Flensburger Förde über Eckernförde, Fehmarn und Grömitz bis Travemünde abradeln will, kann der markierten Route in Etappen folgen. Wer weiterradeln möchte, der setzt in Travemünde mit der Fähre zum Priwall über und folgt den Schildern bis zur polnischen Grenze.

Nur zwischen Kappeln und Kiel fordern einige kleine Hügel doch etwas mehr Kondition. Lust auf Abstecher machen kürzere lokale Radwege und Themenrouten.

Längst selbstverständlich ist der Einsatz von GPS am Ostseeküsten-Radweg und an den 20 regionalen

Mit schnellem Tritt in die Pedale unterwegs

Ostsee-Routen. GPS-Tracks sowie Kartenmaterial gibt es kostenlos auf www.ostsee-schleswig-holstein.de/radfahren.html. Am besten folgen Sie aber nicht immer nur wie vorgegeben der markierten Route, denn sonst finden Sie sich zwischen Kappeln und Eckernförde auf einem Radweg neben einer viel befahrenen Hauptstraße wieder und müssen anderenorts das schwer bepackte Rad durch tiefen Sand am Strand wuchten.
Infos und Unterkünfte: www.ostsee-schleswig-holstein.de/ostseekuesten-radweg.html

bunte Segel Farbtupfen – nur 18 Tage im Jahr herrscht, statistisch gesehen, Flaute. Wenn dann genau das Nord Stream Race vor der Marina Sonwik steigt, sind die Segler zwar frustriert, die „Sehleute" aber dennoch in Partylaune – sie feiern zu Livemusik und Feuerwerk. Wer es sich leisten kann, hat gleich am Liegeplatz sein Domizil: ein Wasserhäuschen mit 360-Grad-Blick auf die Förde.

Kultur- und Natur

Strahlend weiß ist das Wasserschloss von Glücksburg, in dem einst die Herzöge von Glücksburg residierten, später die dänische Krone, und verwandtschaftliche Bande mit allen Herrscherhäusern Europas geknüpft wurden. Der heutige Schlossherr, Christoph Prinz zu Schleswig-Holstein, lebt allerdings mit seiner Frau, Prinzessin Elisabeth aus dem Hause Lippe-Weissenfeld, und den vier Kindern auf Gut Grünholz in Schwansen. Sein Handeln bestimmt ein Wahlspruch, den fast 500 Jahre vor ihm sein Vorfahre Herzog Johann der Jüngere beim Bau des Schlosses ins Eingangsportal meißeln ließ: „Gott gebe Glück mit Frieden". Die Residenz ist seit 1923 als Museum eingerichtet und zeigt niederländische Tapisserien und flandrische Ledertapeten. Zudem werden Hochzeiten, Kindergeburtstage, Modenschauen, Konzerte

Das Hotel Aurora in Kappeln gehörte zu den Drehorten der TV-Serie „Der Landarzt", die es auf 297 Episoden in 22 Staffeln brachte.

Arnis, auf einer Halbinsel in der Schlei gelegen, gilt mit seinen weniger als 300 Einwohnern als kleinste Stadt Deutschlands.

Kutschfahrt durch das auch für den Vogelzug bedeutende Naturschutzgebiet Geltinger Birk.

und viele andere Events hinter seinen historischen Mauern veranstaltet, um das auch als Film-Location beliebte Schloss, das die Familie des Prinzen bereits im Jahr 1992 in eine Stiftung einbrachte, als glanzvolles Kulturerbe lebendig zu erhalten.

Das kleine Naturidyll prägen Wiesen und Felder, Salzwiesen und Steilküste.

Zu Glücksburg gehört auch die Halbinsel Holnis. Diese ragt sechs Kilometer weit in die Ostsee, die sich hier schon dänische Südsee nennt – so nah ist das Inselreich der Dänen, das zwischen Flensburg und Fünen fast karibisch wirkt. Das kleine Naturidyll Holnis prägen Wiesen und Felder, Wälder, Salzwiesen und Steilküste. 130 Vogelarten wurden hier beobachtet – Austernfischer, Kiebitze, Kormorane und Uferschwalben, die in den Steilwänden der Küste nisten. Die Vorboten des Klimawandels indes treiben den Umweltschützern Sorgenfalten auf die Stirn. Steigender Meeresspiegel, stärkere Stürme, Wasserstände von bis zu dreieinhalb Meter über Normalnull an der Ostsee – da würde von Holnis bald nicht mehr viel übrig bleiben. Vehement fordert man daher, die Glücksburger Deiche aufzustocken. Während die Landesregierung den Schutz der Westküste mit Millionen unterstützt, gab es für den Schausender Deich in den vergangenen Jahren aus Kiel jährlich nur rund 1000 Euro als Zuschuss für die Ausbesserung. Die letzte Grundüberholung der nur 2,4 Meter hohen Flutbarriere liegt 40 Jahre zurück. Grasnarben und Asphaltweg sind Flickwerk. Die Menschen auf Holnis fordern besseren Schutz vor den Folgen des Klimawandels. Für sich, ihre Gäste und die Natur.

Zwischen Förde und Schlei

Die Kulisse ist vertraut: eine sanft geschwungene Landschaft, Hügel an Hügel, auf Wiesen weiden Schwarzbunte oder das rote Angler Rind, Häuser mit rotem Klinker und Reetdach ducken sich unter dem dichten Blätterdach von Kastanien und Linden: Willkommen am Set des Landarztes! 26 Jahre lang begeisterte die Vorabendserie im ZDF Millionen Zuschauer und machte Kappeln wie sein Umland (als „Deekelsen") bundesweit berühmt. Der alte Fischerort erlebte einen Besucher-Boom, Landarztfans spazierten in der Fußgängerzone vorbei an schmucken Häusern, deren Baustil und Farbe das dänische Erbe bezeugen. Ihren Namen Angeln erhielt die abgeschiedene Region jedoch nicht von den Dänen, sondern von einem anderen (nordgermanischen) Volk: eben den Angeln. Warum sie hier im Jahr 450 alles stehen und liegen ließen, ist bis heute so rätselhaft wie die vielen Legenden, die den Aufbruch zu erklären versuchen. Erst zu Fuß, dann mit

Bunte Fachwerkherrlichkeiten: Altstadthäuser in Eckernförde.

Blaue Stunde: Abendstimmung im Hafen von Eckernförde.

Durchblick: auf den Hafen und den Dom von Schleswig an der Schlei.

Frisch vom Kutter verkauft dieser Fischer in Eckernförde seinen Fang – das Lächeln gibt's gratis dazu.

Special

Haithabu

Wikinger

Vor 1000 Jahren war Haithabu, das seit 2018 zum schützenswerten Weltkulturerbe der UNESCO gehört, einer der bedeutendsten Handelsplätze des Nordens.
Hier lädt Deutschlands einziges Wikingermuseum ein, das Leben, die Arbeit und Kultur der Nordmänner zu entdecken. Ein vielseitiges Veranstaltungsprogramm mit Märkten, handwerklichen Vorführungen etc. lässt den Museumsbesuch zum Erlebnis werden.

Wikingermuseum Haithabu, Am Haddebyer Noor 3, 24866 Busdorf, Tel. 04621 81 31 22, https://haithabu.de

geklinkerten Booten, machten sie sich gen Westen auf, bis sie eine Insel erreichten, die seitdem ihren Namen trägt: England, das Land der Angeln. 774 ernannte sich ihr legendärer König Offa dort zum ersten englischen Monarchen. Bereits 550 war die historische Region Angeln zwischen Förde und Schlei fast menschenleer. Erst Jahrzehnte später siedelten sich Dänen und Jüten auf der Halbinsel an, errichteten Höfe, gründeten Dörfer und Siedlungen.

Am inneren Ende des Ostseearms Schlei legten friesische Kaufleute im 8. Jahrhundert eine Siedlung an, die kurz darauf der dänische König höchstpersönlich übernahm und zu einem der wichtigsten Handelsplätze der Wikinger ausbauen ließ: Haithabu. Zur Blütezeit im 10. Jahrhundert lebten mehr als 1000 Menschen in der Stadt an der Kreuzung der wichtigsten Fernhandelsrouten, die ein halbkreisförmiger Wall schützte. Als Bollwerk aus 30 Erdwällen setzte das Danewerk die Verteidigungslinie nach Westen fort. Selbst Kaufleute aus Arabien kamen damals in das 24 Hektar große Haithabu, um zu handeln.

Schleswigs große Zeit

Durch die Schlei war Haithabu mit der Ostsee verbunden, durch Treene, Eider und nur 18 Kilometer Landweg mit der Nordsee. Fast 300 Jahre lang sorgte der Warenumschlag zwischen Ost- und Nordsee in Haithabu für Wohlstand. Doch in dem Jahr, als ein anderer Nordmann – Wilhelm – 1066 England eroberte, endete die Geschichte Haithabus mit einer Katastrophe: Die Slawen brannten den Handelsplatz der Wikinger nieder. Haithabu wurde aufgegeben – nur drei Kilometer entfernt begann damit die große Zeit Schleswigs. Die dortige Burg, im 12. Jahrhundert von Bischöfen auf einer Insel in der Schlei errichtet, wurde vom Mittelalter bis ins 18. Jahrhundert der Hauptsitz der Herzöge von Schleswig und Schleswig-Holstein-Gottorf. Sie machten Schleswig zur Kulturkapitale Nordeuropas. Ihre Residenz, Schloss Gottorf, bildet heute den größten Museumskomplex des Bundeslands.

Blaublütige Bauern

Auch auf der Halbinsel Schwansen betrieben Dutzende Adelige im großen Stil Landwirtschaft und schmückten ihre Güter mit herrlichen Herren- und Torhäusern. 1200 Hektar beackert Prinz Christoph zu Schleswig-Holstein heute auf Gut Grünholz, 4000 Hektar gehörten einst zum Gut Ludwigsburg, das mit der „Bunten Kammer" ein Kleinod der Kunst birgt: 145 Miniaturgemälde auf einer Vertäfelung aus Eichenholz, jedes Motiv mit eigenem Motto. Während die adeli-

Seebar am Hindenburgufer in Düsternbrook an der Kieler Förde.

gen Gutsherren einen fast höfischen Lebensstil genossen und Literaten wie Herder zu Gast hatten, war das Leben für die Landbevölkerung als Leibeigene hart. Schon mit sechs Jahren begann ihr Arbeitseinsatz auf dem Gut – alt wurde kaum jemand. Heute hat ein Hightech-Maschinenpark die menschliche Arbeitskraft auf den Gütern in vielen Bereichen fast völlig ersetzt. Wo einst mehr als 100 Menschen lebten und arbeiteten, wohnt heute nur noch eine Familie. Nutzlos geworden sind dadurch viele Gebäude. Doch den Abriss verbietet der Denkmalschutz. So setzen heute viele Güter nicht nur auf die Landwirtschaft, sondern auch auf Diversifikation. Davon profitiert der Tourismus: Hofläden und Hoffeste haben nun Hochkonjunktur, Hochzeiten im herrschaftlichen Ambiente sind en vogue, Weihnachtsmärkte und Musikfeste vor historischer Kulisse besonders beliebt.

Urlaubsziel Gesundheit

„Alt werden ist nichts für Schwächlinge", soll die Schauspielerin Bette Davis einmal gesagt haben. Darauf setzt auch Damp: Das Ostseebad gehört zu den Pionieren im Gesundheitstourismus. Als der Ferienpark an der Ostsee im Jahr 1973 eröffnet wurde, bevölkerten vor allem Familien, Kegelclubs und Jugendgruppen die Bettenburgen von „Damp 2000". 1997/1998 entschied sich die Damp Holding AG als Betreiber gemeinsam mit der Kommune und dem Land Schleswig-Holstein für eine Neuorientierung und ein Facelifting der Ferienanlage. Auf der Damper Promenade wich nun der Waschbeton regionstypischem Backstein. Für die 296 Zimmer im 13-stöckigen Ostseehotel gab es neue Bäder und bessere Betten; für alle Gäste ein sportliches Angebot, das so umfangreich ist, dass es allein schon einige Kondition erfordert, dabei die Übersicht zu behalten. „Ganz Ich" hieß nun die Devise in Damp, Urlaub mit „Mir geht's gut"-Gefühl. Am Anfang reagierten die Gäste auf den Imagewechsel irritiert, doch dann setzte sich das Konzept durch: Die Umsätze stiegen, immer mehr Urlauber wollten sich in Damp auf eine gesunde Art und Weise erholen. Längst kommen nicht mehr nur „Silver Ager" oder „Best Ager" her, sondern auch viele jüngere Gäste – Paare auf gesundheitsbewussten Flitterwochen oder Singles, ausgebrannt von Beruf oder Beziehung. In Damp tanken sie alle wieder auf, deshalb wird dort auch kräftig weiter investiert. Ein Entdeckerbad bietet nordischen Badespaß mit Wikingerflair, Kinderparadies und Disko sind Freizeitangebote für Jüngere. Denn ganz vergraulen möchte Damp seine traditionellen Familiengäste nicht – der Nachwuchs von heute sind die „Best Ager" von morgen.

Links von oben nach unten: Windjammerparade während der Kieler Woche, eine Möwe im Hafen des Ostseebads Laboe, Strandleben am Ostufer der Kieler Bucht.

Weithin sichtbar an der Kieler Außenförde: der 85 Meter hohe Turm des Marine-Ehrenmals.

Maßstab 1:800.000
0
10km
D A N M A R K
Haderslev
Aabenraa
Sønderborg
Als
Lillebælt
Svendborg
Tåsinge
Ærø
Marstal
Langeland
Smålandsfarvande
Langelandsbælt
Nakskov
Lolland
Femern Bælt
Fehmarnbelt
Fehmarn
Fehmarnsund
Kieler Bucht
Hohwachter Bucht
Flensburger Förde
Eckernförder Bucht
Harrislee
Flensburg
Glücksburg
Kappeln
Angeln
Schleswig
Eckernförde
Schwansen
Dänischer Wohld
Rendsburg
Büdelsdorf
Kiel
Schwentinental
Preetz
Plön
Holsteinische Schweiz
Malente
Eutin
Oldenburg in Holstein
Neustadt in Holstein
Lübecker Bucht
Heide
Neumünster
Bad Segeberg
Bad Oldesloe
Lübeck
Wismar
Grevesmühlen
Ratzeburg
Itzehoe
Glückstadt
Elmshorn
Uetersen
Pinneberg
Quickborn
Henstedt-Ulzburg
Norderstedt
Ahrensburg
HAMBURG
Stade
Buxtehude
Wedel (H.)
Schenefeld
Halstenbek
Rellingen
Reinbek
Glinde
Geesthacht
Schwarzenbek
Mölln
Lauenburg (Elbe)
Hagenow
Seevetal
Bremervörde
Brunsbüttel
Schleswig-Holstein
1
2
3
4
5
6

Wasserschlösser und Wikinger, Naturidyllen und Strände

Deutsch-dänische Geschichte prägte Flensburg und seine Förde, die sich 40 km durchs Grenzland schlängelt. Seglern bietet sie ein traumhaftes Revier. Weiter in südlicher Richtung warten dörfliche Idyllen und naturnahe Landschaften sowie deutlich mehr Trubel in den Ostseebädern und an den Stränden der Kieler Bucht.

1 Glücksburg

Um 1209 errichteten die Zisterzienser auf Glücksburger Gebiet ihr Kloster Rude, dessen Ländereien nach der Reformation in die Hände von Johann dem Jüngeren fielen. Dieser verlegte daraufhin seine Residenz von Sønderborg nach Glücksburg (6000 Einw.) und errichtete auf einer Insel im See ein strahlend weißes Wasserschloss, das zur Wiege europäischer Königshäuser wurde. Bis die Siedlung an der Sommerresidenz zur Stadt aufstieg, dauerte es fast 400 Jahre – seit 1871 ist Glücksburg Seebad, seit 1900 besitzt es Stadtrechte.

SEHENSWERT

Als Residenz der Herzöge von Schleswig-Holstein und zeitweiliger Regierungssitz dänischer Könige gehört das ab 1852 erbaute **Schloss Glücksburg** – heute eine der schönsten Spielstätten des **Schleswig-Holstein Musik Festival** (www.shmf.de) – zu den bedeutendsten Schlossanlagen Nordeuropas (www.schloss-gluecksburg.de, Mai–Sept. tgl. 10.00–18.00, Okt. Di.–So. 10.00–18.00, sonst Sa./So. 11.00 bis 16.00 Uhr). Das Gelände der einstigen Schlossgärtnerei präsentiert heute als 10 000 m² großes **Rosarium** 550 Rosensorten (Am Schlosspark 2b, Mai–Sept. tgl. 10.00–18.00 Uhr).

ERLEBEN

Ist die Ostsee zu kalt, bietet die **Fördeland Therme** mit Erlebnisbecken, Familienrutsche, beheiztem Meerwasseraußenbecken, Feuer-, Aufguss- und Kräutersauna und Dampfbad Badespaß (Sandwigstr. 1A, Tel. 04631 44 40 70, www.foerdelandtherme.de, So.–Do. 10.00 bis 22.00, Fr., Sa. 10.00–1.00 Uhr). Wie Energie erzeugt und verwandelt wird, verrät der **artefact Powerpark** mit 30 Stationen. Deutschlands nördlichster **Nordic-Walking-Park** (www.gluecksburg-urlaub.de/freizeit/aktivitaeten-an-land/nordic-walking) sorgt mit fünf Strecken (4–9 km Länge) für bessere Kondition. Stand-up-Paddling, Kajak fahren und Wassersportutensilien gibt es bei der **Wassersportstation Sandwiginger** – auch den Strandkorb zum Chillen danach kann man dort mieten (Kirstenstr. 6, Tel. 04614 302 05 05, www.facebook.com/sandwiginger).

UMGEBUNG

Nördlich von Glücksburg ragt die schmale Halbinsel **Holnis** 6 km weit in die Flensburger Förde. Auf ihren Wiesen weiden zottelige Galloways und Schottische Hochlandrinder. Ihre Salzwiesen sind Rast- und Brutstätten für See- und Zugvögel. Wer an der naturbelassenen Steilküste wandert, sollte beachten, dass immer wieder Bereiche durch Erosion abbrechen. Die Ursprünglichkeit schützt ein Naturschutzgebiet, das auf die Einsicht der Besucher angewiesen ist: Hunde sind anzuleinen, gewandert werden darf nur auf ausgewiesenen Wegen – nicht die Steilküste hinauf oder in der Sperrzone Sandhaken. Dennoch kommt es immer wieder zu Unfällen.

Tipp

Kappelner Heringstage

Seit mehr als 30 Jahren feiert Kappeln im Mai fünf Tage lang den Brotfisch der Stadt mit einem Fest entlang der Schlei. Das Programm: Heringsregatta, Tanz, Konzerte und Kulinarisches. Da Fisch schwimmen muss, gehört zum Hering die Lake – der Aquavit von der Schlei aus dem Hause Siemen schmeckt auch ungekühlt.

INFORMATION
www.heringstage-kappeln.de

INFORMATION

TouristServiceCenter, Schlosshotel Glücksburg, 24960 Glücksburg, Tel. 04631 407 70, www.gluecksburg.de

2 Kappeln

Fischfang und -verarbeitung sind bis heute in Kappeln (8700 Einw.) wirtschaftlich wichtig.

SEHENSWERT/MUSEEN

An die Fischfangtradition erinnert in der Schlei eine riesige Reuse: der **Ellenberger Heringszaun** (15. Jh.), der letzte von einst 18 Fanganlagen aus Pfählen und Mauern aus Buschwerk. **Friedrich Föh**, die letzte Räucherei der Stadt, hängt seit 1911 Aal, Hering, Heilbutt, Lachs, Makrele, Sprotte und Zander in den Buchenholzrauch (Dehnthof 26–28, 24376 Kappeln, Tel. 04642 22 74, www.foeh.de, ab 11.00 Uhr). Sonin-Schüler J.A. Richter erbaute 1789–1793 die spätbarocke **St.-Nicolai-Kirche**. Die **Holländerwindmühle Amanda** (1888) bietet von der Galerie Ausblicke auf Kappeln und Ostangeln, das Innere teilen sich Tourist-Information und Standesamt. Am jederzeit zugänglichen Steg des **Museumshafens** sind elf Veteranen als Nachbau oder Original vertäut, darunter der Gaffelketch „Isamar", die Slup „Adelante" und das Bornholmer Heringsboot „Else af Sletten" (www.museumshafen-kappeln.de). Die Maschinen des **Sägewerks** (1900) wurden erst von der Windmühle Amanda ab 1924 elektrisch angetrieben. Seit dem Jahr 1996 ist es ein „working museum" (Schleswiger Str. 1, Tel. 04642 92 01 02, www.kappelner-werkstaetten.de, 1. Mai–31. Okt. Mo.–Do. 9.00–12.00, 13.00–17.00, So. 10.00–12.00, 14.00–16.00, 1. Nov.–30. April Di. 9.00–12.00, 13.00–15.00 Uhr).

UMGEBUNG

Die Natur der **Geltinger Birk** im Norden von Kappeln ist so unberührt, dass dort ungestört Wildpferde weiden. Wer nicht wandert oder radelt, entdeckt diese Urlandschaft auf Kutschfahrten mit Volker Lippert (Tel. 04643 18 65 70). Beim Gästebetreuer Siegfried Issel gibt es den Schlüssel für den rot-weiß gestreiften **Leuchtturm Falshöft**, der vom Balkon Fernblicke

Oben: Blick auf Kappeln an der Schlei. Rechts: Fischfang mit traditionellen Heringszäunen.

über die Ostsee bis nach Dänemark eröffnet (Außenförde bei Nieby, www.leuchtturm-falshoeft.de, April.–Okt. Di., Do. 15.00, 17.00 Uhr, 1. und 3. Wochenende des Monats 14.30 bis 17.30 Uhr, Tel. 04643 18 69 90, Spende erbeten). Südlich von Kappeln ist das malerische **Arnis** die kleinste Stadt Deutschlands, **Sieseby** eines der schönsten Dörfer der Republik. 725 alte Apfelsorten, Birnen- und Themengärten lassen sich im **Obstmuseum Pomarium Anglicum** (Waldweg 2, OT Winderatt, 24966 Sörup, Tel. 04635 27 45, www.pomarium-anglicum.de/startseite.html) entdecken. Das Ostsee-Resort **Damp** (www.ostsee-resort-damp.de) an der Küste lockt mit vielen Urlaubsangeboten für Aktive.

INFORMATION
Touristinformation, Schleswiger Str. 1, 24376 Kappeln, Tel. 04642 40 27, www.kappeln-touristik.de

3 Schleswig

Bereits im Jahr 804 wurde Sliestorp, das heutige Schleswig (24 800 Einw.), in den fränkischen Reichsannalen erstmals erwähnt. Nordeuropas älteste Stadt stieg unter den Gottorfer Herzögen zum kulturellen Zentrum auf, wurde 1868 Hauptstadt der preußischen Provinz Schleswig-Holstein und 1945 – als Ausgleich für den Hauptstadtverlust an Kiel – zum Justiz- und Kulturzentrum des Bundeslandes.

SEHENSWERT/MUSEEN
Der **St.-Petri-Dom** ist als einziges Objekt des Bundeslandes auf der „Europäischen Route der Backsteingotik" vertreten. Begonnen wurde der Bau der gotischen Hallenkirche um 1200, vollendet war er im 16. Jh. Sein berühmtester Schatz ist der dreiflügelige Bordesholmer Altar (1514 bis 1521), für den Hans Brüggemann 400 Figuren schnitzte. Erst 1894 erhielt St. Petri den neogotischen, 112 m hohen Westturm mit Aussichtsplattform (Norderdomstr., Tel. 04621 98 95 95, www.schleswiger-dom.de, Mai–Sept. tgl. 9.00 bis 17.00, Okt.–April tgl. 10.00–16.00 Uhr, Führungen Mitte Juni bis Aug. tgl. 14.30 Uhr).
Zur Skyline gehört seit 1972 auch der 90 m hohe **Wikingturm** mit Restaurant im 26. Stock (www.wikingturmrestaurant.de). Auf den Fundamenten des dänischen Königshofs errichteten Franziskanermöche ab 1234 das **Graukloster**, heute Teil des **Rathauses**. Sein klassizistischer Teil wurde 1794 auf den Fundamenten der Klosterkirche gebaut. Als Residenz wählten die Bischöfe das **Königsteinsche Palais** (15. Jh.), das Baron von Königstein im 17. Jh. zum Adelssitz umbaute. Der bürgerliche Amtsarzt Dr. Johann Friedrich Licht errichtete 1798 den **Plessenhof**, heute Domizil der Tourist-Information. In der **Hofapotheke** (1517), der ältesten öffentlichen Pharmazie des Nordens, serviert das **Kleine Traumcafé** (www.kleines-traumcafe.de) hausgemachte Torten. Die Königswiesen säumen als Stadtpark mit Badestelle die Schlei. Auf einer Insel in der Schlei erhebt sich Schleswig-Holsteins größer Profanbau: **Schloss Gottorf**, einst Residenz der Herzöge, heute Heimstatt toller Museen (Schlossinsel 1, Tel. 04621 81 32 22, https://schloss-gottorf.de). Im Fürstengarten vereinen historisch bepflanzte Terrassen die italienische Renaissance- und barocke Gartenkunst. Der **Holm**, einer der ältesten Stadtteile von Schleswig, war bis 1935 eine Insel, auf der Fischer ihre Boote lagerten, Netze trockneten und in einstöckigen Häusern wohnten, die bis ins 12. Jh. zurückreichen. Viele haben Klöndören – zweigeteilte Türen, deren obere Hälfte für einen Klönschnack (eine Unterhaltung) geöffnet wurde. Zur Zeitreise durch die Stadtgeschichte lädt im Adelspalais Günderothschen Hof das **Stadtmuseum** (www.stadtmuseum-schleswig.de, Teddys von Steiff bis Schuco sind in einem Nebengebäude, im **Teddy Bär Haus**, ausgestellt.

UMGEBUNG
Auf den Spuren der Nordmänner wandelt man südlich vor Schleswig im **Wikingermuseum Haithabu** (Am Haddebyer Noor 5, 24866 Busdorf, Tel. 04621 813 22 20, https://haithabu.de).

INFORMATION
Touristinformation, Plessenstr. 7, 24837 Schleswig, Tel. 04621 85 00 56, www.ostseefjordschlei.de

4 Eckernförde

Die Kleinstadt (22 000 Einw.) ist die Heimat der Kieler Sprotte. Highlights sind der 4 km lange Südstrand, der lebendige Hafen und die Altstadt. 1302 gegründet, stieg Eckernförde 1416 zum berüchtigten Seeräubernest auf. Im Jahr 1758 lagen 36 Kaufmannsschiffe im Hafen vertäut, davon gehörten 17 der Familie Otte, die mit Fabrikgründungen die Blüte der Stadt vorantrieb.

SEHENSWERT/MUSEEN
Eine weiße Klappholzbrücke trennt seit 1872 Innen- und Außenhafen bzw. Eckernförde und Borby. Im **Hafen** verkaufen Fischer ihren Fang vom Kutter – von der Restaurantterrasse der Siegfriedswerft lässt sich das Treiben bei Original Eckernförder Kakabellen-Bier erleben. Die schönste Aussicht auf den Hafen mit beiden Leuchttürmen bietet der **Petersberg** in Borby. Dem Hauptstrand bis zur Hafenspitze folgt die 2 km lange **Strandpromenade**, an der im **Kurpark** im Sommer Kurkonzerte erklingen. Auf dessen Rasen zeigt das Kunstobjekt „Schwimmübungen" von Martin Wolke eine Meerjungfrau und einen Mann, der aufs Meer schaut. Den **Rathausmarkt** dominieren das Verlagsgebäude der Eckernförder Zeitung und das **Alte Rathaus**, heute Museum. Durch einen Schwibbogen aus Backstein geht es zum Kirchplatz mit der dreischiffigen gotischen Hallenkirche **St. Nicolai** (1210/1530). Den Hochaltar schnitzte 1640 ein Einheimischer: Hans Gudewerdt der Jüngere.
Wohnkultur, Handwerk, Gilden, Fischerei und Badeleben sind Thema im **Museum Eckernförde** (Rathausmarkt 8, Tel. 04351 71 25 47,

Tipp

Bonbons frisch gekocht

In einer Eckernförder Räucherei von 1830 verwandelt sich im Kupferkessel Zucker in eine klebrige Masse, aus der nach Zugabe von Aromen und Gewürzen mittels Stanzen, Walzen, Kegelroller Frucht-, Lakritz-, Krokant-, Kräuter- oder Hustenbonbons werden.

INFORMATION
Bonbonkocherei Hermann Hinrichs, Frau-Clara-Str. 22, 24340 Eckernförde, Tel. 04351 88 99 86, www.bonbonkocherei.de

www.museum-eckernfoerde.de, Di.–Sa. 14.30 bis 17.00 Uhr). In einem Bootshaus von 1936 zeigt Norbert Werner zeitgenössische Kunst aus dem Norden; Radierwerkstatt und Artothek ergänzen seine kleine und feine **Galerie Nord-Cult** (Jungfernstieg 10, Bootshaus am Südstrand, Tel. 04351 71 25 00, http://nordcult.de, Mo.–Fr. 14.00–18.00 Uhr).

INFORMATION
Ostseebad Eckernförde Tourismusinformation, Am Exer 1, 24340 Eckernförde, Tel. 04351 717 90, www.ostseebad-eckernförde.de

5 Laboe

Vor der Haustür die Kieler Förde, um die Ecke die Ostsee, im Hinterland die Wälder und Felder der Probstei: Dieser Mix macht Laboe (4900 Einw.) zu einem beliebten Urlaubsort. Fähren nach Kiel bieten Abwechslung vom Nichtstun am 20 km langen Sandstrand.

SEHENSWERT
Wahrzeichen ist das **Marine-Ehrenmal** (1927), das an Gefallene beider Weltkriege erinnert und zu dem neben dem Steinturm eine unterirdische „Historische Halle“ mit Schiffsmodellen und Geschichtsexponaten gehört. Welche Enge an Bord eines U-Bootes herrscht, verrät das U 995, das bei Blohm + Voss 1943 in Hamburg gebaut wurde (www.deutscher-marinebund.de). Was ein Seestern frisst, verrät der Besuch der **Meeresbiologischen Station Laboe** (Strand 1, Tel. 04343 42 93 21, www.meeresbiologie-laboe.de). Mit der Fähre geht es über die Förde zum Leuchtturm Strande-Bülk (zur Besteigung im Café am Seezeichen Petra Jarray fragen).

INFORMATION
Tourismusbetrieb, Börn 2, 24235 Laboe, Tel. 04343 42 75 53, www.laboe.de

6 Schönberg

„Schöne Grüße aus Brasilien“ oder „aus Kalifornien“ kann man hier auf Postkarten schreiben – so heißen die beliebtesten Strände des Ostseebads (6300 Einw.). Die gesellschaftlichen Einflüsse auf die Kindheit seit 1890 sind Thema im **Kindheitsmuseum** (Knüllgasse 16, Tel. 0434 468 65, www.kindheitsmuseum.de, Mai So. 14.00–17.00, Juni–Okt. Di.–So. 14.00–17.00, Do. auch 10.00–12.00 Uhr). Der als **Probstei Museum** restaurierte Hof Götsch lässt die Lebenswelt vor 100 Jahren auferstehen (Ostseestr. 8, Tel. 0434 431 74, www.probstei-museum.de, Mitte März–April Sa./So. 14.00–17.00, Mai bis Okt. Di.–So. 14.00–17.00, Do. auch 10.00 bis 12.00, Nov. So. 14.00–17.00 Uhr).

INFORMATION
Tourist-Service, Käpt'n Gang 1, 24217 Schönberger Strand, Tel. 0434 44 14 10, www.schoenberg.de

Genießen Erleben Erfahren

DuMont Aktiv

Auftanken an der Ostsee

Wenn der Sommer sich verabschiedet, verwandelt sich die Ostseeküste vielerorts in einen Gesundbrunnen. Wellness steht hoch im Kurs – „abschalten und auftanken“ hat dann Saison. Schon ein Spaziergang am Spülsaum ist Wonne pur. Weit gleitet der Blick über die Bucht. Jeder Atemzug vitalisiert, versorgt den Körper mit Jod, Salz und Mineralien. Der Meerblick ist autogenes Training open air, das ständige Fließen der Wellen entspannt Körper und Psyche. Das schonende Reizklima der Ostsee wirkt wie ein Jungbrunnen – besonders im Winter.

Im Alten Meierhof von Glücksburg schöpft man in der Hoftherme mit Finnsauna, Tepidarium, Steindampfbad und Heuaromabad neue Kräfte, planscht im 28 Grad warmen Pool im Orientambiente und träumt unter dem dunkelblauen, funkelnden Sternenhimmel an der Decke vor sich hin.

Im Vital Centrum Damp sind alle Kabinen besetzt. „Bitte nicht stören. Wohlfühlzeit“, informieren kleine Schildchen vor den Türen. Dahinter wird der Körper mit Sand, Lehm, Algen oder Kreide eingerieben, mit Bernstein massiert, gereinigt, geölt oder gecremt. Acht Saunen entgiften und stärken das Immunsystem. Die schönsten sind die orientalische Zisterne, das römische Laconium und die Farblichtsauna. Das Wellnessangebot der Region ergänzt die Fördeland-Therme bei Glücksburg.

Auf einen Blick

Hof-Therme im Alten Meierhof, Uferstraße 1, 24960 Glücksburg, www.alter-meierhof.de
Vital Centrum Damp, Seeuferweg 10, 24351 Damp, www.ostsee-resort-damp.de
Ostseetherme, An der Kammer, 23683 Scharbeutz, www.ostsee-therme.de
Förde-Therme, Sandwigstraße 1A, 24960 Glücksburg, www.foerdeland therme.de

Im Alten Meierhof wird es dem Gast leicht gemacht, die Seele mal baumeln zu lassen – das Ambiente ist herrlich.

Auf der Sonnenseite

Blaues Meer, grüne Wiesen, gelber Raps, garniert mit Backsteinstädten und quirligen Häfen: Zwischen Fehmarn und der Lübecker Bucht ist die Ostseeküste ein filmreifes Ferienland für Familien und Trendsetter, die erst vor einigen Jahren den Charme dieser Bilderbuchidylle entdeckten. Auch das einst kaiserliche Seebad Travemünde zeigt sich im neuen Glanz, während die Society im Seebad Timmendorfer Strand Champagner schlürft – oder ganz unerkannt in Sierksdorf und Scharbeutz urlaubt.

In Burgtiefe am Südstrand von Fehmarn: beste Haltungsnoten für den Sprung ins erfrischende Nass.

Einen umfassenden Strukturwandel erlebte Heiligenhafen. Alle Promenaden wurden erneuert, ein Aktiv-Hus lockt mit Sport, Spaß und Wellness, eine 435 Meter lange Seebrücke wurde eingeweiht – die einzige der Ostsee mit zwei Etagen und Zick-Zack-Pier ins Meer. Direkt an der Seebrückenpromenade gibt es zwei Hotelkomplexe für ganz unterschiedliche Zielgruppen: das Lifestylehotel „Bretterbude" für junge Gäste und ein ebenfalls lifestyliger Komplex mit Beach Motel und Beach Apartments. Der Architekt Hans Christian

Mit drei Prestigeprojekten entwickelte sich Heiligenhafen zum „Kalifornien der Ostsee".

Wohlfahrt hat zwischen der Ostsee, der Marina für 1000 Boote, dem Naturschutzgebiet Graswarder und dem Binnensee-Südstrand das Strand Resort geplant – mit luxuriösen Ferienhäusern unter Reet, die vom Erd- wie vom Dachgeschoss unverstellt den Blick aufs Wasser eröffnen. Mit diesen drei Prestigeprojekten entwickelte sich Heiligenhafen zum „Kalifornien der Ostsee".

Fehmarn: Zukunft im Blick

Dass eine Urlaubslandschaft sich ständig neu erfinden muss, erkannte man auch auf Fehmarn, das mit fast 2200 Sonnenstunden im Jahr und stets zuverlässigem Wind ein bevorzugtes Ziel von Seglern und Surfern ist. Im Inselinnern erhebt sich unübersehbar 75 Meter hoch der Turm von Klaustorf. Hier entstand ein Meereszentrum, das die Geschichte des Binnenmeeres lebendig inszeniert – mit Bernstein- und Küstenzimmer, Fischereiabteilung und Ostseeaquarium.

Den Grundstein für eine erfolgreiche touristische Entwicklung Fehmarns legte ein frühes – bereits im Jahr 1963 begonnenes – Infrastrukturprojekt: die Vogel-

Oben: Welcome! – Beim Triathlon in Heiligenhafen.
Unten: Strandkorb in Hohwacht.

Oben: Das Oldenburger Wallmuseum macht die Geschichte der Slawen in Ostholstein anschaulich.

Links: Am Ostseestrand in Hohwacht machen auch Möwen gern mal Rast.

Fehmarner Kaleidoskop (im Uhrzeigersinn von ganz oben links): am Kommunal- und Jachthafen Burgstaaken, Badefreuden am Südstrand bei Burgtiefe, die heute als Museum eingerichtete Segelwindmühle „Jachen Flünk" (plattdeutsch: „jagender/eilender Flügel") in Lemkenhafen und St. Nikolai, eine dreischiffige Hallenkirche in Burg auf Fehmarn – so heißt der zentrale Teil der Stadt Fehmarn auf der gleichnamigen Insel.

Passend zum historischen Kopfsteinpflaster: ein Morgan-Oldtimer vor der Nikolaikirche.

Schäferidyll auf dem Deich: bei Westermarkelsdorf (Fehmarn).

Dass sich eine Urlaubslandschaft ständig neu erfinden muss, hat man auch auf Fehmarn erkannt.

fluglinie. Bis zu 800 Bauarbeiter schufteten, um Dänemark und Deutschland einander näher zu bringen. Fehmarn war dabei das entscheidende „Gelenk" der Vogelfluglinie. Mit der Fehmarnsundbrücke erhielt die Insel eine feste Landverbindung; zeitgleich wurden die Fährhäfen in Rødbyhavn und Puttgarden fertiggestellt. Doch die Fähren sind wohl ein Auslaufmodell: Künftig soll ein rund 18 Kilometer langer Straßentunnel die Häfen am Fehmarnbelt verbinden.

Im „OstseeFerienLand"

Als Urlaubsziel für Familien sowie als Trendrevier für Funsportarten hat sich das „OstseeFerienLand" mit den drei Seebädern Dahme, Kellenhusen und Grömitz einen Namen gemacht. Wer an Land bleiben möchte, kann auf zweirädrigen Waveboards über den Asphalt streetsurfen oder sich zweirädrige Riesenskates unter die Schuhe schnallen und skiken. Für eine flotte Fahrt sorgen Stöcke, mit denen man sich abstößt und die 50 Kilometer lange Skike-Strecke bewältigt. Große Sprünge sind an Land mit Powerisern möglich – gefederten Hightech-Springschuhen, die den Geher meterhoch und zugleich sehr weit katapultieren. Könner kommen dabei auf extrem hohe Geschwindigkeiten, Anfänger kämpfen in der Regel erst mal mit der Balance...

Absolut angesagt als Sommersport sind im „OstseeFerienLand" auch die schnelle Federballvariante Speedminton sowie Cross Golf, Zumba und Flashcups, der blitzschnelle Pyramidenbau aus Bechern. Für das hippe Frisbeespiel „Discgolf" besitzt Kellenhusen eine große Anlage. Auf dem Wasser sorgt SUP, Stand Up Paddling, für mehr Kondition und Spaß beim Paddeln. Wie Wellen beim Paddeln im Stehen gemeistert werden, das verraten Kurse bei der Kellenhuser „Ostseeanimation" oder der Surfschule Grömitz. Und während anderenorts noch Kiten als trendy gilt, ist hier an der Ostseeküste längst eine südkoreanische Funsportart angesagt, die Elemente des Inlineskatens, Waveboardens und Wellenreitens verbindet: Xlider.

Einzigartige Themenwelten

Fast nur aus Freizeiteinrichtungen besteht auch Weissenhäuser Strand. Errichtet wurde der Ferienpark als Konjunkturprogramm für eine Region, die in den ersten zwei Jahrzehnten nach dem Ende des Zweiten Weltkriegs unter den Folgen eines massiven Strukturwandels in der Landwirtschaft litt.

Wo früher Hunderte Menschen auf den mehr als 1000 Hektar großen Gutsbetrieben die Getreidefelder bestellt hatten, wurde nun nur noch eine Handvoll

Dahme: Familienausflug ins idyllische „Wagrien“, wie der nordöstliche Teil Holsteins auch genannt wird.

Immer geradeaus: auf der Seebrücke in Kellenhusen.

Dahme: Bei einer Führung auf dem Leuchtturm Dahmeshöved ergeben sich herrliche Panoramablicke.

Sonne und gute Laune tanken: an der Strandbar in Kellenhusen.

Special

Wunder der Unterwasserwelt

Schweinswale und Grasnadeln

Eintauchen in die Unterwasserwelt der Ostsee, aber ohne nass zu werden: Am Kopf der Grömitzer Seebrücke befindet sich eine Tauchgondel, mit der bis zu 30 Gäste auf Tauchfahrt gehen können. Zwischen 30 und 40 Minuten dauert eine Tour, und neben Dorsch, Lachs, Makrele und Scholle birgt das auffallend klare Wasser auch manche Überraschung.

Was für eine (Unterwasser-)Welt! Zartrosa, rot und lila leuchtende Krustentiere bedecken den Meeresboden – Muscheln, die ihre Schale halb geöffnet haben und aus den Fluten die Nährstoffe herausfiltern. Zwischen den Stängeln der Seegrasbetten zucken lange, dünne, grüne Fische umher, die keinen besseren Namen haben könnten: Grasnadeln. Nur knapp einen Finger groß sind die Sandgrundeln, jede hat ihr eigenes Revier, aus dem eindringende Artgenossen vertrieben werden. Droht von außerhalb Gefahr, entwickeln die Individualisten durchaus Gemeinschaftssinn: Die Grundeln bilden blitzschnell einen Schwarm, so groß und kompakt, dass er aus der Ferne wie ein einziger großer Fisch wirkt.

Grömitz: Seebrücke mit Tauchgondel.

Mit etwas Glück entdeckt man in den flachen Küstengewässern der Ostsee auch den kleinsten Wal der Welt: den Schweinswal, etwa anderthalb Meter lang und 60 Kilo schwer. Etwa 18 500 dieser Säuger leben vor der Ostseeküste Schleswig-Holsteins.

Arbeiter benötigt. Arbeitslosigkeit und Abwanderung lähmten die Region. Den Aufschwung brachte erst ein Förderprogramm zur Entwicklung von Gebieten an der Grenze zur damaligen DDR: Anleger aus den westlichen Bundesländern investierten hier vor allem aus steuerlichen Gründen ihr Erspartes und ermöglichten damit den Bau des Ferienparks. Von der gräflichen Familie Platen-Hallermund, der auch das Gut Weissenhaus gehörte, erwarb die neu gegründete Ferienpark-Gesellschaft 1969 für sieben D-Mark pro Quadratmeter Grund und Boden – zunächst 220 000 Quadratmeter „saure Wiese“, die lediglich als Schafweide nutzbar war. Von 1970 bis 1973 errichteten dort 1100 Bauarbeiter für rund 110 Millionen D-Mark Bungalows und Apartmenthäuser, ein Strandhotel mit Kurmittelhaus, diverse Geschäfte sowie Freizeit- und Gastronomiekomplexe, alles maximal drei Stockwerke hoch. Saison war nur von Ostern bis Oktober – bis zum Jahr 1993 blieb Weissenhäuser Strand während der Wintermonate geschlossen.

Spiel und Sport

Seit der Inbetriebnahme im Juni 1973 wurde der Freizeitpark kontinuierlich erweitert. Mehr als 50 Millionen Euro flossen nach der Jahrtausendwende in den Ausbau und die Sanierung, 30 Millionen

Fischerroutine mit frischem Fang: im Hafen von Travemünde.

Altstadtidyll mit Hund, Herrchen und St.-Lorenz-Kirche in Travemünde.

Blick vom Riesenrad während der Travemünder Woche – einer der größten Regattaserien der Welt – auf den an der Mündung der Trave in die Lübecker Bucht gelegenen Hafen.

Sommer, Sonne, Sand: auf der Seebrücke in Travemünde unterwegs zum Strand.

Euro allein in den letzten Jahren. Die Unterkünfte und öffentlichen Bereiche wie die überdachte Einkaufspassage und die Gastromeile wurden mittlerweile modernisiert und neu gestaltet, neue Themen- und Erlebnisangebote geschaffen – beispielsweise das Dschungelland, eine 6000 Quadratmeter große „Wildnis" zur Magie und Schönheit des Dschungels. Schildkröten, Schlangen und Skorpione, Pythons und Piranhas leben in naturnahen, zum Teil offenen Terrarien, die in eine riesige Felshöhle eingelassen wurden. In der sieben Meter hohen, begehbaren Voliere flattern australische Nymphensittiche herum; in einem Minifluss huschen Zwergotter umher. Grabkammer und Labyrinth des „Verbotenen Tempels" finden jüngere Kinder oft zu unheimlich, sie lockt das interaktive Piratenkino: rauf aufs Plastikross, die virtuelle Pistole gezogen und auf die Leinwand geballert ... Zum Gesamtkonzept gehört neben Spiel und Sport im Dschungellook auch die passende Gastronomie: das Dschungelrestaurant – das einzige seiner Art in Deutschland und eines von dreien in Europa. Nashörner und Giraffen schauen auf die Teller mit Steak oder Salat, Affen schaukeln über den Köpfen. Dann beginnt eine tierische Dschungelband zu spielen, zieht tosend ein Dschungelgewitter auf, und die Augen der Gäste leuchten.

Dank einer Vielfalt von sehr günstigen Specials können Familien oder Freunde auch ganz spontan ein Wochenende am Weissenhäuser Strand verbringen.

Feriendorf de luxe

Nur wenige Kilometer weiter liegt eine völlig andere Welt, luxuriös und abgeschieden. Jan Henric Buettner, der den Internet-Dienstleister AOL Deutschland aufgebaut hatte und nach langem Gerichtsstreit von seinem Expartner Bertelsmann 160 Millionen Euro erhielt, investierte das Geld in ein Herzensprojekt: das Grand Village in Weissenhaus. Wo schon seine Eltern ein Ferienhaus hatten, kaufte der damals 49-Jährige ein Schloss samt 30 historischen Gebäuden, 75 Hektar Land und drei Kilometern Strand, um das Luxus-Feriendorf „Schloss Weißendorf" zu eröffnen – mit 17 Zimmern und 70-Meter-Tunnel zum Spa-Haus sowie zum kalifornisch inspirierten „Bootshaus" am Privatstrand. Auch in dem Erdbeer-Café, in dem Buettner einst als Kind Obstkuchen genossen hatte, kann er nun wieder sitzen – sogar gemütlicher.

Kaiserliches Travemünde

Gegenüber der MUK, wie die Lübecker ihre Musik- und Kongresshalle kurz nennen, schippern in der Saison Barkassen auf der Trave 20 Kilometer hinab zum Seebad Travemünde, das seit fast 700 Jahren zu Lübeck gehört. Wo Kaiser Wilhelm 1882 den Seglern bei der ersten „Travemünder Woche" zusah und 1902 selbst urlaubte, geht es bis heute hanseatisch gediegen zu. Im Winter führen die Hamburger, die das ganze Jahr über am Wochenende hierherkommen, im Pelz oder in dicker Daune ihre Retriever und Dobermänner an der Vorderreihe Gassi, im Sommer nippen sie, nautisch gestylt, am Apérol Spritz, Hugo oder einem anderen gerade angesagten Sommerdrink.

Travemünde ist für die Hamburger die Ostsee-Alternative zu Sylt

„Wenn ich die See seh, brauch ich kein Meer mehr": Segeltörn während der Travemünder Woche.

Strandleben: oben in Scharbeutz, rechts in Timmendorfer Strand.

Strandleben in Scharbeutz: Am Horizont blitzt türkis die Lübecker Bucht, im Vordergrund schlürfen coole Jungs und Mädels kühle Cocktails in der „Lounge", wie sie die Strandbar hier nennen.

Sanfter Tourismus brummt. Wellness und Nordic Walking sind bei den Gästen beliebt – Tendenz steigend.

Travemünde ist für sie die Ostsee-Alternative zu Sylt. In Timmendorfer Strand, lästern sie gern, protzen die Neureichen, in Travemünde regiert der Stil. Und die Natur: Am Ende der Promenade und der schmucken Strandvillen weicht der Sandstrand einer Urwelt aus Geschiebe und Geröll, schwingt sich die Küste vier Kilometer lang steil bis zum 20 Meter hohen Brodtener Ufer hoch. Oben leuchtet der Raps hellgelb, wiegt sich der Weizen im Wind. Unten verstecken sich zwischen riesigen Findlingen Hühnergötter am Strand – Feuersteine, in die der Wind und die Wellen ein Loch gewaschen haben. Norddeutsche tragen diese Glücksbringer stylish am Lederband um den Hals; größere Exemplare werden vor der Hauswand als Kette aufgehängt, die im Winter mit Schnee fast magisch wirkt.

Voller Magie ist auch der Wald, der hinter Timmendorfer Strand bis Scharbeutz die Küste säumt: ein Staatsforst voller Eichen und Buchen. Im Schwarzwildgehege von Kellenhusen ziehen Keiler und Bache ihre Frischlinge auf, einige Kilometer weiter kraxeln Jung und Alt im Hochseilgarten durch die Baumwipfel. Urlaubstrubel an der Küste, ländliche Idylle im Hinterland: Das lockt die Urlauber. Sanfter Tourismus brummt. Wellness und Nordic Walking sind überaus beliebt – Tendenz steigend.

Dorsch auf Schlemmerkurs

Stärkung bringt in Grömitz der herzhafte Biss ins Fischbrötchen. Matjes, Aal, Krabben oder Bismarckhering, mit Salatblatt und Remoulade ins Rundstück gelegt, fehlen auf keiner Karte, bei keinem Imbiss. Schon gar nicht im Mai, wenn man an der Ostseeküste den Weltfischbrötchentag feiert – mit Schauräuchern, Frischfisch vom Kutter, Livemusik und „Lütter Lage", dem Bier-Korn-Duo des Nordens. Wer es kulinarisch raffinierter mag: Jahr für Jahr präsentieren namhafte Grömitzer Küchenchefs ihr ganz persönliches „Ostseegericht" – liebevoll zubereitete Eigenkreationen mit regionalen Produkten und originellen Namen wie „Störtebecker's Meuterei" (frisches Zanderfilet auf Süßkartoffelpüree, grünem Spargel, Speckchip und weißer Speckschaumsoße), „Exotische Ostseeliebe" (gebratener Fjordlachs mit Langustini auf einem feinen Erbsen-Kartoffel-Mousseline, Dillschaum und Mango-Chili-Salat mit Frühlingszwiebeln und dazu eine Korallenhippe) oder „Fischers Fang" (Filet vom Rotbarsch gebraten an einem Cherry-Tomaten- und Paprika-Bett mit Bandnudeln und einer Gorgonzola-Creme-Sauce). Wer sich nicht entscheiden kann oder will, holt sich in der Tourist-Info am Seebrückenvorplatz einen „Genießerpass": gut für Gaumen und Geldbeutel.

BERNSTEIN

Das Gold des Nordens

Wo heute Ostseewellen rauschen, standen einst subtropische Wälder. Vor 40 bis 50 Millionen Jahren sind sie im Meer versunken. Übrig blieb nur ihr erhärtetes Harz: Bernstein.

Seit Urzeiten fasziniert der goldgelbe bis tiefbraune „Stein" die Menschen. Schon in der Steinzeit wurden aus dem fossilen Harz Tieramulette, Ketten und Anhänger gefertigt, während Schamanen es bei Opferzeremonien verbrannten. Bei den antiken Griechen gehörte Bernstein als „Träne der Götter" zu den wertvollsten Edelsteinen. Geradezu verschwenderisch verwendeten die Römer Bernstein – alles was von Wert war wurde damit verziert. Transportiert wurde der wertvolle Stein über mehrere Bernsteinrouten, die von der Ostsee ans Mittelmeer und an das Schwarze Meer führten.

Ein Geschenk für den Zaren

Eine der faszinierendsten Legenden um das Gold der Ostsee rankt sich um das Bernsteinzimmer, das Preußens König Friedrich I. im 18. Jahrhundert für sein Charlottenburger Schloss fertigen ließ. Nach dessen Tod verschenkte sein Sohn das Zimmer an den russischen Zaren Peter I. Später wurde es in den Katharinenpalast bei St. Petersburg eingebaut, wo es im Zweiten Weltkrieg von den Deutschen geraubt wurde und auf bis heute ungeklärte Weise verschwand.

Im Mittelalter empfahl Hildegard von Bingen Bernstein als Mittel gegen Magenbeschwerden. 1669 war William Salomon davon überzeugt, dass Bernsteinpulver, in Weißwein aufgelöst, bei Epilepsie helfe. Im Jahr 1886 wollte der Mikrobiologe und Mediziner Robert Koch herausgefunden haben, dass die Säure des Naturbernsteins eine das Immunsystem stärkende Wirkung auf den Organismus habe. Er empfahl, Bernstein direkt auf der Haut zu tragen. Wissenschaftliche Beweise für eine heilende Wirkung von Bernstein gibt es jedoch bis heute nicht.

Bernstein – oder nicht?

Zwischen Tang, Treibholz, Muschelschalen und anderem Schwemmgut versteckt sich der Bernstein im Spülsaum am Strand. Doch wie erkennt

Ist es wirklich ein Bernstein oder doch nur ein gelber Feuerstein oder ein Stück Braunglas?

Oben: Geschliffen und poliert wird der Bernstein entweder von Hand oder wie hier in einer Schleiftrommel.

Links: Der milchig-gelb bis tiefbraun, zuweilen sogar bläulich oder grünlich schimmernde Bernstein wird schon seit Langem zu Schmuck verarbeitet.

man, ob es sich bei den Fundstücken wirklich um Bernstein handelt?

Klopfen Sie Ihren honiggelben bis bräunlichen Fund doch einfach mal gegen Ihren Zahn. Klingt es weich? Dann ist es tatsächlich ein Bernstein und kein gelber Feuerstein, mit dem er sehr leicht verwechselt wird. Oder legen Sie Ihr Sammlerstück mal in Salzwasser: Bernstein schwimmt oben, Steine sinken.

Als wertvollste der weltweit rund 80 verschiedenen Bernsteinarten gilt die milchig gelbe, da sie am ursprünglichsten ist. In klaren Bernsteinen lassen sich mitunter auch kleine Inklusionen entdecken – Insekten, die darin eingeschlossen sind und die jeden Bernstein zu einem einzigartigen Unikat machen.

Bernstein erleben

Bernsteinspaziergänge in Neustadt/Ostsee (Info: Touristinfo)

Bernstein schleifen: unter anderem möglich im Naturpark Schlei

Bernstein bewundern: Bernsteinstube, Rothensande 2, Waarbs, Tel. 04352 15 97, Do. geschl.

Maßstab 1:210.000
0 2 4km
Kieler Bucht
Hohwachter Bucht
Lübecker Bucht
Fehmarn
Fehmarnsund
FEHMARN
Markelsdorfer Huk
Niobe-Denkmal
Fährhafen Puttgarden
PUTTGARDEN
Marienleuchte
WENKENDORF
DÄNSCHENDORF
GAMMENDORF
SCHLAGSDORF
BOJENDORF
PETERSDORF
VADERSDORF
TODENDORF
KOPENDORF
LEMKENDORF
HINRICHSDORF
PRESEN
BANNESDORF
BISDORF
SULSDORF
KLAUSDORF
Klingenberg
Windturbinenpark
NIENDORF
Gahlendorf
LANDKIRCHEN
Meereszentrum Fehmarn
BURG AUF FEHMARN
Flügge
Flügger Leuchtfeuer
Flügge-sand
Orther Reede
ALBERTSDORF
LEMKENHAFEN
VITZDORF
KATHARINENHOF
SAHRENSDORF
MEESCHENDORF
STABERDORF
Staberhof
Leuchtturm Staberhuk
NEUE TIEFE
Burgtiefe
Strukkamphuk
Fehmarnsund
Fehmarnsundbrücke
Großenbroderfähre
Heinrichsruh
Großenbrode
Großenbrode-Kai
HEILIGENHAFEN
ORTMÜHLE
Heiligenhafen-Mitte
Heiligenhafen-Ost
Lütjenbrode
Gremersdorf
Neukirchen
Seekamp
Ostermade
Godderstorf
Sahna
Michaelsdorf
Heringsdorf
Wulfshof
OLDENBURG in Holstein
Göhl
Weißenhäuser Strand
Bade-Paradies
Wesseker See
DANNAU
KLEIN WESSEK
PUTLOS
Oldenburg i.H.-Mitte
Oldenburg i.H.-Süd
Oldenburger Graben
LÜBBERSDORF
JOHANNISDORF
Wangels
Hansühn
Damloser Wald
Damlos
Harmsdorf
Lensahn
Lensahner Berg
Kalkberg
Augustenhof
Eiskellerberg
Rosenfelde
Siggeneben
Rosenhof
Dahmerschleuse
Grube
Seekoog
Riepsdorf
Kabelhorst
Dahme
Dahmeshöved
Grömitz
Gronwohldshorst
Kellenhusen
Cismar
Klosterkirche
Haus der Natur
Käsestraße
Lensterstrand
Zoo Arche Noah
Bungsberg
Schönwalde am Bungsberg
Manhagen
Beschendorf
Kasseedorf
Schashagen
Altenkrempe
Albersdorf
Scharbeutz
Neustadt i.H.-Pelzerhaken
Brodauer Mühle
RETTIN
NEUSTADT in Holstein
PELZERHAKEN
Cap Arkona-Gedenkstätte
Neustädter Bucht
Süsel
Gömnitzer Berg
Sierksdorf
Hansa-Park
Haffkrug
Scharbeutz
1
2
3
4
5
6
7
8
9
Ostsee-bäderstraße
Scharbeutz
Ostsee-Therme
Timmendorfer Strand
Sea-Life
Niendorf
Brodten
Brodtener Steilufer
Vogelpark
TRAVEMÜNDE
Priwall
Pötenitz
Rosenhagen
Harkensee
Neuenhagen
Kalkhorst
Groß Schwansee
Brook
Klingberg
Pansdorf
Ratekau
Bad Schwartau
Groß Parin
Sereetz
Dänischburg
HL-Siems
Kücknitz
HERRENWYK
SCHLUTUP
Käsestraße
Skandinavienkai
Pötenitzer Wiek
Wieschendorf
Tankenhagen
Johannstorf
Wilmstorf
Benckendorf
Dassower See
Dassow
Schwanbeck
Teschow
Sülsdorf
Sagen- und Märchenstraße
Zarnewenz
Prieschendorf
Selmsdorf
Kleinfeld
Rodenberg
Mallow
Groß Bünsdorf
Kleinbünsdorf
Schönberg
Rupensdorf
Lockwisch
Lüdersdorf
Palingen
LÜBECK
ST. GERTRUD
ISRAELSDORF
St. Marien
Holstentor
EICHHOLZ
Menzendorf
Blüssen

Ferienspaß für alle

In der weiten Lübecker Bucht ist für Abwechslung und Entertainment am Strand jederzeit gesorgt – von Timmendorfer Strand bis Fehmarn reihen sich traditionsreiche und moderne Badeorte aneinander wie die Perlen eines Colliers.

1 Heiligenhafen

Seit rund 1500 Jahren wächst durch die Sandverdriftung der Steilküste vor Heiligenhafen (9139 Einw.) ein Nehrungshaken. Eine Sturmflut trennte die Landzunge um 1650 in die Inseln Graswarder und Steinwarder. Eine zweistöckige Erlebnisbrücke mit Liegen und Spielbereichen führt 440 m weit aufs Meer hinaus.

ERLEBEN

Die **Fünfsternemarina** (www.marina-heiligenhafen.de) am Stadtkern ist mit 1000 Liegeplätzen der zweitgrößte Ankerplatz im Land. Sport und Spaß bei jedem Wetter bietet das **Aktiv-Hus** (www.aktiv-hus.de) mit Kletterwand, Beachsportarena, Bogenschießen, Spa und Spielewelt für Kinder. Katzenhaie, Stechrochen, Seenadeln und andere Kaltwasser-Meeresbewohner stellt die **Ostsee-Erlebniswelt** vor (Bäderstr. 6a–f, 23775 Klaustorf, Tel. 04371 44 16, https://mega-meereswelten.de/, März–Okt. tgl. 10.00–18.00, Nov.–Febr. tgl. 10.00–16.00 Uhr). Zur Ostsee-Erlebniswelt gehört das Meeresmuseum Fehmarn (s.u.), beide Aquarien kooperieren als „Mega-Meereswelten".
Kormorane und Gänsesäger lassen sich auf der **Halbinsel Graswerder** beobachten. Auf den 14 m hohen **Aussichtsturm** geht es nur bei Führungen des NABU (Ostern–Okt. 10.30, 15.00 Uhr, www.graswarder.de).

UMGEBUNG

Mit Seebrücke, Südstrand und besten Bedingungen für Surfer punktet rund 9 km weiter westlich das an drei Seiten von Wasser umgebene **Großenbrode**.

INFORMATION

Tourismus-Service Heiligenhafen, Bergstr. 43, 23774 Heiligenhafen, Tel. 04362 907 20, www.heiligenhafen-touristik.de

2 Fehmarn

Die 185 km² große Insel (12 400 Einw.) war für den Maler Ernst-Ludwig Kirchner „ein irdisches Paradies". Seit 1963 verbindet die 934 m lange Fehmarnsundbrücke das sonnenreiche Eiland mit der Halbinsel Wagrien.

SEHENSWERT/MUSEEN

Sand- und Naturstrände, Weizen, Windräder: Fehmarn ist ideal für naturverträglichen Urlaub.

Links und oben: Lemkenhafener Mühle auf Fehmarn und die Fehmarnsundbrücke.

Die Orte indes sind eher nüchtern als idyllisch. Ausnahme: die Inselhauptstadt **Burg** mit Altstadtflair und gotischer Nikolaikirche (www.st-nikolai-kirche-burg.de). Von **Puttgarden** fahren Fähren in 45 Minuten nach Dänemark. **Burgstaaken** dominieren die Silos am Hafen. **Burgtiefe** lockt mit Südstrand und Jachthafen, der **Wulfener Hals** mit einem Top-Surfrevier.
Einblicke ins Leben und Werk des Mitbegründers der Künstlergruppe „Brücke" gewährt die **Ernst-Ludwig-Kirchner-Dokumentation** (Bahnhofstr. 47, 23769 Burg, Tel. 04371 31 75, www.kirchnervereinfehmarn.de, Mo.–Fr. 9.30 bis 12.00, 14.30–18.00 Uhr, Mi. nachmittags geschlossen). 1787 erbaute der Kornhändler Joachim Rahlff eine Mühle, deren Segel je nach Windstärke gesetzt oder gerafft wurden. Wo so einst Weizen und Gerste gemahlen wurde, erzählt das **Mühlenmuseum** vom Leben der Landbevölkerung (Mühlenweg 45, 23769 Lemkenhafen, Tel. 04372 18 94, www.museum-fehmarn.de, Juni–Okt. Mo., Di., Do.–So. 10.00 bis 17.00 Uhr). Das **Meereszentrum** besitzt das größte Haifischbecken Europas (Gertrudenthaler Str. 12, 23769 Burg, https://mega-meereswelten.de/index.php/meereszentrum-fehmarn, März–Okt. tgl. 10.00–18.00, sonst bis 16.00 Uhr). Das Mitmachmuseum **Galileo-Wissenswelt** inszeniert mit mehr als 1000 Exponaten in drei Museen Natur- und Technikphänomene als unterhaltsame, wenn auch schon etwas in die Jahre gekommene Show (Mummendorferweg 11b, 23769 Burg/Fehmarn, Tel. 04371 86 44 46, www.galileofehmarn.de, 19. März–2. Nov. tgl. 10.00–18.00 Uhr).

INFORMATION

Tourismus-Service, Südstrandpromenade 1, 23769 Burgtiefe/Fehmarn, Tel. 04371 50 63 00, www.fehmarn.de

3 Oldenburg in Holstein

Als westlichster Fürstensitz der Slawen war Oldenburg in Holstein (9860 Einw.) um das Jahr 700 herum ein betriebsamer Ostseehafen, der im Jahr 1235 Lübsche Stadtrechte von Graf Adolf IV. erhielt. Das **Wallmuseum Oldenburg** lässt die Zeit nach der germanischen Völkerwanderung mit slawischen Häusern auf der Museumsinsel, Slawentagen und Märkten lebendig werden (Prof.-Struve-Weg 1, www.oldenburger-wallmuseum.de, Tel. 04361 62 31 42, 26. März bis 31. Okt. Di.–So. 10.00–17.00, Juli/Aug. tgl. 10.00–18.00 Uhr).

UMGEBUNG

Weiter nordwestl. ist das Ostseebad **Weissenhäuser Strand** ein beliebter Treffpunkt der Wakeboarder und die Feriensiedlung ein Ganzjahresurlaubsziel mit subtropischem Badeland, Sport- und Spielcenter, Columbuspark sowie prall gefülltem Veranstaltungskalender (www.weissenhaeuserstrand.de).

INFORMATION

KulTour Oldenburg in Holstein GmbH, Markt 1, 23758 Oldenburg i. H., Tel. 04361 51 94 05, www.kultour-oldenburg.de

4 Grömitz

Seit dem ersten Badekarren, den Bauer Ludwig Toppke 1813 an den Strand stellte, entwickelte sich Grömitz (7240 Einw.) zum größten Badeort der schleswig-holsteinischen Ostseeküste. Der familienfreundliche Ort punktet mit dem 8 km langen Südstrand, Promenade, Jachthafen, Wellenbad, Tauchgondel, Golfplatz und Erlebniszentrum am Lensterstrand.

SEHENSWERT

An die traditionelle Bäderarchitektur erinnert die **Strandhalle** an der Promenade. An der Spitze der **Seebrücke** (398 m) mit Schiffsverkehr geht es mit der Tauchgondel zum Meeresgrund (www.tauchgondel.de, Nov.–März 11.00 bis 16.00, April, Mai, Sept., Okt. 10.00–19.00, Juni–Aug. 10.00–21.00 Uhr). Die Wasserwelt des Oldenburger Grabens und der Ostsee stellt die **Natur-Erlebnis-Station Deichhaus** vor (www.groemitz.de/poi-details/10276/deichhaus.html). Die **Stadtkirche** (13. Jh.) ist dem Schutzpatron der Fischer, Nicolaus von Myra, gewidmet. Im Langhaus von **St. Nicolai** erklingen im Sommer „Kleine Abendmusiken".

ERLEBEN

Das **Erlebnisbad Grömitzer Welle** lockt mit Saunalandschaft, Außenbecken, Sonnenterrasse, Gastronomie und Shops (Kurpromenade 58, Tel. 04562 25 62 47, www.groemitzer- welle.de). Die **Golfanlage** bietet Herausforderungen für jedes Handicap (Am Schoor 46, Tel. 04562 22 26 50, www.golfclub-groemitz.de).
Am Ostseeküstenradweg warten im **Erlebniszentrum Lensterstrand** Spielplatz, Dünenminigolf, Hochseilpark und ein Aussichtsturm (www.groemitz.de/lensterstrand).

VERANSTALTUNGEN

Sportlich zeigt sich das Ostseebad Ende Juni bei der **Grömitzer Woche**.

Tipp

Kunst-Kilometer

14 Skulpturen machen die **Neustädter Jungfernstieg-Promenade** entlang der Bucht schon jetzt zum Kunst-Kilometer, 16 sollen es mal werden. Installiert wurden Werke regionaler Künstler wie Jörg Plickat, Jo Kley oder Elmar Gehlen, der auch als Schauspieler erfolgreich ist und „Box VI" (Foto) schuf.

UMGEBUNG

Wald und Wellen prägen nordöstlich von Grömitz **Kellenhusen** (1019 Einw.). Highlights der Küste sind die Promenade Lady Prom mit Irrgarten, Ruhebuchten und Skulpturen, die Seebrücke mit drei Erlebnisinseln sowie die größte Disc-Golf-Anlage Deutschlands (www.ostseediscgolf.de). In **Dahme** (1250 Einw.) weiter nördlich sorgen die Meersalzgrotten im im Strandspa (www.strandspa-dahme.de) für eine Reinigung der Atemwege.

5 Neustadt in Holstein

Die im Jahr 1244 gegründete Kleinstadt (15 300 Einw.) lebt von ihrem Hafen – Schleswig-Holsteins größter Binnenhafen. Die Ancora-Marina ist mit 1400 Liegeplätzen der größte private Jachthafen an der Ostsee.

SEHENSWERT/MUSUM

Im Hafen liegen Sportsegler und Traditionsschiffe. An Land dominiert den Kopfsteinkai des Binnenwassers der **Pagodenspeicher**, ein mit Trockenluken und Walmdach um 1830 erbauter Kornspeicher. Herz der Altstadt ist der **Marktplatz**, von dem aus man zum **Kremper Tor** und zur dreischiffigen **Stadtkirche** aus Backstein kommt. In einem der letzten mittelalterlichen Stadttore Schleswig-Holsteins informiert das Museum **ZeiTTor** über das Leben der Menschen von der Steinzeit bis heute. Über dieses Museum zu erreichen ist auch die **Cap-Arkona-Ausstellung**, die mit Originalteilen aus dem Wrack, Kleidung und Essgeschirr an den Tod von 4600 Häftlingen erinnert, deren Rettungsschiff alliierte Bomber versenkten (Vor dem Kremper Tor, www.zeittor-neustadt.de, Ostern–Okt. Di.–Sa. 10.30 bis 17.00, So.14.00–17.00, Nov.–Ostern Fr. 15.00 bis 17.00, Sa. 10.00 –12.00, So. 14.00–16.00 Uhr).

ERLEBEN

Im Ortsteil **Pelzerhaken** vermittelt **Sail & Surf** (www.sailandsurfpelzerhaken.de) Grundkenntnisse des Wind- und Kitesurfens. Mit Yoga, Heilfasten, Shiatsu und Naturkost kann man im **Oase Heilhaus** (www.oase-heilhaus.de) im Ortsteil Rettin neue Kraft tanken.

INFORMATION

Tourismus Agentur Lübecker Bucht
TI Neustadt, Dünenweg 7, 23730 Neustadt/Ostsee, Tel. 04561 539 91 16,
www.neustadt-ostsee.de

6 Sierksdorf

Deutschlands einziger Freizeitpark am Meer hievte Sierksdorf auf die touristische Landkarte. Die Ruhe und Familienfreundlichkeit des Seebads begeisterte bereits den expressionistischen Maler Karl Schmidt-Rottluff, der Sierksdorf 1951–1973 als Sommerfrische wählte.

MUSEUM/ERLEBEN

Der Industriedesigner Bernhard Stellmacher hat in seinem **Bananenmuseum** Bücher,

Blick auf den Hafen von Neustadt mit dem Pagodenspeicher.

Bilder und sogar Bananenbier zusammengetragen (Prof.-Haas-Str. 59, Tel. 04563 83 35, www. bananenmuseum.de; wg. Großfeuer bis auf Weiteres geschl.). Mit 125 Fahrgeschäften in elf Themenwelten begeistert der **Hansa-Park** (www.hanse-in-europa.de) mit Holstentor, Dogenpalast und Bauten aus Nowgorod, Krakau und Lüneburg (Am Fahrenkrog 1, Tel. 04563 47 40, www.hansapark.de, 28. März bis 20. Okt. tgl. 9.00–18.00, Saison bis 21.00 Uhr).

INFORMATION

Tourismus Agentur Lübecker Bucht
TI Sierksdorf, Vogelsang 1, 23730 Sierksdorf, Tel. 04563 70 23, www.luebecker-bucht-ostsee.de

7 Scharbeutz

Die Großgemeinde mit ihren zehn Dorfschaften, zu denen auch Haffkrug und Pönitz gehören, ist besonders bei Familien beliebt.

SEHENSWERT

Mit Schautafeln, interaktiven Karten und Audiostationen informiert im traditionsreichen **Fischereihafen Haffkrug** der Fischereilehrpfad über die Ostseefischerei. Von Juni bis Oktober beantwortet Küstenfischer Lothar Frehse auf Führungen die Fragen der Gäste. Zweiter Hingucker von Haffkrug ist die Seebrücke.

ERLEBEN

Mit Riesen-Rutschen, Strömungskanal, Wasserkanone, Sportbecken, Kinderplanschbecken, Whirlpool, Massageliegen und einer großen Saunalandschaft bietet die **Ostsee-Therme** Badespaß für alle (tgl. außer Heiligabend 9.00–23.00 Uhr, Strandalle 143, Tel. 04503 35 26 11, www.ostsee-therme.de. Der breite Sandstrand ist aufgeteilt in Themen-, Sport- und Aktivstrände, Grillstrand; es gibt auch Hundestrände.

INFORMATION

Tourist-Info Scharbeutz, Strandallee 134
23683 Scharbeutz, Tel. 04503 779 41 60
www.luebecker-bucht-ostsee.de/scharbeutz

8 Timmendorfer Strand

Uwe Seeler, Otto Waalkes, Wladimir Klitschko: In Timmendorfer Strand (8800 Einw.), seit 1951 Ostseeheilbad, ist die Promi-Dichte hoch.

SEHENSWERT
Treffpunkt der In-People ist das „Café Wichtig", wie das **Engel's Eck** am Timmendorfer Platz 3 genannt wird. 1,5 km nördlich ragt seit 1908 die Maritim-Seebrücke ins Meer. Eine Aufzuchtstation für Seepferdchen und der Haifisch-Tunnel sind Highlights des **SEA-LIFE** (Kurpromenade 5, Tel. 01805 66 69 01 01, www.visitsealife.com/de/timmendorfer-strand/, tgl. ab 10.00 Uhr).

UMGEBUNG
Im Hafen von **Niendorf** sind farbenfrohe Fischkutter vertäut und verkaufen ab Kaikante frischen Fisch. In die alten Arbeitshütten der Fischer sind Kunsthandwerker gezogen.

INFORMATION
Timmendorfer Strand Niendorf Tourismus GmbH, Timmendorfer Platz 10, 23669 Timmendorfer Strand, Tel. 04503 357 70, www.timmendorfer-strand.de

9 Travemünde

Travemünde ist nach Heiligendamm das zweitälteste Bad der Ostseeküste. Bereits 1802 stieg man dort von Badekarren in die Fluten. 1822 folgte die Eröffnung der Spielbank, 1889 maßen sich die Segler im Beisein von Kaiser Wilhelm II. erstmals bei der Travemünder Woche. Noch heute gibt sich das Seebad mondän.

SEHENSWERT
Am Priwallufer ist die **SS Passat** vertäut. 1911 für die Flotte der Flying-P-Liner als Getreide- und Salpeterfrachter gebaut, 1951 zum Schulschiff umgebaut, ist das Segelschiff heute eine beliebte Event-Location für Hochzeiten und Firmenfeiern (www.travemuende-passat.de/). Vom Skandinavienkai aus steuern 13 Fähren täglich Häfen in Schweden, Finnland und Lettland an. Ans alte Travemünde erinnert die **Lübsche Vogtei** (1551). Sie überragt der kupferne Turmhelm der **St.-Lorenz-Kirche** (1557), deren Barockaltar im Jahr 1723 der Lübecker Meister Hieronymus Jakob Hassenberg schnitzte. Holländer errichteten 1539 den **Alten Leuchtturm** – das Seezeichen ist das älteste in Deutschland. 142 Stufen führen hinauf zur Aussichtsplattform (Am Leuchtenfeld 1, Tel. 04502 88 91 80, www.leuchtturm-travemuende.de, April–Okt. tgl. 13.00–16.00, im Juli ab 11.00, Nov.–März nur So. 13.00–16.00 Uhr). 1972 wurde seine Aufgabe von einem Leuchtfeuer übernommen, das man auf dem Maritimhochhaus installierte; mit 119 m das höchste der Welt. Auf der 1,7 km lange langen Promenade laden Liegestühle, Bänke und „Ostseelounge" zum Verweilen ein. Die Seeterrassen wandeln sich beim Beach-Handball-Cup (www.travemuendebeachcup.de) zum Stadion für rund 600 Zuschauer.

INFORMATION
Welcome Center im Strandbahnhof, Bertingstr. 21, 23570 Travemünde, Tel. 0451 889 97 00, www.travemuende-tourismus.de

Genießen Erleben Erfahren

DuMont Aktiv

Im Laufschritt an der Küste entlang

Zwischen Travemünde und Glücksburg sorgt das größte regionale Lauf- und Walking-Streckennetz Europas mit 800 Kilometern Länge und 107 Routen für Schweißperlen auf der Stirn und Abwechslung unterwegs. Die Routen sind zwischen zwei und 16 Kilometer lang und führen direkt an der Ostsee entlang sowie durch die hügeligen Waldgebiete der Holsteinischen Schweiz.

Gewalkt wird allein, zu zweit oder gemeinsam in der Gruppe. Viele (miss)verstehen Nordic Walking als flottes Laufen mit Stöcken, doch richtig walken will gelernt sein: Mit der spezifischen Schritt- und Stocktechnik beansprucht die schwungvolle Bewegung Herz und Kreislauf, regt den Stoffwechsel an, stärkt Muskeln und Knochen und hilft beim Abnehmen. Arme, Schultern und Rücken werden gestärkt, das Risiko typischer Altersbeschwerden wie Osteoporose und Herz-Kreislauf-Krankheiten wird gesenkt. Damit das besser klappt, finden bewegungsfreudige Urlauber in insgesamt 35 Orten an der „OstseeLaufküste" ein attraktives Streckenangebot.

Erschlossen wird das Streckennetz vor Ort durch rund 2000 Hinweisschilder sowie fast 100 Start- und Übersichtstafeln. Folgen Sie einfach den grünen Pfeilen: Alle Strecken sind perfekt präpariert und ausgeschildert. Die längste Runde misst 16,3 Kilometer, die kürzeste lediglich zwei. Nach einigen Tagen zeigt das sehr effektive und gelenkschonende Training erste Wirkung: Über 570 der mehr als 640 Muskeln unseres Körpers melden sich, ziepen und machen zunächst wenig Lust, auch am nächsten Morgen wieder die Stöcke dynamisch zu schwingen. Wie gut, dass es in Dahme ein Strand-Spa gibt – mit Meersalzgrotte und angenehm wirksamen Massagen!

Weitere Informationen

Tipps für Einsteiger, Schnupperkursempfehlungen und Laufrouten-Kartenflyer etwa zur Lübecker Bucht: www.ostsee-schleswig-holstein.de/laufen-walken.html

Über Stock und über Stein: Hat man die Grundtechnik erst einmal gelernt, ist Nordic Walking ein effektives Training – und macht hier an der Ostseeküste besonders viel Spaß.

Bunte Urlaubs-träume

Blau, Grün, Rot sind die Farben von Mecklenburg-Vorpommern: Blau wie das Meer, grün wie der Wald und die Felder, rot wie der Backstein, aus dem viele Kirchen und Kaufmannshäuser errichtet wurden. Wo Meer und weißer Ostseesand alle Möglichkeiten für einen erholsamen Urlaub bieten, symbolisieren Strandkörbe die Küstenregion.

Friedliches Landschaftsidyll in gedeckten Farben: die Steilküste in Großklützhoeved bei Boltenhagen.

Die Ostseestrände des Klützer Winkels wirken naturbelassen und weitläufig.
Hier an der Grünen Wiek findet man immer noch ein stilles Plätzchen.

In Boltenhagens Marina an der Weißen Wiek fühlen sich
auch die Fischer wohl.

Am Leuchtturm Timmendorf auf der Insel Poel hat die Seerettung einen Liegeplatz.

Auch wenn sich Boltenhagen an der Weißen Wiek modern und großzügig gibt, im Ortskern zeigt es noch sein traditionelles Gesicht.

Special

Heinrich Schliemann (1822–1890)

Von Neubukow nach Troja

Eine Gedenkstätte in Neubukow bei Bad Doberan erinnert an den mecklenburgischen Pfarrerssohn Heinrich Schliemann, den Entdecker Trojas.

Im Jahr 1822 in Neubukow geboren, hing der kleine Heinrich an den Lippen seines Vaters, wenn dieser Geschichten aus alten Zeiten erzählte. Er durchstreunte die gesamte Umgebung, die „Hünengräber" weckten seine Begeisterung für die Vorgeschichte. Nach dem frühen Tod der Eltern verließ Schliemann 19-jährig Mecklenburg. Das Ziel: die Neue Welt, Amerika! Doch ein Sturm ließ das Schiff auf der niederländischen Insel Texel stranden. Schliemann blieb in Holland, heuerte in einem Handelskontor an und arbeitete sich zäh nach oben. Er verzichtete auf jeglichen Komfort, um sich mehrere Sprachen und fehlende Bildung anzueignen. Als selbstständiger Kaufmann agierte er mit viel Geschick und Erfolg und machte so in Russland wie in Amerika ein Vermögen.

Im „Herbst seines Lebens" setzte er große Geldmittel ein, um das sagenhafte Troja zu finden. Geleitet von den antiken Angaben des griechischen Dichters Homer, begann er eine Ausgrabung am Hisarlık Tepe („Palasthügel"). Zum Erstaunen der Fachwelt wurde er fündig. Diese zweifelte lange an, dass es sich bei der archäologischen Fundstätte um den Burghügel des antiken Troja handelt. Heute steht das fest. Der legendäre „Schatz des Priamos", den er dort im Jahr 1873 ausgrub, kam als Beutekunst nach dem Zweiten Weltkrieg nach Moskau.

Schliemanns Name steht für eine der ungewöhnlichsten Forscherpersönlichkeiten der Archäologie. Im Jahr 1890 starb er in Neapel. Sein Grab befindet sich wunschgemäß in Athen.

Dieses Land hat, was vielen anderen Gegenden Deutschlands fehlt: Raum zum Atmen, einen Himmel, über den noch Vogelschwärme ziehen, stille Seen, Naturlandschaft, wenig befahrene Alleestraßen, versteckte Dörfer. Kein anderes Bundesland ist so dünn besiedelt. Nur an der Küste nimmt die Zahl der Menschen im Sommer sprunghaft zu. Dann vibrieren die Seebäder vor Leben, und die vierte Charakterfarbe des Landes strahlt verlockend: das Weiß des Ostseesands.

Die Erfindung des Seebads

Zwischen Klützer Winkel und Warnemünde liegen eine ganze Reihe bedeutender Ostseebäder. „Ferien am Meer" wurden in der Mecklenburger Bucht quasi erfunden: 1793 eröffnete in Heiligendamm das älteste deutsche Seebad. Auch das heute größte Ostseebad liegt in Mecklenburg: Kühlungsborn. Und das jüngste: die Insel Poel, die sich erst seit dem Jahr 2005 mit dem Zusatz „Ostseebad" schmücken darf.

Der Sommer ist die Hochzeit der Badeorte an der Ostseeküste. In Boltenhagen ließ Graf Bothmer schon zu Beginn des 19. Jahrhunderts einen Badekarren ins Wasser ziehen, um ungestört von den Blicken der Fischer ins Meer zu steigen. Damit gründete er das hiesige Badewesen, denn bald folgten weitere Ade-

Auf der Insel Poel ragt seit 140 Jahren am Timmendorfer Hafen der Leuchtturm auf (oben links). Boltenhagens Seebrücke bietet einen weiten Strandblick, die Seepromenade des Badeortes gibt sich bürgerlich (oben rechts und unten rechts). Eis schmeckt überall an der Küste – besonders gut aber an Kühlungsborns Strandpromenade (unten links).

lige sowie wohlhabende Bürger seinem Vorbild. Nach dem Vorreiter Heiligendamm wurde Boltenhagen zum zweiten Seebad an der Ostsee.

Sandstrand und Strandkorb

Badeurlaub ohne Strandkorb – kaum vorstellbar. Doch das Strandsitzmöbel wurde in Rostock gefertigt und wahrscheinlich erfunden, stand dann in Warnemünde am Strand. Angefangen hat alles damit, dass eine an Rheuma leidende Kundin, Elfriede Maltzahn, bei dem Rostocker Korbmacher Wilhelm Bartelmann eine Sitzgelegenheit bestellte, die

Die „Bäderbahn Molli" verbindet Bad Doberan mit Kühlungsborn.

sie am Strand zugleich vor Sonne und Wind schützen sollte. Diese Sitzgelegenheit erregte dann so viel Aufmerksamkeit, dass sich bei dem Korbmacher schnell die Aufträge türmten.

Unter Dampf

Wer zum ersten Mal die Bäderbahn Molli sieht, staunt nicht schlecht: Da quetscht sich doch tatsächlich eine Dampflok mitten durch die engen Sträßchen von Bad Doberan, mit gehörigem Geschnaufe und Gezisch. Wie Lukas der Lokomotivführer lehnt sich ein schwarz gekleideter Heizer lachend aus dem Führerhaus, lässt Molli pfeifen, und aus den Waggons werfen fröhliche Fahrgäste Kusshände in die Zuschauermenge. Ein gelungener Auftritt! Die „Mecklenburgische Bäderbahn Molli" verbindet seit dem Jahr 1886 Bad Doberan mit Heiligendamm, seit 1910 fährt die Schmalspurbahn weiter bis Kühlungsborn. Aber wie kam Molli zu diesem Namen? Eine nette, eher nicht wahre Geschichte geht so: Als die Bäderbahn durch Doberan fuhr, riss sich der Mops einer Passantin von der Leine und stürmte auf die Lok zu. Entsetzt rief Frauchen ihm hinterher „Molli, bleib stehen!" Das hörte nicht nur der Hund, son-

Unweit von Bad Doberan entstand Heiligendamm als erstes deutsches Seebad. Bis heute umweht die weißen Pavillons dort hochherrschaftliches Flair.

„Schusters Strandbar“ im Schatten des Warnemünder Leuchtturms.

Nur ein paar Schritte von Warnemündes Altem Strom entfernt reihen sich die traditionellen Kapitänshäuser (oben). Strandfreuden warten an der Westmole (unten).

dern auch der Lokführer, trat in die Bremsen – fortan hieß der Zug Molli.

Verbrieft ist zumindest die Spurweite der Gleise: 900 Millimeter. Damals baute noch jede Eisenbahngesellschaft ganz so, wie sie es für richtig hielt.

Wo die Aida ablegt

Warnemünde, einst ein Fischernest an der Mündung der Warnow in die Ostsee, hat sich zu Deutschlands größtem Kreuzfahrthafen gemausert. Wenn sich mit der „Aida" die Prominenz unter den Ozeandampfern ankündigt, säumen reihenweise Schaulustige den Fährhafen. Das größte Kreuzfahrtschiff, das je die Warnowmündung angesteuert hat, ist die „Royal Princess". Die beherbergt mit bis zu 3600 Passagieren und 1350 Besatzungsmitgliedern fast genauso viele Menschen wie Warnemünde selbst. Lieblingsziele aller Gäste sind der Leuchtturm, der „Teepott" und der „Alte Strom", wie Warnemündes historischer Hafen heißt. Hier ankern urige Fischkutter und Jachten. Backfisch-Udo bietet am Kai „Krosse Krabben" an, Möwen lauern auf leichte Beute aus Touristenhand. Die schmucken, schmalen, pastellfarbenen Kapitänshäuschen am Wasser dienen heute als Ferienwohnungen. Im Erdgeschoss logieren Kleidergeschäfte, Kneipen, Restaurants, Cafés. Und wer noch kein Buddelschiff erstanden hat, der wird hier fündig.

Die schönsten Schiffstouren

Hinaus aufs Wasser

Die vielen Seiten der Ostseeküste erlebt man besonders gut vom Boot aus: hier die raue, offene See, dort das ruhige Gewässer der Boddenküsten. Wer nicht selber segeln oder rudern mag, fährt auf Fischkuttern, Segelbooten, Ausflugsdampfern und eleganten Schonern mit. Besonders spannend wird's, wenn die Skipper ihre Geschichten erzählen.

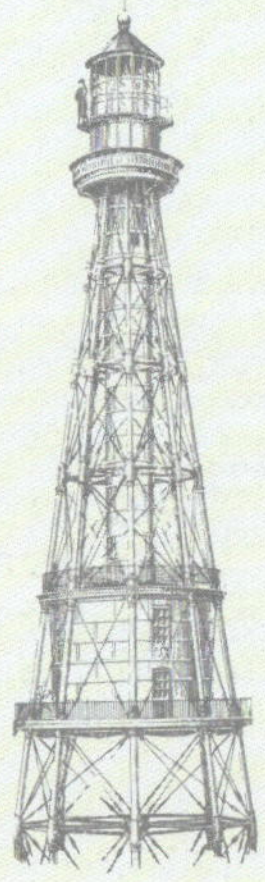

1 Zu den Kreidefelsen

Die schönste Sicht auf die Kreidefelsen von Rügen hat man vom Meer aus. Wer ab Sassnitz mit dem rustikalen, zum Ausflugsschiff umgebauten Fischkutter MS Alexander in See sticht, schippert in gut zwei Stunden die gesamte neun Kilometer lange Kreideküste entlang und wieder zurück. Höhepunkt sind die Wissower Klinken, denen der Maler Caspar David Friedrich ein bleibendes Denkmal gesetzt hat. Abschluss bilden Victoria-Sicht und Königsstuhl. Rügen-Fans fahren zum berühmten Kap Arkona oder buchen eine ca. zehnstündige Fahrt rund um die ganze Insel mit den Adler-Schiffen. Das Schiff startet in Sassnitz, zugestiegen werden kann in Binz, Sellin und Göhren.

MS Alexander, Seetouristik Brauns GmbH, Karlstraße 1, 18546 Sassnitz, Tel. 038392 3 52 25, www.ms-alexander.de

Adler-Schiffe, Hafenstraße 12, 18546 Sassnitz, Tel. 0383 92 31 50, www.adler-schiffe.de

2 Kranich ahoi

Bei jedem Wetter stechen Naturfreunde im Herbst von Zingst (Mi., Fr.), Schaprode (Di., Do.) oder Stralsund (Sa.) zu Kranichfahrten in See. Die Reise durch die einzigartigen Boddengewässer dauert etwa vier Stunden. Während der ca. einstündigen Anfahrt zu den besten Beobachtungspunkten erläutert Karsten Peter vom Kranich-Informationszentrum Groß Mohrdorf multimedial unterstützt alles Wissenswerte rund um die Glücksvögel. Kommen die ersten Kraniche in Sicht, werden Ferngläser gezückt und live beobachtet. Die seichten Boddengewässer sorgen für eine natürliche Barriere, damit kein Boot den empfindlichen Vögeln zu nahe kommen kann. Die Touren sind sehr beliebt (rechtzeitig buchen!). Ferngläser können ausgeliehen werden.

Reederei Hiddensee GmbH, Achtern Diek 4, 18565 Vitte/Hiddensee, Tel. 03831 2 68 10, www.reederei-hiddensee.de, Mitte Sept.–Ende Okt.

3 Segeltörn in der Wismarer Bucht

Der Traditionssegler SS Atalanta ist eine echte Schönheit. Einst diente der 1901 erbaute schnittige Schoner als Lotsenschiff in der Nordsee. Heute betreibt ihn ein Förderverein, der selbst eingefleischte Landratten fürs Segeln begeistert. Die Törns starten ab Wismar bzw. Rostock. Auch zur Hanse Sail nimmt die Atalanta Passagiere mit.

Förderverein Schoner Atalanta e.V., Am Westhafen 5, 23966 Wismar, Tel. 03841 33 41 44 www.ss-atalanta.de

4 Auf Seetierfang

Was tut sich unter Wasser vor den Küsten von Usedom? Das wissen Fischer am allerbesten. Fischkutter Palucca nimmt Gäste mit auf den Fischzug. Die Mannschaft zieht für kurze Zeit ein Schleppnetz über den Grund und hievt alles, was sich darin fängt, aufs Deck. Knurrhähne, Flundern, Steinpicker, Seesterne Sandklaffmuscheln, Krebse und Schnecken: Alles wird genau erklärt. Danach entlässt man die Tiere wieder ins Wasser. Eine schöne Tour auch für Kinder.

Adler-Schiffe GmbH & Co. KG, Seebrücke-Promenade 1 17424 Ostseebad Heringsdorf, Tel. 038378 477 90, www.adler-schiffe.de

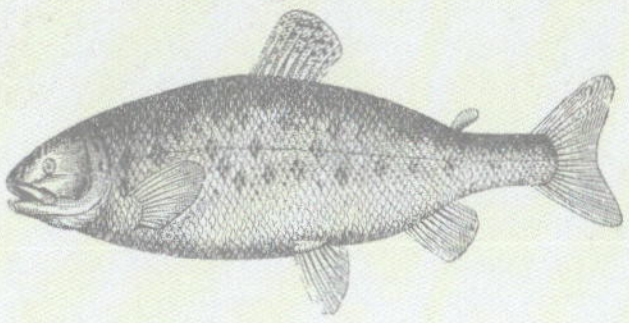

5 Blick auf die Weiße Stadt

Katamarane sind Segelboote mit zwei Rümpfen, die besonders flott auf dem Wasser unterwegs sein können. Ab Bootshafen Kühlungsborn sticht der erfahrene Skipper Jan Grunwald zwischen Mitte Juli und Mitte September jeden Tag auf dem Katamaran „Viamar" in See. Die zweistündige Tour führt entlang der Küste bei Kühlungsborn zur Weißen Stadt Heiligendamm, an deren Strand Spaziergänger ihre Spuren hinterlassen. Gäste können Champagner schlürfen oder es sich auf den Sonnensegeln gemütlich machen, Mutige steuern selbst.

Jan Grunwald, Holmblick 15, 18225 Kühlungsborn, Tel. 0172 304 74 71, www.viamar.de

6 Zu Wasser und zu Lande

Die Dampflok „Rasender Roland" ist eine Berühmtheit auf Rügen. Seit 1895 verbindet die Kleinbahn mehrere Seebäder auf der Insel miteinander. Kombiniert mit den Ausflugsschiffen der Weißen Flotte bietet die Tagestour „Wasser und Dampf" einen erstklassigen Eindruck von Deutschlands größter Insel. Man startet mit der Dampflok in Lauterbach. Zustieg ist bei den Zwischenstopps in Putbus, Binz und Sellin möglich, Ziel ist Baabe. Dort wartet schon die MS Sundevit auf die Passagiere und bringt sie in einer einstündigen Schiffstour entlang der Küste der Halbinsel Mönchgut nach Lauterbach zurück. Wer nicht in Lauterbach bleiben möchte, fährt nun mit der Dampflok nach Putbus, Binz, Sellin, Baabe oder Göhren weiter.

Tour „Wasser und Dampf", Weiße Flotte GmbH, Fährstraße 16, 18439 Stralsund, Tel. 03831 268 10, www.weisse-flotte.de

Mecklenburger Bucht
Lübecker Bucht
Maßstab 1:300.000
0 3 6km
Wismarbucht
Poel
Insel Poel
Timmendorfer Strand
Travemünde
Lübeck
Boltenhagen
Klütz
Grevesmühlen
Wismar
Dorf Mecklenburg
Neubukow
Rerik
Kühlungsborn
Heiligendamm
Bad Doberan
Kröpelin
Warnemünde
Rostock
Schwaan
Bützow
Neukloster
Warin
Sternberger Seenland
Naturpark
Güstrow
Satow
Salzhaff
Wustrow
Hägerort
Kühlung
Klützer Winkel
Sagen- und Märchenstraße
Gedser
Trelleborg
Helsinki
1
2
3
4
5
6
7

Wo alles anfing

Der Westen Mecklenburgs war bis zur Wende Grenzland. Insbesondere das Gebiet in Grenznähe blieb über Jahrzehnte erstaunlich unberührt. Dann entdeckte der Tourismus diese Küste noch einmal neu, an der Mecklenburgs Herzöge schon im Jahr 1793 Deutschlands erstes Seebad eröffnet hatten: Heiligendamm.

1 Boltenhagen

Nach Heiligendamm ist Boltenhagen (2400 Einw.) das zweitälteste Seebad Mecklenburgs. Schon im Jahr 1803 kamen die Grafen von Bothmer, um hier die Sommermonate zu verleben. Bald folgten weitere Adelige – Boltenhagen entwickelte sich zum Sommersitz der mecklenburgischen Society.

SEHENSWERT
Hauptanziehungspunkt von Boltenhagen ist der 5 km lange feine **Sandstrand** mit seiner 290 m ins Meer reichenden Seebrücke. Die Steilküste zeigt die nach Rügen größten **Kreidefelsen** der deutschen Ostseeküste.

Tipp

Literarisches Leben im Speicher

Im Getreidespeicher von 1890 nahe dem Marktplatz von Klütz sind zwei Etagen für die Präsentation von Leben und Werk des u.a. mit dem Georg-Büchner-Preis ausgezeichneten Autors **Uwe Johnson** (1934–1984) reserviert. Ein Stockwerk präsentiert das Thema „Verzweigungen", das zweite Johnsons Opus magnum, den „in vier Lieferungen" erschienenen Roman „Jahrestage. Aus dem Leben der Gesine Cresspahl". Johnsons fiktives, auch in seinem früheren Roman „Mutmaßungen über Jakob" auftauchendes Dorf „Jerichow" verorten Literaturwissenschaftler im Klützer Winkel. Im Literaturhaus werden vielfältige Aktivitäten angeboten, u. a. in der Kunstgalerie, mit Workshops und Lesungen. Zur Holländer-Galeriewindmühle aus dem Jahr 1904 finden auch Spaziergänge auf den Spuren von Uwe Johnson statt.

INFORMATION
Im Thurow 14, 23948 Klütz, Tel. 03882 522387, www.literatur-haus-uwe-johnson.de, April–Okt. Di.–So. 10.00–17.00, Nov. – März Mi.–Sa. 10.00–16.00 Uhr

Gut geschütztes Badevergnügen auf der Insel Poel: Wem die steife Brise vom Meer her zu heftig ist, der dreht seinen Strandkorb einfach um.

UMGEBUNG
Der friedliche **Klützer Winkel** erstreckt sich zwischen Lübeck, Wismar und der Ostseeküste. Hauptort ist das schmucke Kleinstädtchen **Klütz**, an dessem südlichen Ortsrand mit **Schloss Bothmer** (1726–1732) Mecklenburg-Vorpommerns größte barocke Schlossanlage auf Besucher wartet. Besichtigt werden können der herrliche Park, die historischen Räume im Schloss und eine Ausstellung über den Bauherrn, den Reichsgrafen Hans Caspar von Bothmer (April, Mai, Juni, Sept., Okt. Di. bis So., Fei. 10.00–18.00, Juli, Aug. tgl. bis 18.00 Uhr, Nov.–März Sa., So. 11.00–16.00 Uhr, www.schlossbothmer-mv.de).

INFORMATION
Kurverwaltung und Tourist-Information, Ostseeallee 4, 23946 Ostseebad Boltenhagen Tel. 038825 3600, www.boltenhagen.de

2 Insel Poel

Die 37 km² große Insel ist ein idealer Urlaubsort für alle, die die Ostsee abseits des Trubels erleben wollen. Hauptattraktion sind die langen Strände von Gollwitz, Timmendorf, Hinter Wangern und am Schwarzen Busch. Die flache Insel mit ihrer höchsten Erhebung von 26 m ist ein perfektes Fahrradrevier. Ein Brückendamm führt bei Fährdorf über die Meerenge „Breitling" zur Insel.

SEHENSWERT
Die romanisch-gotische **Inselkirche** (Kirchdorf; Urspr. 13. Jh.) lohnt einen Besuch, der Timmendorfer **Leuchtturm** (21 m, 1871; nicht zu besteigen) oder der dortige **Fischereihafen.** Am Schwarzen Busch erinnert eine **Gedenkstätte** an den Untergang der „Cap Arkona" 1945 mit Tausenden KZ-Häftlingen, irrtümlich von alliierten Bombern versenkt.

MUSEUM
Von der Inselgeschichte erzählt das **Heimatmuseum** im alten Schulhaus (Möwenweg 4, Kirchdorf; Mitte Mai–Mitte Sept. Di.–So. 10.00 bis 16.00, sonst Di., Mi., Sa. 10.00–12.00 Uhr).

INFORMATION
Kurverwaltung, Wismarsche Straße 2, 23999 Kirchdorf, Tel. 038425 20347, www.insel-poel.de

3 Wismar

Die Altstadt von Wismar (42 400 Einw.) ist (gemeinsam mit der von Stralsund) ein UNESCO-Welterbe, vor allem wegen der gut erhaltenen Bausubstanz aus der Hansezeit. Zwischen dem 14. und 16. Jh. war Wismar einer der bedeutendsten Handelsplätze im Ostseeraum. In den Jahren 1643 bis 1903 gehörte die Stadt zu Schweden.

SEHENSWERT

Größte Sehenswürdigkeit ist der **Marktplatz**, eingerahmt von den schönsten Häusern der Stadt. Das Renaissance-Brunnenhaus „Wasserkunst" (um 1600) versorgte noch bis vor 100 Jahren die Stadt. Am Marktplatz stehen das klassizistische Rathaus (Anf. 19. Jh.) und der „Alte Schwede" – Wismars ältestes Haus (1380, heute Gaststätte) überstand die Jahrhunderte nahezu unbeschadet. Drei gotische Stadtkirchen überragen die Altstadt. Die **Nikolaikirche**, zwischen 1380 und 1508 erbaut, hat den Zweiten Weltkrieg fast unbeschädigt überstanden. Das 37 m hohe Langhaus gehört zu den höchsten Deutschlands, der Krämeraltar mit „Maria im Strahlenkranz" zu den besten Schnitzarbeiten der deutschen Gotik. Von der **Marienkirche** blieb der 80 m hohe Turm; in ihm ist die Ausstellung „Wege zur Backsteingotik" (mit 3- D-Filmpräsentation) untergebracht. **St. Georgen** (Urspr. um 1300), ebenfalls stark zerstört, wurde in den 1990er-Jahren rekonstruiert. In der **Heilig-Geist-Kirche** (Urspr. 15. Jh.) sind vor allem die barocken Deckenmalereien mit alttestamentarischen Szenen beachtenswert. Von der mittelalterlichen Stadtbefestigung blieb allein das **Wassertor** (um 1450) in der Nähe des Alten Hafens erhalten.

MUSEEN

Das **phanTECHNIKUM** stellt Mecklenburg-Vorpommerns Technikgeschichte interaktiv dar (Zum Festplatz 3, in Werftnähe; Juli, Aug. tgl. 10.00–18.00, sonst Di.–So. 10.00–17.00 Uhr). Das **Stadtgeschichtliche Museum** ist im Schabbellhaus untergebracht. Das bis 1571 im Auftrag des Ratsherrn Hinrich Schabbell erbaute Gebäude selbst ist ebenso interessant wie die Ausstellung zur Stadtgeschichte (Schweinsbrücke 8, www.schabbellhaus.de, Di.–So. 10.00 bis 18.00 Uhr). Der **Rathauskeller** zeigt die ständige Ausstellung „Wismar – Bilder einer Stadt" (April–Sept. tgl. 9.00–18.00, sonst 10.00–16.00 Uhr). Über die UNESCO und die Entwicklung der Welterbestadt informieren kann man sich auch im **Welt-Erbe-Haus** (Lübsche Str. 23, April bis Sept. tgl. 9.00–17.00, Okt.–März tgl. 10.00–16.00 Uhr). Optisches Highlight ist das wiederhergestellte Tapetenzimmer im Obergeschoss, dessen komplette Wandfläche wertvolle französische Papierdrucke schmücken.

Oben links und rechts unten: Auf das 14. Jahrhundert geht das ursprünglich als Klosterkirche der einstigen Zisterzienserabtei errichtete Doberaner Münster zurück, eine Kostbarkeit in seinem Inneren ist der Flügelaltar.
Rechts oben: die Mecklenburgische „Bäderbahn Molli" mitten in Bad Doberan.

VERANSTALTUNG

Schwedenfest (Aug.; www.schwedenfest-wismar.de)

UMGEBUNG

5 km südl. liegt das einst namengebende **Dorf Mecklenburg** mit dem Hügel einer slawischen Wasserburg (Urspr. 7. Jh.) sowie einer Backsteinkirche aus dem 14. Jh. Die Dorfmühle (1849) ist heute eine Gaststätte.

INFORMATION

Tourismuszentrale, Lübsche Str. 23a, 23966 Wismar, Tel. 03841 194 33, www.wismar.de

4 Rerik

In Rerik kann man sowohl im Meer als auch im Salzhaff baden. Das Salzhaff liegt zwischen der Halbinsel Wustrow, die lange militärisches Sperrgebiet war, und dem Festland. Seinen Namen erhielt Rerik 1938 nach einem hier vermuteten, im Jahr 808 von den Dänen zerstörten Handelsplatz – vorher hieß er Alt Gaarz. Tatsächlich entdeckten Archäologen hier 1995 Reric, das „Troja der Ostsee", eine bedeutende Wikingersiedlung (8. Jh.).

SEHENSWERT/MUSEUM

Reriks frühgotische **Johanneskirche** birgt reiche barocke Wandmalereien. Von Juni bis September finden hier jeden Donnerstag um 20.00 Uhr kostenlose Konzerte statt. Gleich gegenüber zeigt das **Heimatmuseum** (Dünenstr. 4, Mitte Mai–Mitte Sept. Di., Mi., Fr. 10.00 bis 12.00, 14.00–17.00, Do. 14.00–18.00, Sa., So. 14.00–17.00; Mitte Sept.– Mitte Mai Di. 10.00 bis 12.00, 14.00–17.00, Mi., Do. 14.00–17.00, Fr. 10.00–12.00, Sa., So. 14.00–16.00 Uhr) in Reriks ehemaliger Schule die Geschichte des Fischerdorfs und die Badehistorie. Kulturtreff Nummer eins und ein „Haus der Begegnung" ist nebenan die „Kösterschün" (Dünenstraße 4a).

INFORMATION

Kurverwaltung Ostseebad Rerik, Dünenstraße 7, Tel. 03829 67 84 29, www.rerik.de

Das Hinterland gehört stillen Genießern, die zu Fuß oder mit dem Rad eine dünn besiedelte Landschaft erkunden.

5 Kühlungsborn

Im größten Seebad Mecklenburg-Vorpommerns (7896 Einw.) lockt vor allem der kilometerlange Sandstrand Besucher an. Die touristische Infrastruktur wurde bereits zu DDR-Zeiten ausgebaut. Die Schmalspurbahn „Molli" verbindet Kühlungsborn mit Bad Doberan.

INFORMATION

Touristik Service Kühlungsborn, Ostseeallee 19, 18225 Ostseebad Kühlungsborn, Tel. 038293 84 90, www.kuehlungsborn.de

6 Bad Doberan

Ein im Jahr 1186 gegründetes Zisterzienserkloster war der Ursprung des Badeortes (12 000 Einw.), im 18. Jh. Sommerresidenz der mecklenburgischen Herzöge aus Schwerin.

SEHENSWERT

Das **Münster** gehört zu den herausragenden Bauwerken norddeutscher Backsteingotik (1295–1368). Im Innenraum ist der Großteil der urspr. Einrichtung erhalten, darunter der Flügelaltar (1310), ältester seiner Art in Deutschland (www.muenster-doberan.de; Mai–Sept. Mo.–Sa. 9.00–18.00, So. 11.00–18.00, März, April, Okt. Mo.–Sa. 10.00–17.00, So. 11.00–17.00, Nov. bis Feb. Mo.–Sa. 10.00–16.00, So. 11.00–16.00 Uhr). Um 1800 entstand die englische **Parkanlage Kamp**, in der das klassizistische herzogliche Palais, zwei chinesische Pavillons und ein Salongebäude stehen.

MUSEUM
Heiligendamm und Bäderwesen sind Schwerpunkte im **Stadt- und Bädermuseums** (Beethovenstr. 8, www.moeckelhaus.de; Mitte Mai bis Mitte Sept. Di.–Fr. 10.00–12.00 und 13.00 bis 17.00, Sa., So. 12.00–17.00, sonst Di.–Fr. 10.00–12.00, 13.00–16.00, Sa. 12.00–16.00 Uhr).

UMGEBUNG
Zur Stadt gehört auch das weiter nordöstl. an der Küste gelegene **Heiligendamm**: Das 1793 auf Anregung des herzoglichen Leibarztes Samuel Gottlieb Vogel gegründete Seebad entwickelte sich bald zu einem Treff des Adels und des Großbürgertums. Weltberühmt wurde es, als hier der G 8-Gipfel tagte. Herzstück ist der direkt hinter dem Strand gelegene Kurplatz mit seinen klassizistischen Prachtbauten, auf den man von der Seebrücke aus einen guten Blick hat. Die Kunst des Glasblasens wird weiter südlich in **Glashagen** aufs Feinste ausgeübt, es gibt auch eine Hof- und eine Kunstgalerie, ein Porzellanstudio und eine Töpferei (GLASHagenHÜTTE, www.kunstort-glashagen.de, April–Dez. Mo.–Sa. 10.00–18.00 Uhr).

INFORMATION
Tourist-Information, Severinstr. 6,
18209 Bad Doberan, Tel. 038210 6 21 54,
www.bad-doberan.de

7 Warnemünde

Warnemündes (6700 Einw.) Herz ist der Alte Strom (Alte Warnow), der hier in die Ostsee mündet, bis 1903 die einzige Schiffszufahrt nach Rostock. Berühmt: die Warnemünder Woche, ein großes Segelsportfestival Anfang Juli.

SEHENSWERT/MUSEUM
Viel Publikum flaniert auf der breiten Strandpromenade dem berühmten **Leuchtturm** (1897/1898) entgegen (www.warnemuende-leuchtturm.de; Aufstieg Ostern–Anf. Okt. tgl. 10.00–19.00 Uhr). Gleich daneben: das ungewöhnlich gestaltete Restaurant **Teepott** (1968). Links führt die **Westmole** 500 m hinaus auf die Ostsee. Am **Alten Strom** reihen sich Kapitänshäuser, Geschäfte, Kneipen und Imbissbuden, im Wasser dümpeln Fischkutter. An der Mittelmole findet tgl. ein Fischmarkt statt. In einem 1767 erbauten Fischerhäuschen ist das **Heimatmuseum** untergekommen und zeigt die Entwicklung vom Fischerdorf zum Badeort (Alexandrinenstraße 31, Tel. 0381 526 67, www.heimatmuseum-warnemuende.de; April–Okt. Di.–So. 10.00–17.00 Uhr, Winter nur Mi.–So.).

AKTIVITÄTEN
Am Fähranleger hinter dem Bahnhof legen die **Ausflugsschiffe** zur Hafenrundfahrt und zum Rostocker Stadthafen ab (Tel. 0381 69 99 62, www.rostocker-flotte.de).

INFORMATION
Tourist-Information, Am Strom 59,
18119 Rostock-Warnemünde,
Tel. 0381 381 22 22, www.warnemuende.de

Genießen Erleben Erfahren

DuMont Aktiv

Ein Wandertag am blauen Band

Ein Logo mit blauem Querstreifen auf weißem Grund markiert den Ostseeküsten Wanderweg E9. Das blaue Band verspricht nicht zuviel: In weiten Teilen führt der 400 km lange Weg immer an der Küste entlang, so auch auf dem Abschnitt Kühlungsborn–Warnemünde.

In 14 Tagesetappen bekommen ambitionierte Wanderer die ganze Vielfalt der Ostseeküste zu sehen: offenes Meer, stille Bodden, Seebäder und Hansestädte, Wälder, Sandstrände, Möwen und mit ein bisschen Glück auch Kraniche und Seeadler.

Eine stramme, aber schöne Tagestour führt von Kühlungsborn nach Warnemünde. Immer ostwärts an der Küste entlang bis Heiligendamm sind es sechs Kilometer. Jetzt schon im Grandhotel rasten ist vielleicht zu früh, also weiter aus der Weißen Stadt hinaus. Man streift das Naturschutzgebiet Conventer See und erspäht vielleicht eine Rohrdommel oder einen Fischotter. Nächster Zwischenstopp ist das Seebad Börgerende – wer keine Badehose dabei hat, nutzt den FKK-Strand. Kurz vor Nienhagen erreicht man den Gespensterwald mit vom Wind verformten, skurrilen Buchen, die bis an die Steilküste heranwachsen. In Nienhagen ist Halbzeit. Wer noch durchhält, geht bis zur „Wilhelmshöhe" weiter (ca. 5 Std. ab Ausgangspunkt). Das beliebte Hotel und Restaurant liegt im Vogelschutzgebiet Stoltera. Nun ist es nur noch eine Stunde bis zum Ziel der Wanderung, bis Warnemünde.

Weitere Informationen

Allgemein: Etwa drei Viertel des gesamten E9 sind naturbelassene Wege, der Rest führt über Asphalt. Wenig Steigungen, geeignet auch für ungeübte Wanderer. Die Markierung lässt teilweise zu wünschen übrig, so sind Karten nötig (unter www.auf-nach-mv.de/ostsee kuestenwanderweg findet man eine GPX-Datei zum Download).

Jahreszeit: ganzjährig möglich; die besten Zeiten sind Frühjahr und Herbst.
Bäderbahn: Wer abkürzen will, fährt mit „Molli" ab Heiligendamm zurück nach Kühlungsborn.
Einkehren: Hotel Wilhelmshöhe, Wilhelmshöhe 1, 18119 Warnemünde-Diedrichshagen, Tel. 0381 54 82 80, www.ostseehotel-wilhelms hoehe.de; tgl. ab 11.00 Uhr geöffnet.

FZ31
FZ 4

Von Künstlern und Kranichen

Wind und Wellen formen die Halbinsel Fischland-Darß-Zingst, und die Natur ist noch lange nicht am Ende ihres Werks. Typisches Tier der Region ist der Kranich; ein Zugvogel, der hier zu Zehntausenden Zwischenstation macht – an der für die Region typischen Boddenküste, über deren charakteristisch-seichtes Gewässer manchmal noch traditionelle Segler rauschen.

Zeesenboote bei einer Regatta vor Bodstedt. Ihren Namen bekamen diese Boote von den Schleppnetzen, die man hier „Zeese" nennt.

Das Kunstmuseum von Ahrenshoop erinnert an die Zeiten, als Maler wie Paul Müller-Kaempff von „Dünen, gekrönt von uralten Weißdornbäumen, Stechpalmen und wilden Rosen" schwärmten.

„Worpswede der Ostsee": Ahrenshoop, am Übergang vom Fischland zum Darß gelegen, zeigt sich hier im schönsten Abendlicht.

Kleine Keramikwerkstätten sind typisch für das Fischland.

Wustrow im Schatten seiner in den 1870er-Jahren errichteten Kirche, deren Turm einen weiten Rundumblick erlaubt.

Eine unglaubliche Zahl: 1711 Kilometer misst die Küste Mecklenburg-Vorpommerns – was ungefähr der Entfernung von Rostock nach Rom entspricht. Allein 1357 Kilometer entfallen auf die Boddenküste – eine ursprünglich durch das Eindringen des Meeres in die junge Grundmoränenlandschaft entstandene seichte, unregelmäßig geformte Szenerie, die sich in ungezählten Windungen hinter der Außenküste dahinschlängelt. Die Vorpommersche Boddenlandschaft steht heute unter Schutz – ihren Anfang nimmt sie an der Halbinsel Fischland-Darß-Zingst.

Eigentlich handelt es sich dabei um drei Inselchen, Fischland, Darß und Zingst, entstanden mit dem Abzug der letzten nacheiszeitlichen Gletscher. Mutter Natur sorgte dafür, dass nach und nach alle Verbindungen zur offenen See versandeten, die Sturmflut von 1872 setzte den Schlusspunkt. Das schwerste hiesige Hochwasser seit Menschengedenken warf dreieinhalb Meter hohe Wellenberge gegen die Küste und schüttete den Prerower Strom zu, der den Darß von Zingst trennte. Von da an hingen die Inseln aneinander fest.

Idylle am Ende der Welt

„Fischerkaten am Saaler Bodden“, „Ländliche Hofstelle mit Kornfeld“ nannte der Oldenburger Maler Paul Müller-Kaempff seine Werke und unterstrich damit, was die Künstler Ende der 1880er-Jahre in Ahrenshoop suchten und fanden. 1909 bekam die Kunst hier auch eine feste Heimat, als Paul Müller-Kaempff und Theobald Schorn den „Kunstkaten“ errichteten. Die Kombination aus inspirierender Idylle weit weg vom modernen Leben mit billiger Kost und Logis zog bald weitere Künstler an. „Und die ehrbaren Ahrenshooper sperrten die sonst mürrisch verschlossenen Mäuler auf, als sie sich und ihre friedfertige Umgebung so unversehens in die Unsterblichkeit versetzt sahen“, spöttelte das Berliner Tageblatt im Jahr 1907.

„Worpswede der Ostsee“

Heute nennt sich Ahrenshoop gerne das „Worpswede der Ostsee“. Nirgendwo sonst ist die Galeriedichte gemessen an der Einwohnerzahl höher als hier. Die heimeligen Reetdachhäuser verraten eine sorgsame Pflege, doch mit der Konservierung des Zaubers klappt es nicht immer. Auch über die jüngsten architektonischen Landmarken an den Ortseingängen kann man geteilter Meinung sein: Hier der raumgreifende Glaskoloss des Kurhauses, dort das lehmbraune fensterlose Kunstmuseum. Ein Blickfang ist die Bunte Stube, 1922 im Bauhaus-Stil errichtet. Aus dem früheren Treffpunkt der Maler wurde ein kunterbunter Souvenir- und Buchladen, in dem während der Hauptsaison die Kunden dicht an dicht stöbern, schmökern und einkaufen. Wer Zeit hat, spaziert hinauf zum Bakelberg. Aus der Distanz meint man noch das alte Ahrenshoop zu sehen mit seinen Fischerkaten und Rosenbüschen unter dem Glanz des nordischen Himmels.

> „Das war ein Studienplatz, wie ich ihn mir immer gewünscht hatte.“
>
> Der Maler Paul Müller-Kaempff (1861–1941)

Land entsteht, Land vergeht

Eine Hauptattraktion auf dem Darß ist der Gang zum Leuchtturm „Darßer Ort“. An schönen Sommertagen wandern ganze Völkerscharen hierher. Man kann es ih-

Zingst ist unter Fotofreunden bekannt für seine Workshops, Ausstellungen und Festivals (oben links: „Erlebniswelt Fotografie"). Prerow liegt an Ostsee und – mit seinem Hafen – am Bodden zugleich (oben rechts). Am Wegkreuz Großer Stern im Darßer Urwald (unten links) trennen sich die Pfade. Der Weststrand zeigt anschaulich, wie das Meer bei rauem Wetter mächtige Stücke aus dem Darßer Dünengrün beißt (unten rechts).

nen nicht verdenken, denn hier bietet sich ein Küstenpanorama, das seinesgleichen sucht. Am Darßer Ort lässt sich die schöpferische Kraft des Meeres erleben: Südlich trägt das Wasser permanent Küste ab, zerwühlt den Strand, reißt den Sand tonnenweise mit sich, unterspült die Wurzeln der gebeugten Küstenkiefern und bringt sie zu Fall. Nordöstlich vom Darßer Ort gibt das Meer seine Beute wieder her, spült Sand in langen zarten Fahnen an und häufelt ihn zu flachen Bänken. Der Wind formt sie zu Dünen, auf denen erst Zwergstrauchheiden sowie lange Jahre später Kiefern, Eichen und Buchen gedeihen – das Land wächst, der Kreis schließt sich.

Am Darß lässt sich gut beobachten, wie die Natur arbeitet.

Auch der 5000 Hektar große Darßwald ist auf diese Weise entstanden. Exkursionen führen regelmäßig in das schummerige Licht unter den Kiefern und Buchen. Noch trägt er den Stempel menschlicher Nutzung. Alte Arbeitswege drücken ihm ein schachbrettartiges Muster auf, frühere Aufforstungen tragen noch den Charakter von Monokulturen. Eines schönen Tages aber soll dieser Wald wieder Urwald sein.

Im Kranichland

Jahr für Jahr lockt der Zug der Kraniche Tausende an die Ostseeküste: Im März und Oktober rastet die unvorstellbare Zahl von über 70 000 Vögeln am Bodden zwischen Zingst und Rügen, insbesondere bei Pramort auf Ostzingst. Mit Ferngläsern und Kameras ausgerüstet, warten Vogel- und Naturfreunde warm eingemummt auf die Dämmerung. Dann ziehen Tausende Kraniche in langen Ketten über den Himmel, untermalt von ihren Trompetenrufen. Das geht unter die Haut. Im Herbst fressen sich die Vögel auf den Boddenwiesen den Bauch voll;

Das Recknitztal im Süden von Ribnitz-Damgarten ist ein stilles
Revier – hier bei Marlow.

Auch in Daskow an der Recknitza erkennt man das preußische Erbe
an den vorpommerischen Dorfkirchen aus dem 19. Jahrhundert.

Gut gesichert unterwegs durch eine eindrucksvolle
Natur: Paddeln im Recknitztal.

Reserven für ihren Flug nach Süden. Im Frühling versammeln sich die Kraniche hier zu ihren Balztänzen. Sie gebärden sich wie Verrückte, steigern sich in einen Furor aus Knicksen, Sprüngen und Flügelschlagen, werfen den Kopf weit in den Nacken und trompeten aus voller Kehle. Ihre Artgenossen können sich dem nicht entziehen, fangen ebenfalls an zu tönen, zu springen und zu wirbeln, alles wogt wie ein Ballett außer Kontrolle. Es dauert, bis der Tanz eines Paares in Harmonie übergeht und sich die zwei wie Spiegelbilder bewegen. Und obwohl Kranichpaare lebenslang zusammenbleiben, werben sie jeden Frühling hingebungsvoll umeinander.

Das stille Hinterland ist noch immer ganz agrarisch geprägt.

Zwei Welten

„Genau so war es einmal!", wirbt das Freilichtmuseum in Klockenhagen für sich. Bauernhäuser aus ganz Mecklenburg-Vorpommern vereinen sich hier zu einem anschaulichen Ensemble. Unter den mit Reet (hier „Rohr" genannt) gedeckten mächtigen Dächern erlaubt eine detaillierte Schau den Blick ins Leben der Menschen vor rund 100 Jahren. Und das war alles andere als einfach.

Das Museum sortiert sich seit einigen Jahren neu: Mitmachaktionen ziehen Familien an. Kinder dürfen Brot backen, Wäsche waschen wie zu Urgroßmutters Zeiten sowie Schafe und Ziegen füttern. Zwischen den Bauernhäusern, Katen und Pferdekoppeln stehen frühe landwirtschaftliche Geräte.

Ein Schild entlarvt ein rostiges Ungetüm aus Rädern und Schaufeln als Kartoffelpflanzlochmaschine. Der Unterdrehpflug daneben mag einst der Stolz des Hofbauern gewesen sein. Man staunt über frühe Versuche, die harte Feldarbeit weniger mühsam und einträglicher zu machen. Wie enorm weit es Maschinenbau und Ingenieurskunst gebracht haben,

Links oben und unten: Im Freilichtmuseum Klockenhagen darf auch selbst zum Hammer gegriffen werden.
Rechts oben: Eine jahrhundertealte Tradition ist das Tonnenabschlagen.

Erinnerung an Wikingerzeiten im Bernsteinmuseum von Ribnitz-Damgarten.

Auch so können Monarchen aussehen: Wer beim Tonnenabschlagen (hier in Born auf dem Darß) den letzten Teil des aufgehängten Fasses herunterschlägt, ist König.

zeigt ein Blick auf die Felder jenseits des Museumszauns, wo GPS-gesteuerte Traktoren das einstige Tagwerk eines mecklenburgischen Bauern in nur wenigen Minuten umpflügen.

Bernstein und Vineta

Die Halbinselkette aus Fischland, Darß und Zingst riegelt heute die Städte Ribnitz-Damgarten und Barth von der offenen See ab. Ribnitz-Damgartens „Goldader" hat aber dennoch engste Verbindungen zum Meer: Bernstein lautet das Zauberwort, das die Gäste magisch anzieht. Im einstigen Klarissenkloster von Ribnitz breitet das Deutsche Bernsteinmuseum seine honigfarbenen Schätze aus. Ebenfalls in der Altstadt haben Bernsteingalerien und die große Schaumanufaktur ihren Sitz. Auch Barth sucht und findet sein touristisches Heil im Zusammenhang mit dem Wasser: Hypothesen, die Vineta, die sagenhafte Hafenstadt, im Barther Bodden und nicht bei Zinnowitz auf Usedom verorten, gaben dem Hype um das „Atlantis der Ostsee" vor Ort reichlich Nahrung. Folgerichtig nennt sich Barth „Vineta-Stadt" und unterhält auch ein kleines Vineta-Museum.

Auf neuen Wegen

Fischland-Darß-Zingst blättert ein breites Spektrum an Gästeunterkünften auf. Ferienwohnungen sind gefragt, die Hoteliers lassen sich immer Neues einfallen. Das „Kurhaus Ahrenshoop" begeistert mit seiner Aussicht aufs Meer. Nebenan im „Hotel Namenlos" und in der „Fischerwiege" begibt sich Besitzer Roland Fischer auf die Spuren der Künstlerkolonie und hängt Originale ins Restaurant wie in die Zimmer. Im Diershagener „Strandhotel Dünenmeer" dürfen Restaurant und SPA erst ab zehn bzw. 16 Jahren genutzt werden. – Kinderfrei? „Natürlich gab's Prügel von der Presse", erinnert sich Marketingchef Michael Lemke. Doch das legte sich rasch. Denn nur wenige Hundert Meter weiter liegt das Schwesterhotel: Das „Strandhotel Fischland" ist ganz auf Familien eingestellt und kinderfreundlich bis ins kleinste Detail – wer als Kind wählen darf, wird gar nicht ins „Dünenmeer" wollen: „Nichtstun ist hier die einzige Pflicht", sagt Lemke übers „Dünenmeer" – für Kinder wohl die Hölle, für urlaubsreife Erwachsene oftmals der Himmel.

Die besten Strände

Wellenspaß am Ostseestrand

Strände gibt es entlang der Ostseeküste in Mecklenburg-Vorpommern mehr als genug. Nicht umsonst ist das Bundesland im Nordosten die beliebteste Feriendestination Deutschlands. Wo aber liegen die besten Strände? Unsere Favoriten verraten es.

5

1

1 Die Nr. 1 auf Hiddensee

Im Westen der Insel erstreckt sich ein kilometerlanger Sandstrand, der nicht nur zum Baden, sondern auch zum Spazierengehen ideal ist. Bei viel Wind sind die Chancen, Bernstein zu finden, besonders gut. Tipp: Benutzen Sie die Strandabschnitte abseits der Gemeinden, dann haben Sie Hiddensee auch in der Hochsaison fast für sich allein.

2 Darßer Weststrand

Die Halbinselkette Fischland-Darß-Zingst bietet Strände für jeden Geschmack. Herausragend ist der 13 Kilometer lange Weststrand auf dem Darß. Er wurde sogar schon vom Fernsehsender Arte zu einem der zehn schönsten Strände weltweit gekürt. Zu Recht: Denn hier ist man so weit vom Tourismus entfernt, wie dies in der vielbesuchten Urlaubsregion nur möglich ist. Kein Strandkorb weit und breit, dafür liegen vom Sturm entwurzelte Bäume malerisch im Sand. Aber nur wer aktiv ist, dem ist das kleine Paradies vergönnt. Denn den Weststrand, der direkt an den Darßwald grenzt, kann man nur zu Fuß oder mit dem Fahrrad erreichen.

18375 Born a. Darß,
Karte unter www.fischland-darss-zingst.de,
Suchbegriff „Weststrand"

3 Ahlbeck auf Usedom

Warum nicht dort baden, wo einst der Kaiser in der Sommerfrische war? Feiner Sand, Strandkörbe, ein Spielplatz und das flache Wasser machen den Strand von Ahlbeck zum Familienliebling. Die alte Seebrücke, auf der man sich im Restaurant stärken kann, bleibt dabei im Blick. Und ein Filmstar ist die alte Brücke auch: In Loriots Film „Pappa ante portas" ist sie deutlich zu sehen.

Tourismus Information,
Dünenstr. 45,
17419 Seebad Ahlbeck,
Tel. 038378 49 93 50,
www.kaiserbaeder-auf-usedom.de/ahlbeck

4 Binz auf Rügen

Strandkorb im Sand und der Prosecco im Restaurant dahinter … Strandurlaub in Binz ist nicht nur Badeurlaub, sondern Lebensgefühl. Da hier das Promenieren, das Sehen und Gesehen-Werden ebenso wichtig ist wie das Baden im Meer, hat man schon kurz nach der Wende eine Seebrücke erbaut, die Strandpromenade rekonstruiert und auf 3,2 Kilometer verlängert.

Kurverwaltung,
Heinrich-Heine-Str. 7,
18609 Ostseebad Binz,
Tel. 038393 148148,
www.ostseebad-binz.de

5 Suhrendorf auf Ummanz

Zwischen Rügen und Hiddensee schiebt sich die kleine Insel Ummanz, auf der nur wenige Dörfchen liegen. Eine Brücke verbindet dieses besondere Fleckchen Erde mit Rügen. Zugegeben: Wer schwimmen will und breite Sandstrände sucht, wird den Strand von Suhrendorf an der Westseite von Ummanz nicht in ein Ranking aufnehmen. Wer aber surfen lernen will oder Familie hat sowie für alle diejenigen, die abseits des Trubels Ruhe suchen, ist Suhrendorf „the beach to be". Wer bleiben will, kann gleich am Campingplatz übernachten. Als Bonus bietet Ummanz den vielleicht schönsten Sonnenuntergang Rügens, wenn die Sonne hinter Hiddensee feurig im Meer versinkt.

Ummanz-Info,
Neue Str. 63 a,
18569 Waase/Ummanz,
Tel. 0383 055 34 81,
www.ruegeninsel-ummanz.de

6 Graal-Müritz

Der fünf Kilometer lange und bis zu 40 Meter breite, feine Sandstrand von Graal-Müritz zählt zu den schönsten der Ostsee. Einladend ist aber auch das Umland mit dem Waldgebiet der Rostocker Heide und dem Ribnitzer Großen Moor. Tipp: FKK-Freunde treffen sich zwischen Mittelweg und Müritz-Ost.

Tourismus- und Kur GmbH
Rostocker Str. 3,
18181 Ostseeheilbad,
Graal-Müritz,
Tel. 038206 70 30,
www.graal-mueritz.de

7 Groß Schwansee im Klützer Winkel

Zu DDR-Zeiten waren die Strände des Klützer Winkels für die DDR-Bürger tabu – zu nah am Westen, die Freiheit war in Sicht- und Schwimmdistanz. Irgendwie hat man aber auch nach der Wende diese Ecke Deutschlands vergessen. Im Vergleich zu den anderen Ostseebädern geht es hier sehr geruhsam zu. Einsame Strände gibt es noch einige zu entdecken – besonders schön ist der hinter dem Schlossgut Groß Schwansee. Eine lange Lindenallee führt vom Schloss zum Meer. Tipp: Der ehemalige Kolonnenweg hinter den Dünen, wo früher die NVA Patrouille fuhr, dient heute als Radweg am Wasser entlang.

Stadtinformation Klütz,
Im Thurow 14,
23948 Klütz,
Tel. 038825 222 95,
www.kluetz-mv.de

Maßstab 1:300.000
0
3
6km
Nationalpark
Vorpommersche
Boddenlandschaft
1
2
3
4
5
6
Darßer Ort
Prerow
Zingst
Ahrenshoop
Althagen
Niehagen
Wustrow
Hohes Ufer
Graal-Müritz
Dierhagen
Ribnitz-
-Damgarten
Barth
STRALSUND
Rostock
ROSTOCK
Marlow
Bad Sülze
Tribsees
Grimmen
Richtenberg
Franzburg
Velgast
Niepars
Sanitz
Tessin
Saaler Bodden
Fischland
Darß
Zingst
Grabow
Kubitzer Bodden
Hiddensee
Rostocker Heide
Deutsche Alleenstraße
Schwedenstraße

Im Künstlerwinkel

Die Halbinsel-Kette Fischland-Darß-Zingst gehört zu den Hauptattraktionen Mecklenburg-Vorpommerns. Um das Jahr 1890 herum entdeckten Künstler den Fischlandort Ahrenshoop. Am Darßer Ort darf man der Natur selbst bei der Arbeit zusehen, Zingst prunkt mit seinen Stränden, Ribnitz-Damgarten ist für Bernstein bekannt.

1 Ribnitz-Damgarten

Der Darß war einst die wichtigste Fundstelle für Baltischen Bernstein. Sowohl der Schmuckstein als auch die Segelschiff-Werften haben die Stadt (15 000 Einw.) an der Mündung der Recknitz bekannt gemacht. 1950 schlossen sich das mecklenburgische Ribnitz und das vorpommersche Damgarten zusammen.

SEHENSWERT
Ein Besuch des **Klarissenklosters** (Urspr. 14. Jh.) lohnt sich wegen der wertvollen Ausstattung der Klosterkirche. Hier befindet sich auch das eindrucksvolle **Deutsche Bernsteinmuseum** (Im Kloster 1–2, Tel. 03821 46 22, www.deutsches-bernsteinmuseum.de; April–Okt. tgl. 9.30–18.00, sonst Di.–So. 9.30–17.00 Uhr). Eine gläserne Produktion mit Bernsteinverkauf bietet die Schaumanufaktur Ostsee-Schmuck (An der Mühle 30, www.ostseeschmuck.de; Mo.–Fr. 9.30–18.00, Sa. 9.30–16.00 Uhr).

UMGEBUNG
Das **Freilichtmuseum Klockenhagen** vermittelt ein Bild vom Leben an der Ostseeküste in den vergangenen 300 Jahren. Großen Wert legen die Museumsmacher auf ein attraktives Programm für Familien (Mitmachangebote und Schauvorführungen alter Handwerke, Mecklenburger Straße 57, Tel. 03821 27 75, www.freilicht museum-klockenhagen.de; Mitte Juni–Mitte Sept. tgl. 10.00–18.00, April–Mitte Juni und Mitte Sept.–Okt. nur bis 17.00 Uhr).

INFORMATION
Touristinformation, Am Markt 14, 18311 Ribnitz-Damgarten, Tel. 03821 22 01, www.ribnitz-damgarten.de

2 Graal-Müritz

Das Ostseeheilbad (4000 Einw.) entstand 1938 aus dem Zusammenschluss der beiden früheren Fischerorte Graal und Müritz. Gekurt wird hier schon seit der Zeit vor 1900.

SEHENSWERT
Die **Seebrücke** wurde 1992 erbaut. Im Mai und Juni blühen über 2500 Büsche im **Rhododendronpark.** Am Wochenende um den 25. Mai steigt hier ein großes **Parkfest** mit Kunsthandwerkermarkt und diversen kulturellen Veranstaltungen (Zarnesweg 3).

Oben: Mit den dickbauchigen Zeesenbooten werden heute vornehmlich Touristen transportiert. Rechts oben: im Rhododendronpark von Graal-Müritz. Darunter: das blaue Leuchten der Ahrenshooper Ortsidylle(n).

AKTIVITÄTEN
Ein wohltemperiertes Meerwasserbecken und eine Saunalandschaft mit Rhassoul und Hamam bietet das **Aquadrom** (Buchenkampweg 9, Tel. 038206 879 00, www.aquadrom.net; tgl. 11.00 bis 20.00, Do. ab 10.00 Uhr).

UMGEBUNG
Südl. und westl. erstreckt sich die **Rostocker Heide**, ein rund 6000 ha großes Gebiet mit Mooren, alten Torfstichen und einem ausgedehnten Küstenwald. Für Baumfreunde interessant: alte Eiben, die bis zu 1500 Jahre alt sein sollen. Ein 26 km langer Radrundweg erschließt das Gebiet ab Graal-Müritz bis Klockenhagen. Am Südrand der Heide liegt der Forst- und Köhlerhof Wiethagen, der über alte Waldberufe informiert; ungewöhnlichstes Schauobjekt sind zwei Teeröfen, mit denen man auch Terpentin herstellen kann. Der Köhlershop verkauft Holzkohle und andere nützliche Dinge. Extra für Kinder gibt es einen Märchengarten (Tel. 038202 20 35, www.koeh lerhof-wiethagen. de; April–Sept. Di.–Fr. 9.00 bis 17.00, Sa. und So. 10.00–17.00, Okt.–Mitte Dez. Di.–Fr. 9.00–16.00, So. 10.00–16.00 Uhr). Wenn Großherzog Friedrich Franz III. in der Rostocker Heide zu jagen beliebte, machte er gern Station in seinem **Jagdschloss Gelbensande** (1887); heute dienen die original erhaltenen Innenräume als Museum (Mai–Okt. tgl. 10.00–17.00, im Winter 11.00–16.00 Uhr). Stärkung versprechen Restaurant und Konditorei (www.jagdschloss-gelbensande.de).

INFORMATION
Tourismus- und Kur-GmbH, Rostocker Str. 3, 18181 Ostseeheilbad Graal-Müritz, Tel. 038206 70 30, www.graal-mueritz.de

3 Wustrow

Ab 1880 wandelte sich Wustrow (1200 Einw.) vom Fischerdörfchen zum Seebad. Seeleute

Weit schweift der Blick vom Leuchtturm Darßer Ort über die Ebene hinweg: Die drei einstigen Inseln Fischland, Darß, Zingst bilden mittlerweile ein großes Ostseebad, mittig unterbrochen von der geschützten Darßer Landspitze.

besuchten die 1846 gegründete Großherzoglich-Mecklenburgische Navigationsschule, die in den Jahren 1969 bis 1992 eine Ingenieurhochschule für Seefahrt war.

SEHENSWERT
1993 bekam Wustrow seine **Seebrücke.** In Barnstorf stehen auf einer Landzunge noch vier malerische mittelalterliche rohrgedeckte **Bauernhäuser**; eines wurde zur Kunstscheune, um wechselnden Ausstellungen einen besonderen Rahmen zu geben (Barnstorf 1, Tel. 0382 20 2 01, www.kunstscheune-barnstorf.de; Mai bis Mitte Okt. tgl. 10.00–13.00 und 15.00–18.00, Weihnachts- und Osterzeit tgl. 11.00–17.00 Uhr).

VERANSTALTUNG
Höhepunkt im Wustrower Festkalender ist die **Zeesenboot-Regatta** am ersten Juli-Sa.

INFORMATION
Kurverwaltung, Ernst-Thälmann-Straße 11, 18347 Ostseebad Wustrow, Tel. 038220/2 51, www.ostseebad-wustrow.de

4 Ahrenshoop

Um 1900 wurde Ahrenshoop (640 Einw.) als Künstlerkolonie bekannt. Seither steht hier alles hoch im Kurs, was mit Kunst zu tun hat.

SEHENSWERT
Malerisch zeigt sich das **Ortsbild** mit reetgedeckten Häusern, blumenreichen Gärten, kleinen Gassen. Die Hauptverkehrsstraße führt mitten durch den Ort, beiderseits zweigen schmale Sträßchen ab, die zu Entdeckungstouren auffordern. Während der Hochsaison ist das Gedränge ziemlich groß. Teure Boutiquen und noch viel teurere Hotels und Restaurants lassen keinen Zweifel: Geld spielt keine Rolle.

MUSEEN UND GALERIEN
Das **Kunstmuseum** zeigt Werke der Gründergeneration der Künstlerkolonie sowie hochkarätige Wechselausstellungen. Architektonisch orientieren sich die Ausstellungshäuser an den Fischerkaten der Umgebung (Weg zum Hohen Ufer 36, Tel. 038220 6 67 90, www.kunstmuseum-ahrens hoop.de; April–Okt. tgl. 11.00–18.00, Do bis 20.00, sonst Di.–So. 10.00–17.00 Uhr). Der kobaltblau gestrichene **Kunstkaten** geht auf den Gründer der Künstlerkolonie zurück, Paul Müller-Kaempf, der hier 1909 eine Stätte der Begegnung einrichtete, in der sich Künstler und Käufer zwanglos treffen konnten (Strandweg 1, Tel. 038220 803 08, www.kunstkaten.de). Wechselausstellungen veranstaltet die **Galerie im Dornenhaus** (Bernhard-Seitz-Weg 1, Tel. 038220 809 63, www.dornenhaus.de). Wer heute Kunstschaffende kennenlernen will, geht am besten zum Tag der offenen Tür im **Haus Lukas.** Dort zeigen die Stipendiaten ihre Werke, veranstalten Lesungen, Ausstellungen und Performances und plaudern mit Gästen. Das Haus vergibt alle zwei Jahre Stipendien (Dorfstraße 35, Tel. 038220 69 40, www.kuenstlerhaus-lukas.de).

EINKAUFEN
Andenken, Schreibwaren, Bücher, Schmuck, schöne Postkarten ergattert man in der **Bunten Stube** (Dorfstraße 24, www.bunte-stube.de; Juli und Aug. Mo.–Sa. 10.00–18.30, So. 13.00 bis 17.00 Uhr, sonst wechselnde Zeiten).

AKTIVITÄT
Von Ahrenshoop führt ein **Wanderweg** an der Kliffkante entlang über den Bakelberg (17,9 m) nach Wustrow (5 km). Am Hohen Ufer nagt unübersehbar die Erosion.

INFORMATION
Kurverwaltung, Kirchnersgang 2, 18347 Ostseebad Ahrenshoop, Tel. 038220 66 66 10, www.ostseebad-ahrenshoop.de

5 Prerow

Alte Kapitänshäuser, ein herausragender Sandstrand und die Nähe zum Darßwald zeichnen Prerow (1500 Einw.) aus. Besser als am Darß lässt sich nirgendwo sonst das Entstehen der Landschaft beobachten.

SEHENSWERT
Der rund 80 m breite **Strand** und die im Jahr 1993 erbaute **Seebrücke** zieren das alte Fischerdorf. 1728 wurde die **Seemannskirche** errichtet, in der Votivschiffe an das alte Gewerbe erinnern. Über Botanik, Geologie und Ornithologie informiert das **Darß-Museum**, das auch eine interessante Haustürensammlung zeigt (Waldstraße 48, April Mi.–So. 10.00 bis 17.00, Mai–Okt. Di.–So. 10.00 –18.00, Nov. bis März Fr.–So. 13.00–17.00 Uhr).

AKTIVITÄT
Den **Darßer Urwald** erkundet man am besten mit dem Rad. Fahrradvermietungen in Prerow und Zingst (www.fischland-darss-zingst.de).

UMGEBUNG
Das **Natureum**, Außenstelle des Stralsunder Meeresmuseums, liegt unmittelbar am **Leuchtturm Darßer Ort** (1848) und zeigt eine interessante Ausstellung zur Küstendynamik (www.natureum-darss.de, 8 km nördl. von Prerow, zu Fuß 2 Std., mit Rad oder Kutsche 45 Min.; Mai, Sept., Okt. tgl. 10.00–17.00, Juni bis Aug. bis 18.00, Nov.–April Mi.–So. 11.00 bis 16.00 Uhr). Die ruhigen Dörfchen **Born** und **Wiek** (5 km südl.) liegen an der Boddenseite des Darß. Das Nationalpark- und Gästezentrum **Darßer Arche** informiert über die Lebensräume im Nationalpark Vorpommersche Boddenlandschaft und veranstaltet Exkursionen (Bliesenrader Weg 2, Wieck, www.darsser-arche.de; Juni–Sept tgl. 9.00–17.00, April tgl. 10.00–16.00, Mai, Okt. 10.00–17.00, Nov.–März Do.–Mo. 10.00–16.00 Uhr).

INFORMATION
Kur- und Tourismusbetrieb, Gemeindeplatz 1, 18375 Ostseebad Prerow, Tel. 038233 61 00, www.ostseebad-prerow.de

6 Zingst

Ab 1881 wandelte sich das Fischerdorf zum Ostseebad. Heute ist Zingst (3000 Einw.) das touristische Zentrum der Gegend. Meer und Bodden kommen sich hier recht nah.

Eindrucksvolle Schiffsmodelle gibt es im Museumshof Zingst zu bestaunen.

MUSEEN
Das **Museum Zingst** informiert über die Ortsgeschichte, stellt die Werke örtlicher Künstler aus und zeigt elf imposante Schiffsmodelle. Nicht verpassen: die Aktionstage (Strandstr. 1, Mai–Okt. tgl. 10.00–18.00, sonst Do.–So. 10.00 bis 16.00 Uhr, www.museum-zingst.de).
Im **Experimentarium** lernen Kinder interaktiv allerhand über Wissenschaft und Technik (Seestraße 76, www.experimentarium-zingst.de; Juli, Aug. tgl. 10.00–18.00, April–Juni Di.–So. 10.00–17.00, Winter bis 16.00 Uhr).

UMGEBUNG
Die Inseln **Werder** und **Bock** liegen östlich von Zingst, **Großer Kirr** und **Barther Oie** südlich. Weil hier Zugvögel rasten, allen voran die Kraniche im Bereich Zingst/Bock, zählen die Inseln zu Vogelschutzgebieten von europäischer Bedeutung. Über die Sundischen Wiesen erreicht man den (heute zum Nationalpark Vorpommersche Boddenlandschaft gehörenden) Kranichbeobachtungsstand **Pramort**.

Tipp

Fotokunst

Große Zingst-Attraktion ist das **Max Hünten Haus** mit der „Erlebniswelt Fotografie Zingst“. Gezeigt werden wechselnde Ausstellungen; wer selbst kreativ werden möchte, bekommt in Foto-Workshops zu Themen wie Natur- und Tierfotografie, Makro, Schwarzweiß und Portraits umfangreiche Kenntnisse vermittelt.

MAX HÜNTEN HAUS
Schulstraße 3, 18374 Zingst; Mitte März–Okt. tgl. 10.00–18.00, sonst bis 17.00 Uhr. Workshops auf www.zingst.de/fotografie/workshops (Exkursionen zu den Kranichen frühzeitig buchen).

Südl. des Boddens liegt das Städtchen **Barth** (8600 Einw.). Es beansprucht wie Zinnowitz, die wahre Vineta-Stadt zu sein. Im alten Rathaus hat das Vineta-Museum seinen Sitz; es informiert u. a. über den Mythos Vineta (Lange Straße 16, www.vineta-museum.de; Di.–Fr. 10.00–17.00, Sa., So. 11.00–17.00 Uhr). Schmuckstück des Niederdeutschen Bibelzentrums St. Jürgen ist eine sehr wertvolle Ausgabe der Barther Bibel (Sundische Straße 52, www.bibelzentrum-barth.de; Di.–Sa. 10.00–18.00, So. 12.00–18.00, Fei. 14.00–17.00 Uhr).

INFORMATION
Kur- und Tourismus-GmbH, Seestraße 57, 18374 Ostseeheilbad Zingst, Tel. 038232 815 80, www.zingst.de
Barth Information, Markt 3/4, 18356 Barth, Tel. 038231 24 64, www.stadt-barth.de

Genießen Erleben Erfahren

DuMont Aktiv

Unter Beobachtung

Auf dem Weg in ihre Überwinterungsgebiete in Südeuropa und Nordafrika machen jedes Jahr von Mitte September bis Mitte Oktober rund 70 000 Kraniche an den Küsten vor Rügen und dem Darß Rast. Dann kommen auch Tausende von Vogelfreunden. Deren erster Anlaufpunkt sollte das NABU-Kranichzentrum in Groß Mohrdorf sein, etwa 15 km nordwestlich von Stralsund. Hier informiert man sich aktuell über die Standplätze der Tiere, über Beobachtungshütten, und man versorgt sich mit Informationsmaterial.

Die Inseln Bock und Kirr im Osten bzw. südlich von Zingst sind die bevorzugten Rastplätze der Kraniche. Am besten kann man die Kraniche, die abends und bis in die Nacht laut trötend an ihren Schlafplätzen landen, an den Beobachtungsstellen in Bisdorf und bei Pramort im Osten der Halbinsel Zingst beobachten. Tagsüber halten sich die Kraniche meist auf abgeernteten Getreide- und Maisfeldern auf. Häufig sieht man die Tiere dann auf den Feldern entlang der Bundesstraße 105 zwischen Ribnitz-Damgarten und Stralsund. Tipp: Mit dem Auto kann man sich den Tieren besser nähern als zu Fuß. Da sie den Menschen seit alters als Feind betrachten, löst eine menschliche Silhouette bei Kranichen schnell Fluchtinstinkte aus.

Auch im Müritz-Nationalpark kann man Kraniche beobachten. Hier rasten die Vögel auf ihrem Weg in den Süden – allerdings sind es hier wesentlich weniger, so um die 7000 Tiere.

Führungen und Informationen

Kranichschutz Deutschland NABU-Kranichzentrum, Lindenstr. 27, 18445 Groß Mohrdorf, www.kraniche.de
Tourismusverband Fischland-Darß-Zingst, Barther Str. 16, 18314 Löbnitz, Tel. 038324 64 00, www.fischland-darss-zingst.de

Nationalparkamt Müritz
Schlossplatz 3, 17237 Hohenzieritz, Tel. 03824 25 20, www.mueritz-nationalpark.de

Kranichführungen organisiert der Nationalpark-Service in Fedorow, Tel. 03991 66 88 49

Der Graukranich (lat. Grus grus) ist deutlich größer als jeder Storch oder Graureiher. Im Stehen misst er 1,20 Meter, seine Flügelspannweite beträgt bis zu 2,20 Meter.

Reif für die Insel(n)

Rügen, Usedom und Hiddensee sind die Favoriten in Mecklenburg-Vorpommern – jedenfalls aus Sicht der meisten Urlauber. Jeder schwärmt von den Inseln, von langen Sandstränden, gemütlichen Strandkörben, bunten Fischkuttern und reetgedeckten Fischerhäusern.

Der Sandstrand an Usedoms Ostseeküste erstreckt sich über mehr als 40 Kilometer, von einem Seebad zum nächsten – wie hier von Ahlbeck nach Heringsdorf.

Perfekte Bäderarchitektur: Die Seebrücke Sellin auf Rügen wurde in den 1990er-Jahren nach historischem Vorbild erbaut.

Rügen scheint einen magischen Zauber zu entfalten.

Mit ein wenig Fantasie sieht die stark gegliederte Insel Rügen aus der Luft wie ein großer Raubvogel aus, der sich mit ausgebreiteten Flügeln auf den Weg über die Ostsee macht. Die Halbinseln Mönchgut, Zudar, Drigge, Jasmund, Wittow, Bug oder Pulitz ragen weit in die Bodden hinein. Filigrane, zerbrechlich wirkende Landbrücken wie die Schmale Heide verbinden größere Halbinseln. Als wäre das noch nicht genug Struktur, gibt es eine Vielzahl kleinerer, vorgelagerter Inseln. Die Luft ist klar und salzig. Es riecht nach Urlaub und Entspannung. Im Sommer sind die Hotels meist ausgebucht, in den Privatzimmern bekommt man dann kein Bett mehr – vorausgesetzt, sie sind in Küstennähe. Denn auf Rügen genauso wie auf Usedom und Hiddensee gilt: Je näher zum Meer, desto begehrter sind die Unterkünfte.

Kreide am Kap Arkona

Wenn am Morgen die tief stehende Sonne Rügens Wahrzeichen, die Kreidefelsen, bescheint, erinnern sie an das berühmte Gemälde von Caspar David Friedrich. Es lohnt sich, früh aufzustehen und eine Weile am Fuß der Felsen auszuharren, denn mit steigender Sonne ändert sich die Farbe der Kreide. Vom kräftigen Orange über leuchtendes Gelb bis zum gleißenden Weiß vergehen nur wenige Minuten. Übrigens sah man die Kreidefelsen in früheren Zeiten viel nüchterner als heute – es gab sogar Pläne, sie zur Gipsherstellung abzubauen. Und Schönheit allein bringt noch keine Schlagzeilen: In die überregionalen Meldungen schaffen es die Felsen nur nach großen Unwettern, wenn mal wieder Stücke von der Küste abbrechen.

Der Leuchtturm am Kap Arkona, ein weiteres Wahrzeichen der Insel, hat einen berühmten Urheber. Er wurde im Jahr 1827 nach Plänen von Karl Friedrich Schinkel erbaut. Wenn man besonders glückliche Paare aus dem Turm herauskommen sieht, kann das zwei Gründe haben: Entweder genossen sie zusammen gerade den weiten Blick von der Aussichtsplattform oder sie haben geheiratet. Das ist im alten „Schinkelturm" am Kap Arkona nämlich auch möglich.

Auf und Ab am Kreiderand

Wie bei einer Mittelgebirgstour am Meer führt parallel zur Kreideküste der Hochuferweg Rügen bergauf und bergab. Über weite Strecken geht es durch Rotbuchenwälder, durch Schluchten und an kleinen Wasserfällen vorbei. Immer wieder bieten sich einmalige Ausblicke auf die Ostsee und die Kreidefelsen, die unvermittelt aus dem Wald hervorschauen.

Rügens grüne Küste: Blick vom Königsstuhl auf die Kreidefelsen der Stubbenkammer.

Als „ältester Gasthof Rügens" rühmt sich der Gasthof zur Linde in Middelhagen auf der Halbinsel Mönchgut.

Seit 1891 verkehrt eine Ruderfähre zwischen Moritzdorf und Baabe. Sie erspart Zwei- und manchmal auch Vierbeinern den Umweg um den Selliner See herum.

In der Umgebung des Jagdschlosses Granitz auf Rügen trifft man noch auf idyllisch anmutende ländliche Szenen.

Die St.-Katharinen-Kirche in Middelhagen aus dem Jahr 1455 wurde schon von vielen Künstlern gemalt, u.a. von Lyonel Feininger.

Der Circus von Putbus auf Rügen entstand in der ersten Hälfte des 19. Jahrhunderts. Größtes Gebäude des Rondells ist das ehemalige Königliche Pädagogium Putbus.

Gestartet wird in Sassnitz, am Wanderparkplatz am Ende der Weddingstraße; bis zum Ziel in Lohme folgt man der Ausschilderung mit dem blauen Balken. In der Piratenschlucht soll sich der legendäre Klaus Störtebeker versteckt haben, hier führt eine Treppe zum Strand hinunter. Weiter auf dem Hochuferweg kommt man zu den Wissower Klinken, besser gesagt: zu dem, was davon übrig geblieben ist, als 2005 und 2010 viele Tonnen Erdreich ins Meer gestürzt sind.

Von der Ernst-Moritz-Arndt-Sicht hat man einen freien Blick auf die Kreideküste. Der Kieler Bach bildet einen kleinen Wasserfall. Hier führt eine weitere Treppe hinunter zum Strand. Durch die Buchenwälder der Stubbenkammer gelangt man zur Viktoria-Sicht. Von dem kleinen Aussichtsbalkon sieht man schon das nächste Ziel: den Königsstuhl. Im Nationalparkzentrum warten eine multimediale Ausstellung – und das Restaurant mit einem Imbiss. Die letzte Etappe des Hochuferwegs endet in Lohme.

Eine steinreiche Insel

Fast überall auf Rügen gibt es Feuersteine – in besonders großer Zahl kommen sie auf der Schmalen Heide vor. Entstanden sind die Feuersteinfelder vor rund 4000 Jahren durch Sturmfluten, die große Mengen an Geröll vom Fuß der

Special

Baumwipfelpfad

Über allen Wipfeln

Das Naturerbe-Zentrum Rügen liegt in einem hügeligen Waldgebiet bei Prora. Highlight ist der Aussichtsturm des Baumwipfelpfads, der einem Adlerhorst nachempfunden ist. Der Standort wurde bewusst gewählt, denn zwischen Jasmunder Bodden und Prorer Wiek liegen die drei Ökosysteme Wald, Offenland und Feuchtgebiet unmittelbar nebeneinander.

Baumwipfelpfad bei Prora.

Der Baumwipfelpfad führt durch einen jahrhundertealten Buchenwald und informiert mit verschiedenen Erlebnisstationen über Natur und Umwelt. Höhepunkt ist der zentrale Aussichtsturm, der eine Buche umschließt, die irgendwann einmal so groß sein wird, dass sie die Aussichtsplattform des Adlerhorsts überragt.

Spiralförmig schraubt man sich auf der 600 Meter langen Rampe mit leichter Steigung vierzig Meter in die Höhe und erreicht so die Plattform. Über allen Baumkronen kann man bei guter Sicht die Kirchturmspitzen von Stralsund und die Pylonen der Rügenbrücke erkennen. Mit etwas Glück sieht man auch einen der heimischen Seeadler über dem Bodden und den Wäldern kreisen. Beim Blick in Richtung Norden entdeckt man über dem Boddenufer das Schlösschen Lichtenstein mit seinem schlanken Turm, eine 1868 erbaute, verkleinerte Kopie von Schloss Lichtenstein auf der Schwäbischen Alb, in der Nähe von Reutlingen.

Als eine der letzten Schmalspurbahnen Deutschlands schnauft der „Rasende Roland“ täglich auf 750 Millimeter Spurweite von Putbus über Binz, Sellin und Baabe bis nach Göhren.

Der kleine Hafenort Gager auf dem Mönchgut liegt im Biosphärenreservat Südost-Rügen, gehört also zu den von der UNESCO initiierten Modellregionen für eine (in ökologischer, ökonomischer und sozialer Hinsicht) nachhaltige Entwicklung.

Seit dem Jahr 1888 weist das Leuchtfeuer Dornbusch an der Nordspitze Hiddensees Schiffen den Weg. 102 Stufen führen hinauf zu einer eindrucksvollen Rundumsicht.

Die autofreie Insel Hiddensee ist ein wahres Paradies für Strandläufer und Radler.

Das „Haus Seedorn" in Kloster auf Hiddensee ist seit dem Jahr 1953 ein Museum, das sich noch heute so wie zu Gerhart Hauptmanns Lebzeiten präsentiert.

Zusammen mit Rügen rühmt sich Usedom der meisten Sonnenstunden in Deutschland.

Kliffs hierher verfrachtet und zu vierzehn Wällen aufgetürmt haben. Heute ist das „Steinerne Meer" zwischen Prora und Mukran ein beliebtes Ausflugsziel.

Auch „Sassnitzer Blumentöpfe" sind Feuersteine, nur größer und mit einer tiefen Aushöhlung. In der Sassnitzer Altstadt und in Vorgärten sind die bepflanzten Steine zu sehen. „Donnerkeile" sind versteinerte Kopffüßler, sogenannte Belemniten, die vor 360 bis 70 Millionen Jahren in den Meeren gelebt haben. Am Strand kann man sie als längliche, kegelfömige Steine ausmachen. Ihr Name geht auf den germanischen Donnergott Thor zurück: Der Sage nach schleuderte er gern Blitze auf die Erde, die den Sand in Form von Keilen versteinern ließen. Im Volksglauben sollen Donnerkeile vor Blitzeinschlägen schützen.

Herrschaftliche Inselecke

Rügen ist die größte deutsche Insel. Da war es nur passend, dass Fürst Malte von Putbus Anfang des 19. Jahrhunderts versuchte, einen Hauch großer weiter Welt auf die Insel zu bringen. Der Circus von Putbus sollte den schöngeistigen Fürsten an sein Lieblingsland Italien erinnern. Der runde Platz, von 16 weißen klassizistischen Häusern umschlossen, könnte auch in einer toskanischen Stadt stehen. Das kleine Theater, für die Aufführungen des fürstlichen Hofes errichtet, ist heute

Usedom: Ahlbecks Seebrücke ist die älteste ihrer Art in Deutschland. Sie wurde bereits im Jahr 1898 eröffnet. Von der am Strand gelegenen Plattform führt ein 280 Meter langer Steg in die Ostsee.

Ahlbeck kann auf eine lange Seebädertradition zurückblicken und präsentiert stolz eine entsprechende Architektur.

Und noch eine Seebrücke auf Usedom: Nicht ganz so alt wie die Ahlbecker und deutlich kürzer als die Heringsdorfer, dafür gibt es in Zinnowitz eine Tauchglocke.

Lüttenort nannte der Maler Otto Niemeyer-Holstein sein zwischen Koserow und Zempi gelegenes Anwesen auf Usedom. Das Atelier ist im … … Originalzustand erhalten und kann noch heute besichtigt werden. Die Werke hängen in der neuen Galerie nebenan.

Küstenkunde

Special

Wasserwelten

Die Ostsee, das jüngste Meer der Welt, ist im Schnitt nur 55 Meter tief und dank vieler Süßwasserzuflüsse wenig salzig.
Die das Meer säumenden mecklenburgischen Küsten wirken wie mit dem Lineal gezogen: Meer und stetiger Westwind trugen sämtliche Landzungen ab. Weiter östlich ab Fischland – fast deckungsgleich mit der Grenze zu Vorpommern – sind die Bodden typisch. Was als Insel vor den Küsten lag, wurde durch schmale Landbrücken miteinander verbunden. Das ehemalige Meer im Hinterland, nunmehr vollständig von der See abgeschnürt, entwickelte sich zum lagunenhaften Bodden. Bleibt dagegen eine Rinne zum Meer hin offen, spricht man von einem Haff oder einer Nehrung, wie beim Stettiner Haff bei Usedom oder der Küstenlandschaft östlich von Danzig im ehemaligen Ostpreußen.

Schauplatz der Putbuser Festspiele. Eine wunderbar dazu passende, weil herrlich nostalgisch wirkende Möglichkeit, von Putbus nach Binz zu kommen ist der „Rasende Roland". Wobei der kleine Dampfzug seinem Namen nicht gerecht wird – „gerast" wird auf der Schmalspurbahnstrecke nun wirklich nicht.

Die beste Aussicht über Rügen hat man kurz nach der Weiterfahrt in Richtung Göhren vom Turm des Jagdschlosses Granitz. Auf dem Weg nach oben zur 38 Meter hoch gelegenen Aussichtsplattform sollten Schwindelfreie ab und zu ihren Blick nach unten wenden, hinunter zur freitragenden gusseisernen Wendeltreppe, die sich wie eine Schlange die Wand entlang zum Turm hinauf windet.

Renaissance der Bäderarchitektur

Das bekannteste Bad Rügens? Binz. Das mondänste? Auch Binz. An der mehr als drei Kilometer langen Strandpromenade zeigt sich die Bäderarchitektur von ihrer schönsten Seite. Wohin man schaut: Strandvillen mit verspielten Verzierungen wie aus dem Lehrbuch. Mittlerweile sind auch fast alle Baulücken geschlossen, mit mehr oder weniger gelungenen Interpretationen einer modernen Bäderarchitektur. Immerhin hat man eklatante Bausünden weitgehend vermieden. Binz ist wieder das, was es einmal war: ein Seebad mit modernen Hotels, einem imposanten Kurhaus und einer langen Seebrücke, die zum Flanieren einlädt. Von keiner anderen Stelle wirkt das aus Wasser, Strand und Architektur komponierte Binz-Panorama harmonischer.

Was das Kurhaus für Binz, ist die Seebrücke für Sellin: Wahrzeichen und beliebtestes Fotomotiv. Die Selliner Wilhelmstraße, ebenfalls gesäumt von klassischer Bäderarchitektur, endet oberhalb der Steilküste, an der Engelsleiter. Von dort sind es noch 87 Stufen hinunter bis zur längsten und schönsten Seebrücke Rügens. Das Brückengebäude mit seinen Türmchen wirkt wie aus den Anfängen der Bäderarchitektur, wurde aber erst 1998 fertiggestellt – nach historischem Vorbild.

Autofreie Insel Hiddensee

Eines gibt es auf Hiddensee im Überfluss: Ruhe. Vor allem spätnachmittags, wenn die letzten Fähren nach Schaprode gegenüber auf Rügen oder Stralsund abgelegt haben und die Tagesgäste verschwunden sind, haben Einheimische und Langzeiturlauber die autofreie Insel wieder für sich: Auf der 19 Kilometer langen und nur wenige Hundert Meter breiten Insel ist man zu Fuß, mit dem Fahrrad oder dem Pferdegespann unterwegs. Gepäck wird mit dem Handwagen befördert. Aber das beste Fortbewegungsmittel für

Im Uhrzeigersinn von oben: reetgedecktes Haus in Warthe im Lieper Winkel, der naturbelassene Wolgastsee, das Historisch-Technische Museum in der ehemaligen NS-Heeresversuchsanstalt Peenemünde und das im Jahr 1580 errichtete, heute ein Hotel samt Gasthausbrauerei und Kaffeerösterei beherbergende Wasserschloss Mellenthin.

Einfach nur warten, dass die Sonne untergeht – das scheint auch in Krummin auf der Insel Usedom das Motto zu sein. Ein Stück hausgemachter Kuchen im Gartencafé Naschkatze versüßt den Tag zusätzlich.

die flache Insel ist das Rad, und so hat jeder Ort gleich mehrere Fahrradverleihstationen. Nur wenn man zum 72 Meter hohen Bakenberg, dem höchsten Punkt der Insel, hinaufradelt, kommt man ordentlich ins Schwitzen. Den Leuchtturm Dornbusch, der auf seiner Spitze steht, kennt man aus dem Fernsehen, wo er meist an Sturmtagen einem mit einem puscheligen Mikrofon bewaffneten Wettermann als malerische Kulisse dient. Die Mühen der „Bergfahrt“ lohnen aber auf jeden Fall. An einem klaren Tag sieht man bis hinüber nach Stralsund und sogar zur dänischen Insel Møn.

Künstler und Literaten

Vielen Besuchern wird es so gehen wie Gerhart Hauptmann. Als der im Jahr 1885 erstmals nach Hiddensee kam, gefiel es ihm so gut, dass er sich ein Haus kaufte. Und der Literaturnobelpreisträger von 1912 war nicht der einzige Künstler, den es auf die Insel zog. Auch Ernst Barlach, Carl Zuckmayer, Käthe Kollwitz, Gustav Gründgens und Billy Wilder waren längere Zeit auf Hiddensee zu Gast.

Usedom: Die Badewanne Berlins

Seit Mitte des 19. Jahrhunderts wird auf Usedom gebadet. Damals entdeckten reiche Bürger und der Adel die Ostseeinsel für sich. Usedom erhielt den Beinamen „Riviera Pommerns“, Heringsdorf avancierte zum „Nizza des Nordens“. Während in den Anfangsjahren die wenigen Besucher in – oft eigenen – Luxusvillen wohnten und stilecht mit dem Schiff oder der Kutsche anreisten, kamen später die Gäste mit dem Zug. Nach der Eröffnung der Bahnstrecke Berlin–Swinemünde 1876 mischten sich erste Touristen aus dem langsam wachsenden Mittelstand unter die Badegäste. Und als die Preußische Eisenbahn 1891 sogar Feriensonderzüge einsetzte, bekam Usedom den Spitznamen „Badewanne Berlins“. Die Hauptstädter wussten zu schätzen, dass man hier nicht verstohlen und hinter Badekarren verborgen ins Wasser gleiten musste, sondern sich ungezwungen in das kalte Nass stürzen konnte. Und dann das Wetter auf der Insel: Zusammen mit Rügen rühmt sich Usedom der meisten Sonnenstunden in Deutschland. Statistik hin oder her – gefühlt stimmt das allemal.

Die Kaiserbäder Ahlbeck, Heringsdorf und Bansin sind Usedoms Visitenkarte.

Die gute alte Zeit

Seit die alten Villen auf Vordermann gebracht wurden, stimmt auch das Ambiente wieder. Zumindest in den Kaiserbädern Ahlbeck, Heringsdorf und Bansin verströmen die repräsentativen Häuser im Stil der Bäderarchitektur noch etwas vom Flair der „guten alten Zeit“. Dazu gehörte immer auch viel Trubel – außerhalb der Sommersaison kehrt aber selbst in den großen Touristenorten Ruhe ein. Dann hat man das Gefühl, das Leben würde einen Gang zurückschalten, und mancher Kellner, der im Sommer gehetzt und grußlos den Kaffee auf den Tisch stellte, hat nun Zeit für einen Plausch.

DIE HISTORIE DES STRANDKORBS

Loblied auf ein Strandmöbel

Wo Strandkörbe stehen, ist die Zivilisation nicht fern. Erfunden wurden die guten Stücke an der Ostsee, und ihre Form hat sich seit über 135 Jahren nicht wesentlich geändert.

Strandkörbe sind der reinste Genuss: Sie schützen vor Ostseewind, praller Sonne, neugierigen Blicken und Frisbeescheiben. Die Polster sind weich, die neigbare Rückenlehne sorgt für Liegekomfort, ein herausklappbares Tischchen erlaubt ein gewisses Maß an Esskultur. Man richtet sich wohlig ein in seiner kleinen Welt mit Zeitung, Handtuch, Sonnencreme und fühlt sich wie auf der eigenen Insel. Eine mobile Insel, die sich am Sonnenstand ausrichten lässt. Nervt der Nachbar, versetzt man sie. Wer Eis holen geht, sperrt sie zu. Kurzum – eine Erfindung, die keiner missen möchte.

Geburtsort Rostock

Zwar gab es schon Mitte des 19. Jahrhunderts Strandstühle aus schützendem Weidengeflecht. Als Erfinder des Strandkorbs gilt jedoch der Rostocker Korbmacher Wilhelm Bartelmann. Den Anstoß gab die rheumakranke Elfriede Maltzahn, die einen vor Wind und Wetter schützenden Stuhl erbat. Das Ergebnis, eine Art senkrecht stehender Wäschekorb mit Sitzbrett, hatte seinen ersten Auftritt 1882 am Strand von Warnemünde – mit großer Resonanz. Wilhelm Bartelmann stieg in die Produktion ein, Ehefrau Elfriede in die Vermietung. 1895 erweiterte Johann Falck, Bartelmanns ehemaliger Geselle, das Möbel um eine kippbare Rückenlehne und Platz für zwei Personen: Der Strandkorb hatte zu seiner bis heute unveränderten Grundform gefunden.

Made in Heringsdorf

Einzige verbliebene Strandkorbfabrik an der Ostsee ist das Korbwerk in Heringsdorf. Rund 4000 Strandmöbel werden hier jedes Jahr gefertigt – ab rund 700 Euro und in Handarbeit. Den Billigsegmentmarkt bedient inzwischen Ostasien.

Bei einem Gang durch die Korbmanufaktur darf man Nähern, Polsterern, Flechtern und Schreinern über die Schulter schauen. Jeder Korb hat eine solide Basis aus Holz und feuerverzinkten Metallteilen. Statt der Weidenruten kommt heute Kunststoff fürs Geflecht zum Einsatz, pflegeleicht, wetterbeständig und leicht zu verarbeiten.

Oben: Andreas Bartelmann, Nachfahre des Strandkorb-Erfinders Wilhelm Bartelmann, in einer Nachbildung eines der ersten, noch als Einsitzer konzipierten Modelle.

Linke Seite: Strandkorbherstellung in der Heringsdorfer Firma Korbwerk auf Usedom.

Reichlich ist die Auswahl an Markisenstoffen, Sonderwünsche sind alltäglich. Nicht jeder Strandkorb landet am Strand. In Privatgärten, auf Hotel- und Restaurant-Terrassen, sogar in den Skigebieten der Alpen sind sie zu sehen – als „Sonnenkorb“.

Seinen berühmtesten Korb fertigte das Werk für den G8-Gipfel in Heiligendamm. Angela Merkel mit Vladimir Putin und den anderen Regierungschefs nebeneinander in einem extrabreiten Strandkorb sitzend – dieses Foto ging um die ganze Welt. Auch der größte Strandkorb der Welt stammt aus Heringsdorf. Zwei Jahre dauerte es von der Planung bis zur „Eröffnung“ auf der dortigen Strandpromenade. 91 Menschen finden darin Platz, natürlich ist WLAN vorhanden.

Fakten & Informationen

Strandkorbvarianten: Ostseestrandkorb mit geschwungenem Seitenteil, Halblieger (Neigungswinkel der Rückenlehne bis 45°), Nordseestrandkorb mit geradem Seitenteil, Lieger (Neigungswinkel der Rückenlehne bis 90°)
Herstellung und Verkauf: Korbwerk Heringsdorf GmbH & Co. KG, Waldbühnenweg 2, 17424 Seebad Heringsdorf, Tel. 038378 46 50 50, www.korbwerk.de

Maßstab 1:500.000
0
10km
Kap Arkona
Putgarten
Vitt
Tromper Wiek
Nationalpark Jasmund
Königsstuhl
Stubbenkammer
Kloster
Vitte
Insel Hiddensee
Hiddensee
Nationalpark Vorpommersche Boddenlandschaft
Rügen
Prorer Wiek
Sassnitz
Bergen auf Rügen
Binz
Jagdschloss Granitz
Sellin
Baabe
Göhren
Mönchgut
Putbus
Biosphärenreservat Südost-Rügen
Greifswalder Oie
Greifswalder Bodden
Stralsund
Ruden
Peenemünde
Pommersche Bucht
Zinnowitz
Usedom
Bansin
Heringsdorf
Ahlbeck
Świnoujście (Swinemünde)
Wolin
Greifswald
Grimmen
Wolgast
Naturpark Usedom
Demmin
Anklam
Stettiner Haff
Ueckermünde
Naturpark Am Stettiner Haff
Ueckermünder Heide
Torgelow
Altentreptow
Reuterstadt Stavenhagen
Friedland
Neubrandenburg

Schöne Sommerfrischen

Urlaub an Ostdeutschlands Ostseeküste, das bedeutet für die meisten die Inseln Rügen, Usedom und Hiddensee. Rügen ist berühmt für seine Kreidefelsen, Usedom lockt mit Kontrasten und Naturschönheiten, auf Hiddensee herrscht traumhafte Stille. Hinzu kommen zwei Nationalparks und ein Biosphärenreservat der UNESCO.

1 – 3 Hiddensee

Diese autofreie Insel ist das ideale Reiseziel für ruhesuchende Gäste. Einer der vielen landschaftlichen Höhepunkte ist das im Norden der Insel gelegene, von Wanderwegen durchzogene Hochland, das seit 1937 als Naturschutzgebiet ausgewiesen ist. Die Hiddenseer Steilküste am nördlichen Ende der Insel verliert pro Jahr etwa 30 cm Land; der abgetragene Sand wird an der Südspitze (Gellen) und an der Ostküste (Altbessin und Neubessin) wieder angespült. Das Wahrzeichen Hiddensees, der Leuchtturm Dornbusch, wurde 1887/1888 auf der höchsten Erhebung der Insel, dem Bakenberg (72 m), errichtet. Im Volksmund wird Hiddensee wegen seiner Schönheit als „das söte Länneken“ bezeichnet, als „das süße Ländchen“.

SEHENSWERT/MUSEEN

Der Ort 1 **Kloster** (250 Einw.) im Norden Hiddensees ist ein kleines Idyll und zugleich das kulturelle Zentrum der Insel. Die **Inselkirche** entstand 1781 beim Umbau der ursprünglich mittelalterlichen Kapelle, die Deckenbemalung wurde 1922 durch den Berliner Künstler Nikolaus Niemeier ausgeführt. Nach alter Tradition werden bis heute alle Täuflinge mit frischem Ostseewasser getauft. In der ehemaligen Seenotstation erzählt das **Hiddenseer Heimatmuseum** die Geschichte der Insel; wertvollstes Exponat ist eine Replik des Hiddenseer Goldschatzes aus der Wikingerzeit, der 1872 am Neuendorfer Strand gefunden wurde (Kirchweg 1, http://heimatmuseum-hiddensee.de; April–Okt. tgl. 10.00–16.00 Uhr, sonst kürzer). Im **Gerhart-Hauptmann-Haus** (Kirchweg 13, tgl. 12.00–17.00 Uhr), das heute als Museum dient, verbrachte der deutsche Literaturnobelpreisträger viel Zeit.

Der zentral gelegene Hauptort 2 **Vitte** (500 Einw.), ein ehemaliges Fischerdorf, ist auch das touristische Zentrum der Insel mit den meisten Übernachtungs-, Einkaufs- und Einkehrmöglichkeiten sowie dem wichtigsten Fährhafen. Im **Asta-Nielsen-Haus** (Zum Seglerhafen 7, www.asta-nielsen-haus.de; Mai–Okt. Mo., Di., Do.–Sa. 11.00–16.00 Uhr, sonst kürzer) des Berliner Bauhaus-Architekten Max Taut verbrachte die in der Stummfilmära berühmt gewordene dänische Schauspielerin oft ganze Sommer. Wegen seiner runden Form nannte Nielsen das Haus Karusel (dän. für Karussell).

Das einstige Haus eines Müller- und Bäckermeisters in Vitte auf Hiddensee bekam in den 1920er-Jahren von seiner neuen Besitzerin, der Malerin Henni Lehmann, seinen charakteristischen Anstrich und beherbergte als „Blaue Scheune“ regelmäßig Ausstellungen des Hiddensoer Künstlerinnenbunds.

Vittes letztes Gebäude in Richtung Norden beherbergt das **Nationalparkhaus**, das über Flora und Fauna der Insel informiert; mit Erlebnispfad und Spielplatz für Kinder (Norderende 2, Tel. 038300 680 41; April–Okt. tgl. 10.00 bis 16.00, Jan.–März Mo.–Sa. 13.00–16.00, Nov. 10.00–15.00 Uhr). Die Malerin Henni Lehmann gestaltete 1920 in Vitte eine der letzten Räucherkaten zur **Blauen Scheune** um, in der sie zusammen mit den Künstlerinnen des Hiddensoer Künstlerinnenbunds ihre Werke ausstellte. Das beliebte Fotomotiv kann nur von außen besichtigt werden (Wiesenweg 1).

Das ältere Plogshagen an der Westküste bildet mit 3 **Neuendorf** (220 Einw.) an der Boddenseite ein denkmalgeschütztes Doppeldorf und bezaubert durch sein von Reetdachhäusern geprägtes Ortsbild. Wer hier Urlaub macht, liebt die Ruhe. Das **Fischereimuseum Hiddensee** im ehemaligen Reusenschuppen „Lütt Partie“ wurde von den Neuendorfer Fischern ins Leben gerufen; bei Führungen geben sie Einblicke in ihren Alltag (Pluderbarg 7, Mai–Okt. Mo.–Sa. 14.00–17.00 Uhr).

INFORMATION

Insel-Information,
Achtern Diek 18, 18565 Vitte,
Tel. 038300 60 86 85,
www.seebad-hiddensee.de

4 – 11 Rügen

Mit ihren Kreidefelsen und den bekannten Badeorten zählt die Insel zu den meistbesuchten Reisezielen der gesamten Ostseeküste.

SEHENSWERT/MUSEEN

Die Leuchttürme am 4 **Kap Arkona** machen diese Gegend zu einem der beliebtesten Ausflugsziele der Insel. Zu derem Charme tragen auch die kleinen Orte **Putgarten** und **Vitt** mit ihren reetgedeckten Häusern bei. Hier bewegt man sich auf geschichtsträchtigem Boden, denn die Slawen errichteten hier einst ihr Heiligtum, die Jaromarsburg.

Ein Teil des Buchenwalds im rund 30 km² großen 5 **Nationalpark Jasmund** gehört zum Weltnaturerbe der UNESCO. Die **Kreideküste**, die nicht nur aus Kreide, sondern auch aus Lehm, Mergel, Sand und Findlingen besteht, bietet einen einmaligen Einblick in 70 Mio. Jahre Erdgeschichte. Die teils chaotischen Schichtungen, die man an der Steilküste sieht, gehen auf massive tektonische Verschiebungen zurück. Das **Nationalpark-Zentrum Königsstuhl** bietet eine multimediale Erlebnisausstellung, die über das Kreidemeer, die heutigen Kreidefelsen und die Buchenwälder informiert (Stubbenkammer 2, Tel. 038392 66 17 66, www.koenigsstuhl.com; Ostern–Ende

Okt. tgl. 9.00–19.00, sonst 10.00–17.00 Uhr). Bis ans Zentrum dürfen nur Busse fahren; für Pkw gibt es am Rand des Nationalparks zwei Großparkplätze (am Tierpark und in Hagen), von denen Pendel- bzw. Linienbusse verkehren. Vom Besucherzentrum gelangt man in wenigen Gehminuten zur Aussichtsplattform am **Königsstuhl**. Die Treppe von dort zum Strand hinunter wurde bei einem Küstenabbruch zerstört; ein Abstieg ist nicht mehr möglich, da der Hang instabil ist.

Von 6 **Sassnitz** (9500 Einw.) aus starten Fähren nach Skandinavien. Der Fährhafen Neu- Mukran zählt heute zu den wichtigsten Transporthäfen Deutschlands. Die **Stadthafenbrücke**, eine luftig-leichte Rad- und Fußgängerbrücke, verbindet die Hauptstraße mit dem Fährhafen und bietet eine erstklassige Aussicht auf Meer und Stadthafen. Über die Ostmole ist rasch der 12 m hohe **Leuchtturm** (1903) erreicht. Wer es romantisch mag, spaziert in Sassnitzs alten **Stadtkern** mit seinen winzigen Gassen. Von der Reuse bis zum Echolot zeigt das **Fischerei- und Hafenmuseum**, was zum erfolgreichen Fischen nötig ist; gegenüber liegt der Museumsfischkutter „Havel" (Im Stadthafen, Tel. 038392 578 46, www.hafenmuseum.de; April–Okt. tgl. 10.00–18.00, im Winter 11.00 bis 18.00 Uhr, teils auch geschl.).

7 **Binz** (5400 Einw.), das größte und bekannteste Ostseebad der Insel Rügen, ließ mit dem aufkommenden Bädertourismus der Gründerzeit seine bäuerliche und Fischervergangenheit hinter sich. Die Wiedervereinigung brachte einen erneuten Entwicklungsschub. Der schmalspurige **Rasende Roland** (www.ruegenschebaederbahn.de) verbindet Binz mit Putbus. Diese Bahn tuckert schon seit 1895 mit gemütlichen 30 km/h über die Insel. Schön sind die schneeweißen Villen im Stil filigraner Bäderarchitektur. Der Strand misst 5 km Länge und ist allein schon guter Grund zum Besuch. Die wiederaufgebaute **Seebrücke** wirkt fast bescheiden neben dem **Kurhaus** (1908; heute Hotel); der wuchtige Jugendstilbau riegelt die Promenade zur Stadt hin ab. Östl. davon zweigt die **Margarethenstraße** ab mit Galerien und Kunsthandwerk. **Bäderarchitektur** findet sich u. a. in der Hauptstraße, der Putbuserstraße und an der Strandpromenade (besonders schön: Villa Undine und Villa Ruscha, Strandpromenade 30 bzw. 31).

Reizvoll liegt 8 **Sellin** an der Steilküste. 1998 eröffnete man dort die mit 394 m längste Seebrücke Rügens; mit der Tauchgondel am Ende der Brücke kann man einen Ausflug unter die Meeresoberfläche machen.

Das Seebad 9 **Göhren** ist die Endstation des „Rasenden Roland", die umgebende Landschaft bildschön: Die Halbinsel **Mönchgut** liegt im **Biosphärenreservat Südost-Rügen**.

Mit 10 **Putbus**, Europas letztem planmäßig realisierten Residenzstädtchen, schuf sich Fürst Wilhelm Malte zu Putbus (1783–1854) ab 1808 ein urbanes Denkmal. Die Bauwerke sollten den Italienbewunderer an sein Lieblingsland erinnern. Zentraler Punkt ist der **Circus**, ein runder, von 16 klassizistischen Häusern umgebener Platz. Im **Schlosspark** liegen die Orangerie und der Marstall. In einem großen Freigehege kann man eine Hirschherde beobachten. Im kleinen, 1821 erbauten Theater finden jedes Jahr fast 200 Aufführungen statt.

Oben: Bansin, das jüngste der drei Kaiserbäder auf Usedom, ist mit seinen südlichen Nachbarn Heringsdorf und Ahlbeck durch eine 7 km lange Strandpromenade verbunden. Rechts oben: In Zinnowitz auf Usedom zelebriert man die Vineta-Festspiele. Darunter: Rettungsturm Binz auf Rügen.

11 **Bergen**, Rügens größter Ort (13 600 Einw.,) ist ein wichtiger Einkaufsmittelpunkt. Die **St.-Marien-Kirche** (Urspr. 1180) gilt als älteste der Insel; eindrucksvoll sind die romanischen Wandmalereien. Einen Schwerpunkt auf die Vorgeschichte Rügens legt das **Stadtmuseum** im 1945 aufgelösten Zisterzienserinnenkloster (Billrothstraße 20a, Tel. 03838 25 22 26; Mai bis Okt. Di.–Sa. 10.00–16.30, sonst Di.–Fr. 11.00 bis 15.00, Sa. 10.00–13.00 Uhr). Am Stadtrand erhebt sich der **Rugard**, eine slawische Wallanlage (8./9. Jh.). Der dortige **Ernst-Moritz-Arndt-Turm** bietet eine gute Aussicht (Rugardweg 10; Ostern–Okt. tgl. 10.00–18.00 Uhr, 30 Min. zu Fuß von der Stadtmitte).

UMGEBUNG

Die westlich von Rügen im **Nationalpark Vorpommersche Boddenlandschaft** gelegene Insel **Ummanz** (300 Einw.), mit dem Inselnachbarn durch eine Brücke verbunden, bietet ein reiches Vogelleben und zählt zu den bedeutendsten Kranichrastplätzen Europas. Ein rot-weißer Leuchtturm weist den Weg in den winzigen Hafen von Waase, wo eine Ausstellung im Haus des Touristenbüros (Neue Str. 63 a, 18569 Waase, Tel. 038305 5 34 81, www.ruegeninsel-ummanz.de) über den Nationalpark und seine Vögel informiert.

Tipp

Dobberworth

Am Südrand von Sagard (7 km westl. von Sassnitz) befindet sich **das größte Hügelgrab Rügens**. Rund 22 000 m³ Erde wurden vermutlich in der Bronzezeit zu einem 12 m hohen Hügel aufgetürmt. Die Bedeutung des Namens ist unklar, könnte aber von „Wurt" herrühren, was einen erhöhten Platz bezeichnet. Um den Hügel ranken sich Sagen und Legenden; eine handelt von einem Riesen, der die Furt zwischen dem Großen und dem Kleinen Jasmunder Bodden zuschütten wollte und dabei aus Versehen Erde verlor. Eine andere behauptet, dass Zwerge im Dobberworth wohnen und Schätze verbergen.

INFORMATION

Tourist-Service Sassnitz,
Strandpromenade 12, 18546 Sassnitz,
Tel. 038392 64 90, www.insassnitz.de
Kurverwaltung Binz,
Heinrich-Heine-Str. 7, 18609 Ostseebad Binz,
Tel. 038393 14 81 48, www.ostseebad-binz.de
Kurverwaltung Putbus,
Alleestr. 2, 18581 Putbus,
Tel. 038301 66 39 95, www.ruegen-putbus.de

12 – 14 Usedom

Auf Usedom findet jeder seinen Traumstrand. Das mancherorts ganz nah hinter dem Ostseestrand beginnende Achterland, von Peenestrom, Achterwasser und Stettiner Haff umgeben, strahlt Ruhe und Gelassenheit aus. Es fasziniert mit unberührter Natur, grünen Wäldern und stillen Seen.

SEHENSWERT/MUSEEN

Berühmt – und leider auch berüchtigt – wurde der Ort 12 **Peenemünde** an der Nordspitze der Insel durch die Heeresversuchsanstalt, in der ab 1936 neue Waffen entwickelt wurden. Unter Wernher von Braun arbeiteten hier bis zu 15 000 Menschen, heute hat Peenemünde insgesamt nur noch 250 Einwohner. Das **Historisch-Technische Museum** im ehemaligen Kraftwerk der Heeresversuchsanstalt zeigt die Entwicklung der Raketentechnik; auf dem Freigelände ist das Modell einer V2 in Originalgröße zu sehen. Auch die unmenschlichen

Arbeitsbedingungen der Zwangsarbeiter, KZ-Häftlinge und Kriegsgefangenen werden thematisiert (Im Kraftwerk, https://museum-peenemuende.de; April–Sept. tgl. 10.00–18.00 Uhr, sonst nur bis 16.00 Uhr).

Erstmals erwähnt wurde 13 **Zinnowitz** (4121 Einw.) im Jahr 1309 – damals noch unter seinem slawischen Namen Tzys, den man in etwa mit „Schilfrohr" übersetzen könnte. Im Dreißigjährigen Krieg wurde der Ort auf Usedom mehrmals verwüstet und geplündert. Aufwärts ging es erst wieder Mitte des 19. Jh.s., als Zinnowitz 1851 die Erlaubnis erhielt, ein Seebad zu eröffnen. Direkt von der Seebrücke in Zinnowitz kann man mit der **Tauchgondel** (An der Seebrücke, www.tauchgondel.de; Juni–Aug. 10.00–21.00, April, Mai, Sept. und Okt. 10.00–19.00, sonst 11.00–16.00 Uhr) 3,5 m in die Ostsee hinabtauchen. Bei klarer Sicht sieht man bis zu 6 m um die Gondel Quallen und Fische. Ein halbstündiger 3D-Film zeigt die Unterwasserwelt, und der Guide erzählt unterhaltsam über die Tiere der Ostsee. Im **Heimatmuseum** (Bahnhof Zinnowitz; Mo.–Fr. 10.00 bis 17.00, Sa. und So. 14.00–17.00 Uhr) erfährt man alles über Zinnowitz und seine Rolle als Bäderort. Einst Badeort des letzten deutschen Kaisers und der Aristokratie, wirbt 14 **Heringsdorf** mit seinen heute zu der gleichnamigen Gemeinde gehörenden Nachbarorten **Ahlbeck** und **Bansin** mit einem großen Freizeitangebot, einem herrlich langen Strand und vielen Übernachtungsmöglichkeiten um Gäste jeglicher Couleur. Mit über 500 m ist die Heringsdorfer **Seebrücke** die längste in Europa – allerdings wird nicht nur der Brückenteil über dem Wasser mit hinzugezählt, sondern auch die sich an Land anschließende Ladengalerie. Im **Wachsfigurenkabinett** auf der Seebrücke begegnen einem 60 Persönlichkeiten aus Geschichte, Politik, Sport und Showbusiness (tgl. 10.00–22.00 Uhr). Zu den eindrucksvollen **Badevillen** gehören die Villa Oechsler (Delbrückstr. 5), von einem Bankier 1883 errichtet, die 1873 erbaute Villa Staudt (Delbrückstr. 6), in der Kaiser Wilhelm II. des Öfteren zu Besuch war, und die Villa Oppenheim (Delbrückstr. 10) – hier verbrachte der US-amerikanische Maler Lyonel Feininger zwischen 1909 und 1912 die Sommermonate. In der **Villa Irmgard** war im Sommer 1922 der russische Schriftsteller Maxim Gorki zur Kur; sein damaliges Wohn- und Arbeitszimmer kann besichtigt werden (Maxim-Gorki-Str. 13; Juni–Sept. 12.00–18.00, sonst 12.00–16.00 Uhr, Mo. und Mi. geschl.).

VERANSTALTUNG

Unter freiem Himmel finden die **Vineta-Festspiele** statt (https://vorpommersche-landesbuehne.de/vineta-festspiele).

INFORMATION

Kurverwaltung Heringsdorf,
Kulmstr. 33, 17424 Seebad Heringsdorf,
Tel. 038378 24 51,
www.kaiserbaeder-auf-usedom.de
Kurverwaltung Ostseebad Zinnowitz,
Neue Strandstr. 30, 17454 Zinnowitz,
Tel. 038377 49 20, www.zinnowitz.de

Genießen Erleben Erfahren

DuMont Aktiv

Leichter radeln

Usedom ist eine perfekte Radfahrerinsel. Sie ist weitgehend flach, bietet eine wunderschöne Natur, und das Radwegnetz ist gut ausgebaut. Fahrradwege von mehr als 180 Kilometern Gesamtlänge überziehen die Insel. Das Bundesministerium für Verkehr, Bau und Stadtentwicklung fördert auf Usedom „Innovative öffentliche Fahrradverleihsysteme", um „einen klimafreundlichen und energieeffizienten Nahverkehr zu unterstützen", heißt es auf der Homepage von UsedomRad. Das Ergebnis kann sich sehen lassen.

Das ausgeklügelte Konzept bindet etwa 50 lokale Radanbieter ein. An allen für den Tourismus relevanten Orten der Insel und auf dem angrenzenden Festland wurden Fahrradverleihstationen eingerichtet, teils mit, teils ohne Personal. Bei letzteren bekommt man per Handy den Zahlencode zum Öffnen des Fahrradschlosses durchgesagt. Sogar Pedelecs, also Fahrräder mit Elektromotor, kann man mieten. Für Touristen besonders interessant: Die knallgelben Fahrräder muss man nicht an den Ausgangsort zurückbringen, sondern kann sie an jeder beliebigen Verleihstation zurückgeben. Eine Kombination von Fahrradtour und Busausflug ist also problemlos möglich.

Eine Mobilitätsgarantie verspricht der Vermieter auch. Das heißt, wer den Schaden hat, braucht für die Reparatur nicht zu sorgen. Ein kurzer Anruf – und wenig später geht es mit einem intakten Ersatzfahrrad weiter.

Weitere Informationen

UsedomRad GmbH,
24-Std.-Hotline:
Tel. 03055 57 69 11
www.usedomrad.de

Usedom hat konsequent ein vorbildliches Radfahrkonzept umgesetzt. Die flache Insel eignet sich ideal zum Radeln. Ganz bequem wird es im Sattel eines Elektrorads.

Register

Fette Ziffern verweisen auf Abbildungen

Impressum

1. Auflage 2020
© DuMont Reiseverlag, Ostfildern

Verlag: DuMont Reiseverlag, Postfach 3151, 73751 Ostfildern, Tel. 0711/4502-0, Fax 0711/4502-135, www.dumontreise.de
Geschäftsführerin: Dr. Stephanie Mair-Huydts
Programmleitung: Birgit Borowski
Redaktion: Dr. Eva Missler, Robert Fischer (www.vrb-muenchen.de)
Text: Sven Bremer, Rasso Knoller, Hilke Maunder, Dr. Christian Nowak, Dina Stahn
Fotografie (DBA = DuMont-Bildarchiv): S. 4 l. DBA Martin Kirchner, 4 r.o./u. DBA Olaf Meinhardt, 5 DBA Sabine Lubenow, 6/7 DBA Martin Kirchner, 8/9 Look-foto/Daniel Schoenen, 10–13 DBA Olaf Meinhardt, 14/15 Mauritius Images/Hans-Peter Merten, 16/17 DBA Johann Scheibner, 18–19 DBA Sabine Lubenow, 20–30 DBA Martin Kirchner, 31 DBA Toma Babovic, 32–36 DBA Martin Kirchner, 37 Mauritius Images/Raimund Linke (o.), Mauritius Images/Alamy (u.), 38–45 DBA Martin Kirchner, 46 DBA Martin Kirchner (M. l./r.), DBA Marc-Oliver Schulz (o.), 47–49 DBA Martin Kirchner, 51 DBA Marc-Oliver Schulz, 52–53 DBA Martin Kirchner, 54–65 DBA Toma Babovic, 66–71 DBA Olaf Meinhardt, 72 DBA Olaf Meinhardt (links oben, unten), Huber Images/Günter Gräfenhain (Mitte rechts), 73 Huber Images/Christian Bäck, 74–93 DBA Olaf Meinhardt, 94 DBA Olaf Meinhardt (r. o./u.), DBA Ralf Freyer (links), 95 DBA Olaf Meinhardt (links), DBA Ralf Freyer (r. o./u.), 96–109 DBA Olaf Meinhardt, 110 Huber Images/Günter Gräfenhain, 111 DBA Sabine Lubenow (l.), Schapowalow (r.), 112–115 DBA Olaf Meinhardt, 116/117 Dagmar Schwelle/laif, 118–129 DBA Sabine Lubenow, 130 o.l./u. DBA Sabine Lubenow, 130 o.r. DBA Katja Kreder, 131 DBA Sabine Lubenow, 132–145 DBA Sabine Lubenow, 147 l. picture-alliance/Chromorange/Monika Wirth, 147 r. DBA Sabine Lubenow, 148 o. DBA Katja Kreder, 148 u. DBA Sabine Lubenow, 149 DBA Sabine Lubenow, 150/151 DBA Olaf Meinhardt, 152 o./u. DBA Olaf Meinhardt, 153 o. l./r. DBA Olaf Meinhardt, 153 u. picture alliance/akg-images, 154/155 DBA Johann Scheibner, 156/157 DBA Olaf Meinhardt, 158 Heinz Wohner/Lookphotos, 159 o.l./o.r. Ralf Brunner/laif, 159 o.M. picture alliance/blickwinkel, 159 u. l./r. Adler-Schiffe, 162–165 DBA Olaf Meinhardt, 174 l. Yorck Maecke/GAFF/laif, 174 r. DBA Olaf Meinhardt, 175 o.l./r. Gerhard Westrich/laif, 175 u. Christoph Olesinski/LOOK-foto, 177 u. 178 DBA Olaf Meinhardt, 179 DBA Johann Scheibner, 180–183 DBA Sabine Lubenow, 186 o. DBA Johann Scheibner, 186 u. DBA Sabine Lubenow, 187 o./u. DBA Sabine Lubenow, 188/189 DBA Olaf Meinhardt, 190 o./u.l. DBA Olaf Meinhardt, 191 l./r. DBA Sabine Lubenow, 192/193 DBA Sabine Lubenow, 194/195 DBA Olaf Meinhardt, 197 DBA Sabine Lubenow, 198 o.l. DBA Sabine Lubenow, 198 o.r./u. DBA Olaf Meinhardt, 199 DBA Johann Scheibner
Vektorgrafiken: iStockphoto (S. 158, 159), Shutterstock (S. 53, 65, 163, 174, 175, 199
Titelbild: Sabine Braun/laif (am Strand von Hörnum auf Sylt)

Grafische Konzeption, Art Direktion: fpm factor product münchen
Cover Gestaltung: Neue Gestaltung, Berlin
Kartografie: © MAIRDUMONT GmbH & Co. KG, Ostfildern
Kartografie Lawall (Karten für „Unsere Favoriten")
DuMont Bildarchiv: Marco-Polo-Straße 1, 73760 Ostfildern, Tel. 0711/4502-266, Fax 0711/4502-1006, bildarchiv@mairdumont.com

Für die Richtigkeit der in diesem DuMont Bildatlas angegebenen Daten – Adressen, Öffnungszeiten, Telefonnummern usw. – kann der Verlag keine Garantie übernehmen. Nachdruck, auch auszugsweise, nur mit vorheriger Genehmigung des Verlages. Erscheinungsweise: monatlich.

Anzeigenvermarktung: MAIRDUMONT MEDIA, Tel. 0711/4502-0, Fax 0711/4502-1012, media@mairdumont.com, http://media.mairdumont.com
Vertrieb Zeitschriftenhandel: PARTNER Medienservices GmbH, Postfach 810420, 70521 Stuttgart, Tel. 0711/7252-212, Fax 0711/7252-320
Vertrieb Abonnement: Leserservice DuMont Bildatlas, Zenit Pressevertrieb GmbH, Postfach 810640, 70523 Stuttgart, Tel. 0711/7252-265, Fax 0711/7252-333, dumontreise@zenit-presse.de
Vertrieb Buchhandel und Einzelhefte: MAIRDUMONT GmbH & Co KG, Marco-Polo-Straße 1, 73760 Ostfildern, Tel. 0711/4502-0, Fax 0711/4502-340
Reproduktionen: PPP Pre Print Partner GmbH & Co. KG, Köln
Druck und buchbinderische Verarbeitung:
NEEF + STUMME GmbH, Wittingen
Printed in Germany

FSC
www.fsc.org
MIX
Papier aus verantwortungsvollen Quellen
FSC® C001857

Anzeige

KUNSTMUSEUM AHRENSHOOP

Über 125 Jahre KÜNSTLER-KOLONIE erleben

Malerei Dörte Helm
Paul Müller-Kaempff Alfred Partikel
Gerhard Marcks Skulptur
Elisabeth von Eicken
Workshops Carl Malchin
Wolfgang Mattheuer Grafik
Architektur
Dora Koch-Stetter Lyonel Feininger
Ausstellungen

kunstmuseum-ahrenshoop.de

Weg zum Hohen Ufer 36
18347 Ostseebad Ahrenshoop
Telefon 038220 66790

Donau

Der große Strom
Wir beschreiben die Donau von der Quelle bis zur Mündung ins Schwarze Meer. Folgen Sie uns nach Wien, Budapest, Bratislava, Belgrad oder Bukarest.

Per Rad oder Schiff?
Egal, wie Sie unterwegs sind, Pausen müssen sein: die besten Cafés am Fluss und die schönsten Parks zum Entspannen.

Golf von Neapel

Bella Napoli
Für die einen ist Neapel der Nabel der Welt, für die anderen Chaos pur. Wir zeigen Ihnen tolle Wege durch das Chaos.

Auf der Sonnenseite
Bei aller Kunst sollten Kampaniens Strände nicht vernachlässigt werden. Wir präsentieren unsere acht Lieblingsstrände.

www.dumontreise.de

Lieferbare Ausgaben

Deutschland
207 Allgäu
216 Altmühltal
220 Bayerischer Wald
180 Berlin
162 Bodensee
217 Brandenburg
175 Chiemgau, Berchtesgadener Land
013 Dresden, Sächsische Schweiz
152 Eifel, Aachen
157 Elbe und Weser, Bremen
168 Franken
020 Frankfurt, Rhein-Main
112 Freiburg, Basel, Colmar
028 Hamburg
026 Hannover zwischen Harz und Heide
042 Harz
023 Leipzig, Halle, Magdeburg
210 Lüneburger Heide, Wendland
188 Mecklenburgische Seen
038 Mecklenburg-Vorpommern
033 Mosel
190 München
047 Münsterland
223 Nordseeküste Schleswig-Holstein
006 Oberbayern
161 Odenwald, Heidelberg
035 Osnabrücker Land, Emsland
002 Ostfriesland, Oldenburger Land
164 Ostseeküste Mecklenburg-Vorpommern
154 Ostseeküste Schleswig-Holstein
201 Pfalz
040 Rhein zw. Köln und Mainz
185 Rhön
186 Rügen, Usedom, Hiddensee
206 Ruhrgebiet
149 Saarland
182 Sachsen
081 Sachsen-Anhalt
159 Schwarzwald Norden
045 Schwarzwald Süden
018 Spreewald, Lausitz
008 Stuttgart, Schwäbische Alb
141 Sylt, Amrum, Föhr
204 Teutoburger Wald
170 Thüringen
037 Weserbergland
173 Wiesbaden, Rheingau

Benelux
156 Amsterdam
011 Flandern, Brüssel
179 Niederlande

Frankreich
177 Bretagne
021 Côte d'Azur
032 Elsass
009 Frankreich Süden Okzitanien
019 Korsika
213 Normandie
001 Paris
198 Provence

Großbritannien/Irland
187 Irland
202 London
189 Schottland
030 Südengland

Italien/Malta/Kroatien
181 Apulien, Kalabrien
211 Gardasee
222 Golf von Neapel, Kampanien
163 Istrien, Kvarner Bucht
215 Italien, Norden
005 Kroatische Adriaküste
167 Malta
155 Oberitalienische Seen
158 Piemont, Turin
014 Rom
165 Sardinien
003 Sizilien
203 Südtirol
039 Toskana
091 Venedig, Venetien

Griechenland/Zypern/Türkei
034 Istanbul
016 Kreta
176 Türkische Südküste, Antalya
148 Zypern

Mittel- und Osteuropa
104 Baltikum
208 Danzig, Ostsee, Masuren
169 Krakau, Breslau, Polen Süden
044 Prag
193 St. Petersburg

Österreich/Schweiz
192 Kärnten
004 Salzburger Land
196 Schweiz
144 Tirol
197 Wien

Spanien/Portugal
043 Algarve
214 Andalusien
150 Barcelona
025 Gran Canaria, Fuerteventura, Lanzarote
172 Kanarische Inseln
199 Lissabon
209 Madeira
174 Mallorca
007 Spanien Norden, Jakobsweg
219 Teneriffa, La Palma, La Gomera, El Hierro

Skandinavien/Nordeuropa
166 Dänemark
212 Finnland
153 Hurtigruten
029 Island
200 Norwegen Norden
178 Norwegen Süden
151 Schweden Süden, Stockholm

Länderübergreifende Bände
224 Donau – Von der Quelle bis zur Mündung
112 Freiburg, Basel, Colmar
221 Kreuzfahrt in der Ostsee

Außereuropäische Ziele
183 Australien Osten, Sydney
109 Australien Süden, Westen
218 Bali, Lombok
195 Costa Rica
024 Dubai, Abu Dhabi, VAE
160 Florida
036 Indien
205 Iran
027 Israel, Palästina
111 Kalifornien
031 Kanada Osten
191 Kanada Westen
171 Kuba
022 Namibia
194 Neuseeland
041 New York
184 Sri Lanka
048 Südafrika
012 Thailand
046 Vietnam